아빠가 쓰는 편지

아빠가 쓰는 편지

발행일 2022년 2월 4일

지은이 조자룡
펴낸이 손형국
펴낸곳 (주)북랩
편집인 선일영
편집 정두철, 배진용, 김현아, 박준, 장하영
디자인 이현수, 김민하, 허지혜, 안유경
제작 박기성, 황동현, 구성우, 권태련
마케팅 김회란, 박진관
출판등록 2004. 12. 1(제2012-000051호)
주소 서울특별시 금천구 가산디지털 1로 168, 우림라이온스밸리 B동 B113~114호, C동 B101호
홈페이지 www.book.co.kr
전화번호 (02)2026-5777
팩스 (02)2026-5747

ISBN 979-11-6836-156-0 03810 (종이책)
979-11-6836-157-7 05810 (전자책)

조자룡 수필집 6

아빠가 쓰는 편지

조자룡 지음

사랑하는 아들, 딸을 넘어
전 인류에게 보내는 편지

북랩book Lab

프롤로그

나의 조국 대한민국

『나의 조국 대한민국』은 내 수필집 5권 제목이다. 직업군인 은퇴 후 전업 작가가 되어 글을 쓰고 있다. 주제나 내용을 자유롭게 정하여 쓰는 수필이다. 칠팔십년 대 산업화에 매진할 때 북한과의 체제경쟁에서 이기려는 반공과 애국을 세뇌 교육받아서인지, 어려서부터 삼국지에 빠져 공동체에 대한 헌신이 최고 가치라고 생각해서인지 나는 철저한 민족주의자, 국수주의자였다. 지금은 애국이 최고 가치가 아니라고 생각하지만, 막상 글을 쓰다 보면 대부분 대한민국과 연결된다.

애국애족보다는 인류애가 더 훌륭한 가치라는 걸 인정하면서도 스스로 훌륭한 사람으로 발전하는 데는 한계가 있는 듯하다. 얼마나 더 살게 될지 모르지만 나는 죽을 때 훌륭한 한국인보다는 훌륭한 인간으로 기억되고 싶다. 반공 영화를 보고 세상에서 박멸해야 할 대상이라고 생각했던 공산당, 자신의 이익을 위하여 힘없는 이웃을 침략하여 노예를 강요했던 불구대천지원수 일본인, 역사에 이어 현대에도 끊임없이 영향력을 행사하려는 중국인, 끊을 수 없는 혈맹이나 애증이 교차하는 미국인을 사심 없이 사랑하고 싶다.

아직은 멀었다. 내 의도와는 무관하게 국가 간 이해관계가 얽히면 어김없이 애국자가 된다. 객관적으로 보려고 노력하지만, 어느 순간 평범한 한국인이 된다. 그것이 솔직한 인간 본연의 모습일 것이다. 성현(聖賢)과 범인(凡人)의 차이다. 손흥민의 활약이 대한민국 발전과 무관하고 류현진의 승리가 한국인의 우수성과 전혀 연관이 없음을 잘 알면서도 그들의 활약에 환호한다. 축구 국가대표팀이 패배라도 하는 날이면 온종일 우울하다. 내 부와 명예에 아무런 관계가 없음에도 대한민국은 언제나 내 정신세계의 주인이다.

수필집 6권 제목을 『나의 조국 대한민국 2』로 정할까를 고민했다. 내용도 대동소이하다. 몇 달 사이에 엄청난 철학적 사유나 문장력이 발전했을 리도 없다. 마치 대한민국 자체가 내 것이라도 되는 양 우쭐대는 모습을 비웃는 독자가 있을까 하여 내용 중 상당 부분을 차지하는 자녀에게 보내는 편지에 착안하여 『아빠가 쓰는 편지』를 책 제목으로 정하였다.

'아들에게 쓰는 편지'와 '딸에게 쓰는 편지'는 각각 스물다섯과 스물일곱 생일을 맞이하는 아들과 딸에게 삶의 의미와 살아갈 방식을 토로하고 당부하는 편지다. 실제 생일 전 몇 주간 카카오톡으로 보낸 편지글을 정리하였다. 아들과 딸에게 쓰는 편지지만 한국인에게 보내는 편지이며, 대상만 고쳐 쓰면 인류에게 보내는 편지이기도 하다. 글의 대상은 주로 대한민국과 한국인이지만 어떤 사람이 읽더라도 공감하기를 바라면서 글을 썼다. 내가 미워했던 공산당이나 일본인이 읽어도 불편하지 않고 얻을 게 있기를 바란다.

애국보다는 인류애가 더 훌륭한 가치라고 생각한다. 새로운 사실을 깨닫더라도 그대로 실천하는 건 쉽지 않다. 시간이 필요하다. 노력하다 보면 편협한 한국인이 아니라 인류애가 충만한 훌륭한 인간에 근접하리라. 애국자 조자룡이 아니라 훌륭한 사람으로 기억되고 싶다.

이미 낸 다섯 권의 수필집이 다듬어지지 않은 글이지만 적지 않은 사랑을 받았다. 미흡한 부분이 있더라도 훌륭한 작가가 되려는 노력으로 어여삐 봐주기를 바란다. 이 책을 읽는 분이 사색에 잠겨 잠시라도 행복했으면 하는 바람이다. 독서라는 좋은 습관으로 더 나은 삶을 추구하는 독자 여러분의 건강한 삶을 응원한다.

2022. 2.

조자룡

차 례

제1부

대한민국을 위하여

뜨기 시작한 스타는 한없이 올라가고
떨어지기 시작한 스타는 영원히 추락한다.
오늘 뜨기 시작한 스타도 내일을 예견해야 한다.
대중의 찬사는 찬사가 아니다.
스스로 도달할 수 없는 곳에 다다른 사람에 대한
파괴 본능을 숨긴
시기 어린 선망이다.

본문 '천사와 악마'에서

왜 대통령을 원하는가

부지런히 깨우치려 노력하지만, 여전히 모르는 것 천지다. 아무리 책을 읽어도 지식이 느는 속도보다 새롭게 궁금한 것, 무지가 느는 속도가 더 빠르다. 포기하는 게 가장 속 편할 거 같으나 마치 큰일 본 후에 뒤처리하지 않은 것같이 찜찜하다. 모르는 게 더 빨리 늘더라도 궁금한 걸 참기는 어렵다. 그래서 부지런히 탐구한다.

오래전부터 크게 궁금한 게 있었다. 한국인은 왜 그렇게 대통령을 원하는가 하는 점이다. 나도 젊어서 꿈꾸던 대통령이지만, 정말 어리석은 생각이란 걸 깨닫고 새로운 삶의 형식을 찾았다. 대통령을 꿈꾸는 사람의 면면을 살펴보면 대체로 유능하거나 훌륭한 사람이다. 학력이나 경력이나 현재 사회적 위치를 보더라도 나보다 못한 사람이 없다. 도저히 내 생각에 미치지 못해서 대통령을 꿈꾼다고는 생각하기 어렵다. 그렇다면 그들이 대통령을 원하는 이유는 뭘까? 그것이 궁금하였다.

대통령이 재임 기간 충분한 권력과 명예를 누리는 이익은 있으나, 그 과정이 너무 구차하고 치졸하며, 은퇴 후에는 불명예를 넘어서는 굴욕을 맛보아야 한다. 그건 깊이 생각하지 않아도 누구나 알 수 있는 일이다. 지난 대통령의 현재 위치를 보는 것보다 확실한 게 있는가? 해방 이후 역대 대통령 중 퇴임 후 단 한 명이라도 행복하였는가?

과거 누구도 이르지 못한 고지였다면 앞으로도 쉽지 않을 것이다. 물론 누군가 걸어가야 길이 생긴다. 누군가 훌륭한 업적과 흠잡을 데 없는 인격으로 퇴임 후에도 행복한 삶을 증명할 것이다. 그러나 대통령이 되기까지의 수모와 굴욕을 감수하면서까지 퇴임 후 행복한 대통령이 되는 길을 가르칠 필요가 있는가? 굳이 그 사람이 자신이어야 하는 당위성이 있는가? 내가 십수 년간 궁금한 점이다.

오늘 코이케 류노스케가 쓴 책 『마음공부』와 『있는 그대로의 연습』을 읽다가 불현듯 깨달았다. 그들이 대통령을 원하는 건 당연하였다. 물론 대통령이 되는 목적이 국가 번영이나 민족중흥은 아니다. 이념이나 소속 정당, 지지자를 위해서도 아니다. 그런 것은 대통령에 이르기까지 필요에 따라 선택한 것일 뿐이다. 결론은 하나다. 주인공이다.

대통령은 가장 권한이 큰 사람인 만큼 누구나 주목한다. 그의 일거수일투족을 면밀하게 분석한다. 자신의 삶에 유리하게 적용하기 위해서다. 대통령이 권한이 큰 만큼 대통령이 되어서만 주목받는 것은 아니다. 후보로 거론되거나 당내 경선 후보가 되거나 최종 대통령 후보로 선거하는 동안 주인공이다. 적어도 선거가 끝날 때까지는 후보가 주인공이다.

모두가 관심을 집중하고 그의 결정을 기다리는 상태, 그걸 누리려는 것이다. 영화나 드라마에서 주인공만이 누릴 수 있는 찬란한 영광이다. 70억 명 중 하나로 살아가는 것은 어렵다. 누구도 관심 갖지 않는다. 자기 이익에 따라 척할 뿐이다. 그래서 제대로 세상을 통찰하는 이는 외롭다. 인간의 심리를 꿰뚫는 사람은 고독하다. 타인이 자신을 이해하지 않을 뿐만 아니라 관심조차 없다는 데 좌절한다.

대통령은 다르다. 후보도 마찬가지다. 척할 수 없다. 척하다가는 미래가 없다. 대통령 자신보다 더 본성과 의도를 파악하려 애쓴다. 그게 주변인이 살길이다. 권력에 빌붙어 쉽게 살아갈 방법이다. 거대한 권력을 가진 동안은 외롭지 않다. 누구도 관심 있는 척하지 않고 진심으로 의도를 파악하려 노력하고 기꺼이 따른다. 물론 따르는 게 본심이 아니라 어떤 목적을 위해서지만 권력자가 눈치채기는 어렵다.

가난한 사람은 생계를 위하여 직업이 필요하다. 먹고살 만한 사람이 왜 그렇게 아등바등 살아야 하는가? 궁금하지 않은가? 돈이 없을 때는 단지 돈이 목적이지만 생계에 지장이 없는 사람은 주인공으로 살아가고 싶은 것이다. 물론 각자 인생에서 자신이 주인공이다. 스스로 충분히 자각하고 만족하는 사람은 굳이 나서려고 하지 않는다. 그건 극소수다. 우매한 다수는 환호하고 손뼉쳐야 주인공으로 인식한다. 그래서 그렇게 냄새나는 오물통에서 허우적거리면서까지 권력을 탐하는 것이다.

이 사실을 모르던 어제까지는 그들이 안타까웠다. 시작과 과정과 결말을 몰라서인가, 알면서도 추구하는 것인가 궁금하면서도 설득할 수 없는 게 안타까웠다. 단지 자신을 부각하기 위함이란 걸 깨달은 현재 그들을 이해한다. 지저분한 과정과 비참한 결과를 알더라도 중요한 사람으로 현재를 살려는 욕구가 강하다면 그렇게 살 수밖에 없다.

다른 생명체와 마찬가지로 인간도 생존과 번식을 기본 목적으로 한다. 사회생활이 인간이 살아갈 수 있는 유일한 형태고, 사회생활에서 유리한 위치를 점하기 위해서 권력과 명예를 추구하도록 진화했다.

지금은 보통 사람도 생존과 번식에 문제가 없다. 생존과 번식을 위해 필요했던 권력과 명예가 이제는 거꾸로 삶의 목적이 되었다. 완전한 주객전도다. 이제야 인간 일반에 감이 온다. 정년퇴직 후에 여유 있는 사람이 취미생활 하지 않고 직장에 나가는 걸 의아하게 생각했다. 돈이 목적이 아니라 직장에서의 권한과 영향력이 필요한 것이다. 적어도 스스로 즐기는 취미로는 자신이 중요한 사람으로 존재 이유를 인식할 수 없다.

인간은 주인공으로 살아가길 원한다. 실제로 모두 각자 인생에서 자기가 주인공이다. 단지 누군가가 환호하고 찬양하지 않을 뿐이다. 생계에 전혀 지장이 없는 사람조차 그토록 치열하게 사는 이유다. 그 마음을 이해한다. 주인공으로 살아가는 방법을 찾아내어 가르쳐야 한다. 범인의 삶의 태도를 비웃을 게 아니라 타인에게 영향력을 행사하지 않고도 주인공으로 인식할 방식을 찾아내야 한다.

성인이 남긴 어록과 철학자의 논설이 무수히 많고, 부모나 교사의 가르침에도 사람은 살아가는 목적도 살아가야 하는 방식도 제대로 모른다. 이제까지 살다간 사람이 제대로 깨닫지 못했거나 설득해서 못해서다. 사람 같지 않은 사람과 이전투구로 영혼이 타락하면서까지 부귀영화에 집착하지 않아도 주인공으로 살아가는 방식을 찾아야 한다. 내 자식이 사람답게 살아갈 삶의 형식을 찾아내어 가르쳐야 한다.

2021. 8. 14.(토)

권력의 정상

정상에 오르는 길은 험난하다. 국내 제일, 세계 제일만 어려운 게 아니라 학급이나 지방에서 일등하기도 쉽지 않다. 대부분 사람이 원하고 노리기 때문이다.

2022년 대통령선거에 나설 후보를 정하기 위한 여야 후보 간 경쟁이 치열하다. 상대 후보 폭로에 따라 자신도 모르는 사실을 알게 되기도 한다. 자신의 실수나 잘못만 거론하는 게 아니다. 처자식이나 부모는 기본이고 측근이나 사돈의 팔촌까지 까뒤집어 상대를 낙마시킬 수 있다면 물불 가리지 않는다. 지저분한 진흙탕 싸움이 될 수밖에 없다.

논란이 예상되는 사안에 대해 완전한 확인 전에 폭로부터 하므로 사실 확인까지 시간이 걸린다. 서로 너무 많은 설을 유포하고 주장하므로 사실을 모르는 국민은 어느 장단에 춤출지 몰라 강 건너 불구경하듯 한다. 누가 하는 말이 사실이고 누가 하는 말이 거짓인지 알 수 없다. 어쩌면 반쯤은 사실이고 반쯤은 과장

일 것이다. 경천동지할 사실도 매일 듣다 보니 면역이 되어 대수롭지 않은 것처럼 들리기도 한다. 진실을 모르는 우매한 민중은 자신이 정한 후보를 맹목적으로 지지한다. 덩달아 진흙탕에 뛰어든다.

등산이나 사업이나 스포츠에서 정상에 이르기도 쉽지 않지만, 권력의 정상에 도달하는 것은 험난을 넘어서는 길고 지루한 역경이다. 당사자뿐만이 아니다. 주변 사람 대부분 법과 도덕적으로 털리고 이전투구에 휘말린다. 힘든 여정 끝에 도달한 정상은 경험하지 못한 전율적인 희열을 선사한다. 당사자는 물론이거니와 본의 아니게 힘들었던 주변 사람의 기쁨도 크다. 어려웠던 만큼 큰 영광과 이익을 기대한다.

정상에 오른 자는 벅차오르는 감격과 찬란한 영광에 도취하지만, 현실로 돌아오는 데 오랜 시간이 걸리지 않는다. 당선에 급급하여 수없이 내질렀던 산더미 같은 공약을 처리해야 하며, 깊이 생각하지 않던 국내외 산적한 문제를 마주해야 한다. 모든 걸 해결한다고 자신 있게 주장했으나, 쉽게 해결될 문제라면 전임자가 물려주지도 않았을 것이다.

한마음 한뜻으로 일치단결하여 당선자를 도왔던 사람이 봉사활동한 것은 아니다. 소기의 목적이 있을 터다. 열성적으로 뛰던 동지는 거대한 기생충 집단이다. 국가 최고 권력이라지만 추종자 모두를 만족시킬 수는 없다. 해결해야 할 일이 공약과 국내외 현안만 있는 게 아니다.

더 큰 문제는 과거 권력자의 말로를 생각하지 않을 수 없다는 점이다. 기쁨이 공포로 바뀌는 데 긴 시간이 걸리지 않는다. 당장은 권력에 몸을 굽혀 아부하지만, 환호와 찬사 속에는 비수가 숨어 있다. 정적뿐만이 아니다. 논공행상에 불만인 측근이나 가족도 칼날을 간다. 이익 앞에 세상에 믿을 사람은 없다. 전임자에게 충성하던 사람은 모두 어디로 갔는가? 단지 현직에 있을 때 이익을 위해 척했을 뿐이다. 최고 권력자는 외롭다. 순수한 사람과 목적을 가진 사람을 분간할 방법은 없다. 먼 훗날 결과로 알 수 있을 뿐이다.

과거에는 퇴임 후가 두려워 장기 독재의 길을 걷는 사람도 종종 있었으나, 국민 의식 수준에 비추어 가능하지도 않고, 가능하더라도 더욱 비참한 말로가 되리라는 걸 안다. 지저분하고 험난한 과정을 거쳐 기적적으로 도달한 정상에서의 소망은 단 하나다. 안전하게 평지로 내려가는 것, 보통 사람처럼 지내다 운명하는 것이다.

자신의 모든 것을 바치고 가족과 지인의 명예까지 더럽히면서 간난신고 끝에 쟁취한 권좌에서 보통 사람을 꿈꾼다는 사실이 기막히지 않은가?

부와 명예가 따르는 권력의 정상은 매혹적이다. 최고 권위와 압도적인 우월감으로 거대한 쾌락을 맛볼 수 있으나, 더 긴 치욕의 시간을 보내더라도 추구할 것인가? 최고 권력은 가능성만으로 도전해서는 안 된다. 정상에 이르는 길과 정상에서 취하는 모든 행위가 흠잡을 데 없어 퇴임 후에도 행복할 사람만이 가야 할 길이다.

언론에서 높이 띄우고 주변 사람이 이구동성으로 요구하더라도 스스로 판단해야 한다. 당선 가능성이 아니라 대한민국의 안정과 발전에 자신이 최적임자인가? 대통령이 되는 과정과 치세 기간 공명정대하고 청렴결백할 자신이 있는가? 자신뿐만 아니라 친인척이나 지인의 부정부패를 차단할 방법이 있는가? 재임 기간과 퇴임 후 국민에게 사랑받고 행복할 자신이 있는가?

2021. 8. 21.(토)

어항 속 삶의 방식

'제행무상(諸行無常)' 모든 건 변하고 그대로인 건 없다. 빅뱅 이후 우주는 끊임없이 변하고 있다. 존재하는 모든 건 변한다. 눈에 보이는 사물뿐만 아니라 원자 단위에서도 변한다. 원자의 변화가 없었다면 현재 존재하는 사물 대부분은 존재하지 않을 것이다.

우주의 원리나 자연법칙 자체가 변화지만, 인간이 체감하는 데는 한계가 있었다. 수억 년, 수천 년 단위로 변하는 별자리나 생태계를 알아차리기는 어렵다. 그래서 별이나 바다나 돌은 변함없는 존재로 느껴진다. 언제나 그대로 아닌가?

과학의 발달로 밤에 빛나는 항성이나 은하계 태양계도 움직이고 확장하고 끊임없이 변한다는 사실을 알게 되었다. 새로운 사실을 알게 되었을 뿐만 아니라 과학은 자연이 부여한 변화속도를 더하였다. 지구는 날로 모습을 달리하고 있다. 인간으로 인하여 지구의 생태계는 급변하고 있다. 생태계의 변화가 초래할 미래가 무엇일지 상상조차 할 수 없다. 그 미래가 두렵지만 이미 맛 들인 문명의 이기를 포기하고 되돌아갈 방법은 없어 보인다.

생태계는 언제나 강자가 주도한다. 큰 게 작은 걸 포식하는 건 자연법칙이다. 이종뿐만 아니라 동종 개체 간에도 자연법칙은 유효하다. 부와 명예와 권력을 가진 자가 지배하고 영향력을 행사한다. 가정에서도 사회에서도 국가 간에도 마찬가지다. 규모가 큰 집단이 작은 집단을 침략하고 정복하여 지배한 사실을 기록한 게 역사다.

현재도 큰 나라가 작은 나라에 압박하거나 무리한 요구는 여전히 존재하고, 부와 명예와 권력을 가진 자의 횡포는 변함없다. 다만 역사적으로 부당한 핍박에 굴복해야 했던 약자지만 반격할 무기가 생겼다.

한국은 근대화 후발주자다. 100년 전 한국 실정을 목격한 사람이 오늘날 한국을 예상한 이는 없었으리라. 조선 시대까지 제자리걸음 한 한국은 나라가 망한 충격을 겪은 후에야 비로소 꿈틀대기 시작했다. 인간은 웬만한 외부 충격에는 변화를 거부한다. 안주를 지향한다. 차별과 억압이 가해진 후에야 의식이 획기적으로 변하기 시작했다. 한글과 독립 의지로 마음을 다진 한국은 해방 후 최단기간 내에 선진국으로 도약했다. 국제정세의 도움이 있었지만, 누구도 부정하지 못할 한국인의 저력이 있었기에 가능했다.

늦게 출발하였으므로 선발주자를 따라잡기 위해서는 속도가 필요했다. 토대를 다지며 안정적으로 나아가는 건 성공을 장담할 수 없었다. 결론은 방향이 정해진 후 뒤도 돌아보지 않는 무한 질주였다. 달리면서 주변을 확인하는 건 사치다. 이기려는 자의 자세가 아니다. 결승점에 도달할 때까지 전력하는 것뿐이다. 그래서 한국은 세계에서 가장 빠른 사회가 되었다. 모든 게 빠르다. 경제 성장률, 민주화, 정보화, 저출산 고령화, 청년실업, 인권…….

외국인이 가장 먼저 배우는 낱말이 '빨리빨리'라고 한다. 오죽하면 식당에 간 손님이 '빨리 나오는 거 주세요.'라고 하는 말이 일상어가 되었겠는가? 빠른 변화를 쫓아가야 하는 국민은 죽을 맛이지만 멈출 수는 없다. 모두가 질주하는 마당에 혼자서 멈칫거리다가는 낙오할 뿐이다. 힘이 다할 때까지 경쟁하는 수밖에 없다.

너무 빠른 변화로 해결해야 할 당면과제가 숱하지만 바람직한 것이 있다. 사회적 약자가 대항할 무기가 생겼다. 현재 대한민국 사회는 투명사회다. 아니 투명사회로 진화하고 있다. 원래 비밀이란 게 드러나기 위하여 존재하는 것이기는 하지만, 개인의 지능으로 자신이 행한 말과 행위를 감추기는 불가능한 사회가 되었다.

불과 이삼십 년 전에 공공연하게 자행된 언어폭력·구타·무시·왕따·성추행은 제정신인 사람이라면 꿈도 꾸지 못한다. 비밀리에 진행된 개인적인 일도 어디선가 감시하고 있는 세계다. 부와 명예와 권력이 약자를 억압하는 무기였지만, 현재는 반대로 자신을 해치는 흉기가 되고 있다. 서민이라면 넘어갈 일도 유명인이라면 말이 달라진다. 재산이 많을수록, 명예가 높을수록, 권력이

클수록 사소한 일에 나락으로 추락한다.

대통령을 꿈꾸던 사람과 노벨문학상 수상자로 거론되던 사람도 미투에 나가떨어지고, 대기업 사장이나 임원도 갑질이 보도되어 징역 행이며, 국가대표 운동선수도 과거 학교폭력이 드러나서 매장되는 사회다. 무명에서 유명인으로 성공하기도 어렵지만 어렵게 도달한 자리를 지키는 게 쉽지 않다. 실력이 아니라 과거 자기가 저지른 잘못된 말과 행위가 발목을 잡는다.

대한민국은 현재 투명한 어항 속에 사는 형국이다. 목적을 가지고 누군가가 녹음하고 녹화할 수도 있으나, 적의를 가진 사람이 없더라도 어딘가에서 CCTV는 작동하고 있다. 낮말 듣는 새나 밤말 듣는 쥐가 없어도 보고 기록하는 장비가 있다. 쥐도 새도 모르게 한 사소한 실수나 잘못된 행위가 절치부심 끝에 이룬 성취를 무너뜨린다면 허무하지 않겠는가? 남 쉬고 잠잘 때 뼈 빠지게 노력한 이유가 무엇인가?

힘든 사회를 살고 있다. 마음속에 가둬둔 게 아니라면 언젠가 드러나는 사회에서 살아간다는 건 피곤하다. 누구나 스트레스를 받겠지만 반대로 자신이 피해자가 될 상황을 방지하는 시스템이라면 환영해야 한다. 역사에서 자행된 가진 자의 사악한 행위를 기억한다면 불법과 비양심적 행위가 기록되는 사회를 자랑스러워해야 한다.

모두가 들여다보는 투명한 어항 속에서의 삶의 방식은 어떠해야 하는가? 당연히 법을 준수해야 한다. 법으로 제한하지 않더라도 양심에 비추어 저어되는 말과 행위를 억제해야 한다. 그것만으로도 부족하다. 아무리 스스로 통제가 철저한 사람도 흥분하였거나 위기에 처하면 자기도 모르게 본성이 드러난다. 폭언과 폭행이 발생할 수 있다. 지나친 욕망과 사악한 마음을 억제하는 사람도 훌륭하지만 언젠가 폭발할 가능성은 있다. 그 가능성마저도 제거해야 편안한 삶이 되리라.

남에게 훌륭한 사람으로 보이려는 가식적인 삶이 아니라 진정한 인격자가 되어야 한다. 누구나 추앙하고 추구하는 사람이 되어야 한다. 아무도 없는 산중에서나 시민이 우글거리는 전철에서나 미녀로 둘러싸인 유흥업소에서나 마음에 드는 이성과 둘만의 데이트 장소에서나 말과 행위가 차이가 없어야 한다. 보는 사람이 없다고 함부로 행동하는 사람은 사람이 있어도 그 버릇이 나온다. 언행을 바꿀 게 아니라 사고체계를 바꿔야 한다.

인터넷 뉴스 댓글을 보면 휘황찬란한 욕설이 난무한다. 어쩌면 그 욕설이 본심이라기보다는 사는 게 바쁘고 힘든 데 대한 스트레스 해소용일 수도 있다. 깊은 사고의 결과가 아니라 다른 댓글에 대한 반발일 수도 있다. 문제는 자기 본심이 아니더라도 자신이 한 행위가 습관이 되고 정체가 된다는 것이다. 무심코 한 말이 자신을 바꾼다. 말과 행위가 실제 그런 사람으로 만드는 것이다. 인터넷에 뱉었던 말이 현실에 재연될 가능성이 농후하다.

우리는 사유해야 한다. 매사 삼가고 조심할 일이다. 직장 상사나 동료 부하에게뿐만 아니라 모르는 사람이나 허물없는 가족에게도 해서는 안 될 말은 삼가야 한다. 바른 언행은 자신을 바꾼다. 쉽지 않은 과정이지만 끊임없이 반복되는 행위는 사고의 틀을 바꾼다. 본성을 억제하기보다는 본성을 개선해야 한다.

세상은 풍요롭지만 70억 인류의 욕망을 충족하기에는 충분하지 않다. 각자 욕망을 채우기 위해 하는 노력으로 경쟁이 치열하다. 치열한 경쟁으로 성과는 늘 불만이다. 불만인 세상에 불평하지 않을 수 없다. 그래도 참아야 한다. 욕설과 함께 내뱉은 불평은 어딘가에 기록될 뿐 아니라 자신을 사악하고 비열하게 바꾼다. 오늘 푼 스트레스가 먼 훗날 성공 후 부메랑이 되어 돌아온다면 슬프지 않은가? 아프지 않겠는가?

2021. 8. 23.(월)

되돌릴 수 없는 포퓰리즘

내년 예산이 600조 원을 훌쩍 넘는다고 한다. 문재인 정부 원년인 2017년 400조 원대에서 200조 원이 불어났다. 지출만큼 세수가 증가하였다면 문제가 없다. 오히려 코로나바이러스 영향으로 세수는 감소하였다.

어쩔 수 없는 측면이 있다. 코로나바이러스 방역을 위하여 인간 접촉을 강제로 줄이려다 보니 일차산업과 제조업을 제외하면 생산과 소비가 급격하게 위축되었다. 운수 여행 관련 업종을 비롯하여 영세 자영업자가 직격탄을 맞고 휘청거리고 있다. 여러 차례 재난지원금이 지급되었고 불가피한 측면이 있다.

1차 재난지원금을 전 국민에게 일괄 지급한 것은 이해할 만하다. 전례가 없는 현금 지급에서 꼭 필요한 대상자를 선별하는 건 쉬운 일이 아니다. 행정 비용이 증가하고 시간이 지연된다. 소득이 끊긴 취약계층을 위해서 일괄 지급은 타당하였다.

몇 차례 경험에서 다양한 기준이 마련되었다. 누가 정하더라도 경계선에 있는 국민은 있게 마련이다. 소수의 불만이 발생하는 건 어쩔 수 없는 일이다. 인기에 민감한 정치권에서는 부담이 된다. 깔끔하게 일괄 지급이 속 편하다. 일괄 지급은 정치인과 국민을 현혹한다.

문제는 여윳돈이 아니라 빚이라는 데 있다. 2022년 세수는 280조 원을 예상한다고 한다. 세수의 배 이상을 지출하는 셈이다. 나랏빚으로 경제 침체를 막아보려던 일본은 예산 지출 십오 퍼센트가 이자라고 한다. 한 번 불어나기 시작한 빚은 눈덩이같이 불어난다. 처음 주먹만 하던 눈덩이가 수천 미터 산기슭을 구르다 보면 인간이 통제할 수 없는 시점에 이른다. 인간은 경험하지 못한 상황을 견딜 수는 있지만 한번 맛 들인 편리에서 벗어나긴 어렵다. 올해와 내년 예산 600조 원이 문제가 아니라 다가오는 앞날이 더 큰 문제다.

요행으로 내년 이후 코로나바이러스가 잡히고 경제가 급속히 회복한다면 적절한 정책이었다고 칭송할 수도 있다. 작년과 올해 상황을 보면 코로나바이러스가 쉽게 사라질 가능성은 적어 보인다. 늘어난 예산을 줄이기가 쉽지 않다. 세수보다 지출을 두 배로 한다면 얼마나 버티겠는가? 재난 상황은 올해나 내년으로 끝이 아니다. 생각하기도 싫지만, 더 크고 센 놈이 기다리고 있을지도 모른다.

'우선 먹기에는 곶감이 좋다'라는 속담이 있다. 달착지근한 곶감을 마다할 사람은 드물다. 그러나 아무리 맛있고 먹고 싶더라도 앞날에 굶주림의 대가라면 다시 생각해야 한다. 당장 먹고 싶다고 모레나 글피쯤 굶주림이 예상되는데도 먹을 것인가?

정치인의 심정은 이해한다. 기업이 이윤을 저버릴 수 없듯이 정권 획득을 위해서라면 무슨 일이든 하고 싶을 것이다. 국가나 국민이야 어떻든 당장 정권을 상실한다면 여당 정치인에게 가장 큰 손실이다. 어떻게든 막아야 할 상황이다.

문제는 그런데도 정권을 빼앗길 때다. 지금 야당에서는 선거용 선심 쓰기 예산이라고 반발하지만, 자기들이 정권을 잡으면 달라질 것이다. 정권을 유지하기 위하여 전 정권의 실정을 답습할 것이다. 어쨌든 정권을 지켜야 하지 않는가?

한번 늘어난 예산을 급격하게 줄이는 건 쉽지 않다. 한번 길들인 문명의 이기에서 벗어날 수 없듯이, 일단 누려본 복지를 거둔다면 많은 국민이 반발한다. 늘어나는 복지 예산만큼 세수가 증가하지 않는다면 그 끝이 무엇이겠는가? 한국은 미국이나 일본이나 유럽이나 중국과 다르다. 세계 경제를 좌우하는 덩치 큰 나라는 돈으로 버틴다. 미국이 40년간 재정과 무역 쌍둥이 적자에도 버티고 승승장구하는 이유이기도 하다. 한국이나 태국이나 그리스였다면 30년 전에 부도가 나고 국가 자체가 해체되었을지도 모른다.

가장 많은 양적 완화를 하여 화폐가치가 떨어져야 함에도 달러가 강세다. 재정 건전성이 한국과 비교조차 되지 않는 미국이지만 세계적 위기에는 달러 가치가 상승한다. 미국의 무역과 재정 적자는 각 나라가 처할 유동성 위기에 비하면 아무것도 아니다. 비교 대상이 아닌 선진국과 비교하면서 재정 건전성 운운하면 전문가가 아니다.

일인 국민소득 1만 달러를 사수하기 위하여 원화 가치 하락을 막으려다 IMF를 부른 김영삼 정부의 우를 재현해서는 안 된다. 1997년 경험하지 못한 구조조정으로 얼마나 많은 사람이 힘들어 하였는가? 불과 몇 년 전에는 선진국이라는 이탈리아 스페인 그리스에서 위기가 왔고 아직도 완전히 회복하지 못한 상태다. 우리에게는 타산지석만 있는 게 아니다. 스스로 경험한 살아있는 반면교사가 있다.

정치인의 정권 획득이 중요하다고는 하더라도 국가 부도 위기로 가는 길을 선택해야 하는가? 정치인의 노림수에 국민이 호응해야 하는가? 인간에게 내일보다 오늘이 더 중요한 건 사실이다. 불확실한 미래에 대한 두려움으로 오늘을 완전히 희생하는 건 옳지 않다. 그렇더라도 오늘 좀 더 나은 즐거움을 위하여 미래 닥칠 것이 뻔한 재난을 묵과하는 건 인간이 할 현명한 판단은 아니다.

2021. 8. 25.(수)

용아장성

강원도 설악산에서 암벽을 오르던 오륙십 대 남성 2명이 추락해 사망하는 사고가 발생했다. 일행 6명과 설악산 내 비법정탐방로인 용아장성 암벽을 앞서 오르던 사람이 미끄러져 뒷사람과 함께 추락사한 것으로 보인다.

설악산 용아장성은 남한 최고의 절경을 자랑한다. 안전시설이 제대로 갖춰지지 않아 매년 사망사고가 발생하자 등산로를 폐쇄하여 절경만큼 널리 알려지지 않았지만, 한 번 다녀간 사람은 국내 최고 경치라고 말하는 것을 망설이지 않는다.

용아장성은 설악산 내설악지구에 있는 능선으로 공룡능선과 함께 설악산의 대표적인 암릉이다. 수렴동 대피소에서 봉정암에 이르는 약 5km 구간에 걸쳐 날카로운 암봉으로 형성되었다. 북쪽으로는 공룡능선을 마주 보며, 남쪽으로는 서북능선을 마주하여 두 능선을 배경으로 하는 풍광이 장관이다. 말 그대로 숨겨진 빼어난 경치, 비경이다.

용아장성은 뾰족하게 솟은 20여 개의 크고 작은 암봉이 용의 송곳니처럼 날카롭게 솟아 성처럼 길게 늘어선 데서 그 명칭이 유래하였다. 용아장성은 해발 1,000m가 넘는 곳에서 오랜 침식과 풍화작용으로 약한 암석은 떨어져 나가고 단단한 암석만 남아서 만들어졌다. 절리 면을 따라 침식이 진행하여 첨봉의 형태로 발전하였고, 일부 구간은 수직에 가까운 절벽으로 형성되어 보는 이의 감탄을 자아낸다.

국립공원관리공단에서 출입금지지역으로 지정하였기에 오늘 사망자는 전적으로 자신의 책임이다. 관리공단에서 출입금지 지역으로 지정하였다고 탐방객이 없는 것은 아니다. 경험자의 안내로 매년 많은 산악인이 탐방한다. 물론 사고 나면 본인 책임이고 적발되면 벌금 10만 원을 내야 한다. 그래도 금강산을 갈 수 없는 처지에서 대한민국 제일 절경이라는 용아장성을 탐방하려는 사람은 끊이질 않는다. 관리공단에서는 사고에 책임지지 않으려는 면책용 출입금지에 그칠 것이 아니라 약간의 안전시설을 설치하여 산악인의 출입을 허락해야 한다.

죽기 전에 가봐야 할 곳으로 중국 장가계나 황산, 미국 그랜드캐니언이나 나이아가라 폭포를 손꼽는다. 국내에서는 단연 금강산이지만 철조망으로 갈린 현재 관광이 불가능하다. 금강산 다음으로 절경으로 손꼽히는 설악산 용아장성은 비법정탐방 구역으로 발이 묶였다. 비싼 비용으로 중국이나 미국을 가기 전에 한국 제일의 풍경을 먼저 봐야 하지 않겠는가?

용아장성이 출입금지 지역으로 설정된 것은 사망사고가 잦은 안전 문제였다. 지인을 따라 탐방해 보니 정상인이 위험하다고 느낄 만한 곳은 불과 두세 군데다. 큰 비용을 들이지 않고 안전시설을 설치할 수 있다. 안전시설을 설치하지 않는 이유는 비용 문제가 아니라 환경단체의 반대다.

환경단체의 반대 논리는 안전시설 설치에 따른 환경 파괴보다 많은 사람이 탐방하다 보면 자연이 훼손된다는 것이다. 오래전 결정된 후 공무원 특유의 복지부동으로 오늘에 이르고 있다. 그대는 환경단체 주장에 동의하는가? 탐방객 증가로 자연 훼손이 우려된다면, 자연을 보호하는 이유는 무엇인가? 보호하여 공개하지 않는다면 누구를 위한 보호인가? 매년 국립공원관리공단의 감시를 피해 몰래 탐방하는 일부 전문 산악인을 위한 것인가? 환경단체 논리에도 어처구니없고 그 결정을 의심 없이 따르는 공원 측 대응도 이해할 수 없다.

웬만한 산 정상에는 케이블카를 설치하겠다고 난리다. 노약자나 장애인도 볼 권리가 있어서란다. 걷지도 못하는 사람을 위해서 산 정상까지 케이블카 설치하는 것은 환경보호에 어긋나지 않고 국내 제일 절경을 사지 멀쩡한 사람조차 자연보호를 명목으로 차단하는 것이 바른 결정인가?

지나치게 많은 사람이 몰려 안전이 문제라면 탐방객 예약제로 인원을 제한할 수도 있고, 비싼 입장료를 책정하여 보고 싶어도 자주 갈 수 없도록 할 수도 있다. 나는 한 번 보는데 10만 원 입장료를 내더라도 다시 가보고 싶다. 탐방이 허락된다면 가족에게도 보여주고 싶다. 몇 군데를 제외하면 위험하지도 힘들지도 않은 코스다. 공룡능선에 비교하면 절반의 노력으로 세 배 네 배 멋진 장관을 볼 수 있다.

산을 좋아하지 않는 정치인이나 시민은 관심이 없을 것이다. 그러나 한 번이라도 어떤 형태로든 용아장성을 본 사람이라면 안타까움을 넘어 서글픈 감정을 느낄 것이다. 우주여행도 아니고 해외여행도 아니다. 얼마간의 경비로 최고의 광경을 볼 권리를 우리 국민은 잃었다. 입장료 10만 원을 책정한다면 외화획득만도 상당할 것이다.

오늘 사망한 두 산악인이 안타깝다. 허용되지 않은 등산로를 택했기에 책임은 본인에게 있다. 관리공단은 전혀 책임이 없다. 그래도 양심의 가책은 느껴야 한다. 사람이 죽은 것과 안전시설을 전혀 손보지 않은 것뿐만 아니라 두 번 다시 보기 힘든 아름다운 광경을 합법적으로 관람하지 못하게 한 죄에 반성해야 한다. 사망한 두 분 산악인의 명복을 빈다. 산악인으로서 보기 힘든 최고의 절경을 마지막으로 본 걸 위안 삼으시길 바라는 마음이다.

2021. 10. 3.(일)

양극화 해소

여당 대통령 후보 경선에서 패배한 이낙연 전 총리가 이재명 후보에게 줄곧 지지율에서 밀리자 네거티브 선거 전략 포기를 천명하고 마지막으로 내세운 정책이 양극화 해소다. 당시 이재명 후보에게 충청권 과반 득표를 허용했을 뿐만 아니라, 누가 나서더라도 야권 후보에 패한다는 여론조사 결과가 충격이었다. 경선 패배보다 정권 재창출 실패는 더 큰 문제다. 다급한 마음으로 내세운 선거 정책이었다.

당면한 해결과제가 산적해 있으나 최우선 과제로 양극화 해소를 선택한 것이다. 사실 자본주의에서 양극화는 자연스러운 현상이다. 물이 중력의 영향으로 아래로 흐르듯 자본은 증식 속성으로 이윤이 큰 곳으로 모인다. 가난한 자에게 가서 돈이 쌓일 리 없다. 소비하기에 바쁘다. 부유한 자에 가야 소비하지 않고 재투자 기회를 얻을 것이다. 돈이 사고력은 없으나 돈을 가진 사람의 영향으로 부유한 자에게 향한다. 자본주의 사회에서 부의 쏠림은 당연한 현상이다.

부의 쏠림이 당연하지만 방관할 수는 없다. 부유한 자가 더 부유해진다고 하여 크게 문제 될 건 없지만, 최저생계비에 못 미치는 저소득자가 다수 발생하면 사회가 유지되지 않는다. 얼어 죽거나 굶어 죽을 위기에 처한 사람이 극소수라면 비참한 결과로 끝날 것이나 다수라면 말이 달라진다. 자본주의에서 돈이 권력이고 힘이지만 체제가 정상으로 작동할 때 일이다. 어떤 이유로든 민중이 죽을 위기에서 그대로 죽지는 않는다. 이판사판으로 무모해 보이는 도전을 시도한다. 혁명은 다수가 생존에 어려움을 겪을 때 발생한다.

역사에는 수많은 혁명이 있었으나 엄청난 희생을 치러야 했다. 기득권도 무산자도 엄청난 사람이 희생되었다. 결과적으로 이득을 보는 사람도 생기지만 빈부 귀천을 떠나 생존이 보장되지 않는 혁명 상황은 피해야 한다.

혁명 상황에 이르지 않으려면 국민 다수가 생계에 지장을 받지 않을 수준으로 경제가 유지되어야 한다. 부의 양극화, 돈의 쏠림 현상을 인위적으로 통제해야 한다. 그것이 세금이다. 적절한 수준의 세금으로 국민 복지 향상과 유지를 도모해야 한다.

논리는 간단하나 경계를 정하는 일이 어렵다. 국민 개인은 경제 사회적으로 촘촘하게 연결되어 있다. 단순하게 새로운 제도를 시행하면 엄청난 부작용이 따른다. 세금을 걷는 것도 공정하게 사용하기도 어렵다. 양극화 해소란 적절한 납세제도와 효율적인 복지정책 시행이다.

복지정책을 세워 시행하는 건 비교적 쉽다. 어려운 사람에게 도움이 될 방법을 찾아 수행하면 된다. 재난지원금처럼 현금으로 지급할 수도 있다. 문제는 부족한 예산을 어떻게 확보하는가다.

소득세는 현재 선진국 수준의 누진세 제도를 급격하게 수정하기 어렵다. 세금을 추가로 걷을 곳은 재산세와 소비세다. 양도세와 증여세를 포함한 재산세를 늘려야 한다는 데는 이론의 여지가 없다. 어느 지점까지 어떤 비율을 적용할 것인가가 문제다.

2억짜리 집이나 10억짜리 집이나 100억짜리 집 크기가 유사하다면 생활에 큰 차이는 없다. 더 나은 환경의 혜택을 받을 뿐이다. 우리나라는 서울에서도 강남이 제일 비싸다고 한다. 학군이니 편의 시설이니 하지만 결국 몇십 배 가격 차이는 투기적 성격이 짙다. 장기적으로 납세 비율을 높여 집값 상승이 재산 증식에 도움 되지 않는다는 걸 증명해야 한다. 어쩔 수 없이 거주해야 하는 사람만으로 제한할 때 집값은 정상을 되찾을 것이다.

인간이 경제활동을 할 때 발생하는 것이 소비세다. 개인은 인식하기 어려우나 모든 제품에는 세금이 포함되어 있다. 국민 필수품에 많은 세금을 매기는 것은 어렵다. 서민이 매일 사용하는 의식주 필수품에는 최소한의 세율을 적용해야 한다.

사치품을 콕 집어 설명하기 어려울 정도로 재산에 무관하게 비싼 물건을 선호하는 마니아도 있지만, 평균의 서민이 사용하지 않는 것이라면 사치세를 부과해야 한다. 가난한 사람도 자가용은 있다. 자가용 없는 생활은 사실 곤란하다. 오천만 원, 일억 원 이상 차량에 많은 세금을 부과하는 것이다. 천만 원짜리 명품 핸드백이나 수천만 원 하는 그림이나 골동품도 마찬가지다. 요컨대 생활필수품이 아니라 재산으로 취득하는 것이나 과시용 물품에 물건값 50% 이상의 세금을 매겨야 한다.

100억짜리 집에 살고 있으나 소득은 없다는 사람도 있고, 가난해도 일억짜리 자동차나 오천만 원짜리 명품 핸드백을 소유하겠다는 사람은 불만스러울 수 있다. 어차피 모든 이를 충족하게 할 제도는 없다. 재산뿐 아니라 신분 지위 학력 직업 남녀 나이에 따라 각자가 처한 상황은 다르다. 공정한 법을 정해 놓고 각자 유리한 생활방식을 찾아야 한다.

대선 후보 경선 패배와 정권 재창출 불발 위기에서 내린 이낙연 전 총리의 고심이지만, 누가 대통령이 되어도 해결해야 할 첫째 과제다. 힘들다, 죽고 싶다 하면서도 이 정도 경제 수준과 인권을 누리는 나라가 흔치 않다. 많은 것을 개선하고 혁파해야 하지만 근본 체제가 뒤흔들리는 것만은 막아야 한다. 누가 되더라도 양극화 해소를 위한 더 나은 제도를 정착하여 흔들리지 않는 대한민국을 기대한다.

2021. 9. 7.(화)

무엇을 할 것인가

유사 이래 2000년까지 한번 정한 직업은 거의 평생을 갔다. 본인의 의지와 관계없이 우연히 직업을 가졌거나, 재능이나 노력으로 직업을 선택하였거나 평생 같은 일에 종사해도 생존에 지장이 없었다. 아무리 하찮은 일이라도 한 우물을 파는 자는 언젠가 전문가가 되고 적어도 굶어 죽을 가능성은 작았다.

산업혁명 이후 급변하기 시작한 인류 문명은 모든 걸 바꾸었다. 오천 년 동안 생산력에 거의 변화가 없었으나 화석연료를 이용한 동력과 기계를 이용하면서 생산성이 극적으로 향상하고, 생산성이 향상된 만큼 인류는 급증하였다. 인류의 증가는 더 많은 생산을 요구하고, 문자와 인쇄술과 정보통신의 발달에 따른 인류 집단 지성은 인류의 모든 수요를 해결하였다. 생존에 필요한 거의 모든 걸 생산하고 있으나, 그 결과는 자원의 고갈과 환경 파괴다. 지구 자정 능력을 초과하는 빠른 자원의 소모와 환경 파괴는 인류의 종말을 부를 것이다. 그전에 닥친 문제는 인간이 할 일이 사라진다는 것이다.

미래학자들이 다양한 미래 삶을 조망하지만 확실한 건 없다. 모든 역사가 그렇듯 지나고 나면 원인과 과정이 선명하게 보이지만, 지난 과거와 현재 상황과 지식만으로 미래를 예측하는 건 소경이 코끼리 뒷다리 만지기다. 불확실하고 예측 곤란하지만, 너무도 빠른 속도로 세상이 변하므로 내일을 예상하지 않는다면 그 결과는 낙오나 도태일 것이다. 최대한 변화를 예측하고 준비해야 한다.

무엇을 할 것인가? 내가 어린이라면 그림이나 글짓기에 노력할 것이다. 거의 모든 직업이 사라질 것이 예측되는 오늘날에도 만화나 게임업계에 애니메이션 전문가는 인력난이 심각하다. 만화나 캐릭터는 있는 그대로 그리는 게 아니라 현실보다 더 아름답게 형상화한다는 데서 인간의 감성이 필요한지도 모른다. 존재하지 않았으나 있을 듯한 이야기를 꾸며내는 글짓기도 감성이 없는 인공지능에 바랄 수 없는 일일지도 모른다. 미래 유망한 직업은 인공지능을 가진 기계가 할 수 없는 일이다.

내가 중고등학교에 다니는 청소년이라면 첫 번째로 사관학교 진학을 노릴 것이다. 남녀 무관하게 군대는 미래 최상의 직업이다. 돈벌이에 유리하다고 상위 일 퍼센트는 의대를 지망하지만, 의사도 없어질 직업으로 예상될 뿐 아니라 지나친 경쟁으로 소득이 낮아진다는 통계가 있다. 국가가 존재하는 한 국방은 필요하다. 인공지능과 로봇이 아무리 발전해도 인간의 지휘 통제와 판단은 필요하다. 30년 안에 군대가 사라질 일이 없다면 장교는 가장 유망한 직업이다.

과거에 선호하던 정치인, 검찰, 기자는 권력을 누린다는 점에서는 매력적이나 부패할 가능성이 너무 크다. 인간의 의지만으로 공명정대하고 청렴결백한 것은 복잡다단하고 촘촘하게 짜인 인간 사회 특성상 불가능하다. 자신만은 물들지 않고 살 것을 자신해서는 안 된다. 시궁창이나 똥통에 빠져서 구린내가 나지 않을 걸 기대한다면 오만이 아니라 무지한 거다. 썩는 냄새가 싫다면 오물 근처에 접근하지 않는 게 최선이다. 그런 의미에서 정치인 검찰 기자는 추천하지 않는다.

사관학교를 희망하더라도 진학하는 건 쉽지 않다. 사관학교에 갈 수 없다면 경찰대학이나 소방공무원 등 공무원을 노리라고 권하고 싶다. 공무원 자격을 확인하여 명문대학 입학에 전념할 게 아니라 고등학교 졸업 후 바로 공무원 시험에 응시하는 게 좋다. 물론 명문대학을 나와서 대기업에 취업 가능하다면 그것도 좋다. 현재 기준으로 공무원이나 대기업에 취업하는 사람은 십 퍼센트 미만이다. 한두 번 시도해서 가능성이 없다면 다른 길을 찾는 게 좋다. 죽을 때까지 공무원을 고집하면서 허송세월해서는 안 된다.

내가 대학생이거나 대학 졸업 후 취업 준비 중이라면 일단 공무원 시험에 응시하거나 대기업 취업을 노릴 것이다. 몇 번 시도해 보면 스스로 가능성을 판단할 수 있다. 공부에 재능이 없어 불가능함에도 십수 이십수 한다는 건 부질없는 짓이다. 소중하고 아까운 시간과 삶을 낭비하는 것이다.

모두가 원하는 직업을 구할 수 없다면 틈새시장을 노려야 한다. 굴착기, 대형크레인, 특수차량 등 전문기술이 필요한 중장비 기사도 좋은 직업이다. 목수를 비롯한 건축기술자도 좋다. 기술자가 적성이 맞지 않는다면 농림어업 등 지자체 지원사업을 알아보는 것도 좋다. 농림어업이 여성이 원하는 직업이 아니라서 결혼하기에는 쉽지 않으나, 어차피 결혼과 육아와 집 구하는 일이 하늘의 별 따기라면 젊은이가 대우받는 직업을 선택하는 것이 좋은 방법이다. 현재는 세상 물정 모르는 여성이 싫어하는 직업이나 현실을 깨달은 여자의 생각이 바뀔지도 모른다.

현재로는 상위 십 퍼센트, 미래에는 상위 일 퍼센트 외에는 유망한 직업을 갖기 어렵다. 유망한 직업 얻는 게 곤란하다면 무엇을 할 것인가? 최저생계비는 국가에서 지급할 것이므로 세계 여행이나 하면서 즐기는 것이다. 여행하다가 마음에 드는 이성을 만난다면 사귀거나 결혼할 수도 있다. 좋은 직업을 구해서 부귀영화를 누리는 것이 행복을 위해서라면 직업 없이 행복한 길을 찾아야 한다. 영어와 스페인어를 공부해서 남미나 아프리카 여행을 떠나는 것이다.

어린이를 둔 부모라면 우선 세상 공부를 제대로 해야 한다. 지나온 삶의 경험을 밑천으로 자식에게 공부를 강요해서는 안 된다. 명문대학 나와도 취직 못 하는 걸 번연히 알면서도 대학입시에 목매서는 안 된다. 자식의 재능과 수준을 파악하여 적절한 진로를 알려줘야 한다. 결코, 모두가 불행한 무한경쟁의 세계로 들어서는 걸 좌시해서는 안 된다.

아무리 취직이 어렵고 세상에 자신을 드러내 인정받는 삶이 힘들다 하더라도 부패한 삶, 역겨운 냄새나는 삶을 추구해서는 안 된다. 자신의 부귀영화나 호의호식 외에는 거의 무관심한 인간의 특성상 권력에는 온갖 비열한 기생충이 꼬인다. 자신의 의지로는 절대 공명정대하거나 청렴결백할 수 없는 정치인이나 법조계, 언론에 종사해서는 안 된다. 다른 사람이 썩는 냄새에 적응한다고 하여 자신까지 그럴 필요는 없다. 아무리 더럽고 추한 세상이라도 그대만은 맑고 푸르게 살아가라.

2021. 9. 13.(월)

송해

송해는 바다 이름이 아니다. 전국 노래자랑 진행자 이름이다. 1927년생 올해 95세라고 한다. 대단한 분이다. 아버지가 93세인데 5년 이상 요양병원에 계신다. 지금은 거의 의식도 없다. TV 진행자가 특별한 사람은 아니지만 95세라면 말이 다르다.

만 60세 환갑잔치하던 게 불과 40년 전이다. 오륙십 년대에는 환갑 지난 노인이 드물었다. 환갑은 천수를 누린 증표였다. 그래서 열린 동네잔치가 환갑잔치였다. 요즘 환갑은 노인 축에도 못 낀다. 시골 경로당에서 일흔 안 된 할아버지가 얼씬거리면 애가 왜 왔느냐고 혼난다고 한다. 아흔 넘은 노인이 즐비한 세상에서 일흔은 애다. 애가 애들하고 놀아야지 어른 노는 데 끼면 지청구 먹기 알맞다.

수명이 급격히 늘어 늙어도 애 취급받는 건 정상이라도 방송인 송해는 특별한 경우다. 나이 들어서도 겉으로 보기에 멀쩡한 사람은 있다. 딱 겉으로 보기에만 그렇다. 심도 있는 대화를 할라치면 대화가 어렵다. 외모나 태도는 정상이지만 이성은 노화가 확연하다. 여든 넘어 정신 말짱한 사람 드물다. 송해는 아흔다섯에 방송을 진행한다. 놀랍다.

방송 진행은 드라마와 또 다르다. 딱 정해진 말만 하면 되는 탤런트는 많은 연습과 여러 번 시도로 가능하다. 생방송 진행자는 실제로 사물을 보고 판단하는 임기응변을 해야 한다. 아흔다섯 송해가 생방송을 진행한다는 것은 어떤 상황에서도 수습하고 넘길 젊은이 못지않은 임기응변이 있다는 것이다.

인터넷에 송해 관련 뉴스가 떴다. 코로나바이러스로 벌써 2년째 방송을 진행하지 못하고 있다고 한다. 넉넉한 풍채가 매력적이었는데 최근 7kg이나 빠졌다고 한다. 누구나 세월을 역행할 수 없지만, 바뀐 외모에 문득 비애가 몰려온다.

아직은 정정하고 후임 진행자로 이상벽을 지명하였다는 말에도 결국 떠날 수밖에 없는 인간의 말로를 보는 것 같아 씁쓸하다. 1994년부터 전국 노래자랑을 진행하였다고 한다. 1994년이면 내 나이 스물아홉이다. 세상에 두려울 게 전혀 없고 세상을 뜯어고칠 자신감이 충만했을 때다. 그로부터 은퇴한 지금까지 현역 방송진행자로 있다는 것이 믿어지지 않지만, 나이 아흔다섯에 비쩍 마른 모습을 보니 감개무량하다.

우리 아버지보다 많은 나이임에도 늘 TV에서 나오니 무덤덤하게 보았던 게다. 나는 나이가 매년 늘지만 늘 같은 모습이었던 송해는 그대로인 것 같았다. 살 빠진 송해를 보니 비로소 연예인도 불사불멸의 신이 아니라 나와 같은 인간이라는 게 느껴진다.

인간적인 비애가 몰려오지만 그만한 게 어디인가? 나이 아흔다섯에도 방송 진행을 꿈꾸는 송해 선생님이 부럽다.

사는 게 무엇인가? 부귀영화도 좋고 불멸의 명예도 좋지만 살아서 즐겁고 행복한 게 최고 아니던가? 100세 가까운 나이에도 방송에 출연하여 웃고 즐기면서 많은 사람에게 빠르게 흘러가는 세월을 잊게 하는 송해 선생님은 현대인의 모범이다.

2021. 9. 15.(수)

강의 이야기

법륜 스님은 명강사로 이름이 높다. 어렵지 않은 말과 누구나 알 만한 비유로 재미있게 설명한다. 법륜 스님 강의에는 언제나 청중으로 들어차고 모두 강의에 집중한다고 한다. 나는 직접 강의를 들은 적은 없다. 소문이나 인터넷을 통하여 알았고 법륜 스님의 생각이나 말은 그의 저서를 통해 알았다. 저서가 강의 경험을 바탕으로 구어체로 쓰여 직접 청취하는 것과 큰 차이가 없다.

사실 글로는 타계한 법정 스님이 더 유명하다. 간결하고 담백한 문체에 사상이나 주장이 뚜렷하게 녹아있다. 법정 스님 수필집은 대부분 읽었으나 모두 가지고 있지는 못하다. 법정 스님이 죽기 전에 모든 저서에 대한 발간과 유통을 금하라고 하였기에 출판사에서 계속 출간할 수 없다. 헌책이라도 구하려면 구할 수 있으나 더는 새 책을 구할 수 없다.

이십여 년 전부터 법정 스님 애독자였으나 법륜 스님의 책도 만만치 않다. 쉽게 읽히는 면에서도 내용이 유익하다는 점에서도 비슷하다. 법정 스님은 담담하게 세상의 현상과 자기 생각을 간결한 문장으로 표현하나, 법륜 스님은 우스갯소리를 포함한 구어체로 표현한다. 직설적인 구어체가 나도 모르게 웃음 짓게 할 때가 많다. 두 분 스님의 책은 쉽게 읽히고 재미있으면서도 내용이 유익하다. 깨닫는 바가 많다.

오늘은 『법륜 스님의 행복』을 읽었다. 수필집인데 내용에 강의에 관한 이야기가 두 편 나온다.

첫 번째는 강의를 듣는 청중에 관한 이야기다. 스님은 강의가 가장 어려운 사람으로 군인과 공무원을 들었다. 강의를 추진한 사람은 법륜 스님을 잘 알기에 강사로 정했겠지만, 군인이나 공무원은 스스로 청취를 원한 사람이 아니라 주로 의무적으로 참석한 사람이다. 강의에 관심 없는 사람이 조는데 강사가 신명 날 리가 없다. 다음은 학생이다. 교수가 출석을 확인하는 상황이면 군인이나 공무원과 큰 차이가 없다. 가장 강의에 몰입하는 사람은 비싼 돈을 내고 입장한 청중이다. 많은 돈을 내고라도 강의를 들으려고 바쁜 시간을 쪼갠 사람의 청취 태도가 어떨지 보지 않아도 눈에 선하다. 강사가 얼마나 신나겠는가? 그래서 법륜 스님은 돈 내고 듣는 청중을 가장 좋아한다고 한다.

두 번째는 강의료에 관한 이야기다. 스님은 강의료를 받지 않는다. 강의료를 받으면 노동이 되어 힘이 들고 의무감에 재미가 떨어진다고 한다. 강의료를 받지 않으면 공익을 위한 자발적인 봉사가 되므로 더 신나고 보람을 느낀다고 한다.

간단한 두 이야기에 진리가 숨어 있다. 배울 때는 돈을 내야 한다는 것이 하나다. 자본주의 사회에서 가장 중요한 게 바로 돈 아니던가? 그 소중한 돈을 허투루 쓰지 않기 위해서라도 입장료를 낸 사람은 강의에 몰두할 수밖에 없다. 그 시간에 다른 일을 하지 않을 바에야 강의를 열심히 듣는 것보다 효율적인 일이 무엇이겠는가?

보람과 재미를 느끼려면 무상으로 베풀어야 한다는 게 다른 하나다. 대가로 돈을 받는 것은 거래다. 적게 받으면 손해고 많이 받으면 부담이다. 강의 준비가 제대로 되어 있지 않고 청취자의 자세가 불량하면 짜증이 날 수도 있다. 처음부터 작심하고 불우한 중생을 구제하거나 도우려고 하였다면 말이 다르다. 어떠한 상황에서도 최선을 다하게 되고 청중의 반응에 따라 크고 작은 보람을 느낀다. 부모가 자식에게 대가를 바라지 않는 것과 마찬가지다. 부모는 다만 자식이 건전하고 훌륭하게 성장하기를 바랄 뿐이다. 자식이 훌륭한 사람으로 살아가는 자체가 큰 보람이다. 세상 사람에게 존경받는 자식을 둔 부모보다 행복한 사람이 누구이겠는가?

세상은 넓고 훌륭한 사람은 많고 읽어야 할 책은 끝이 없다. 간혹 흥미가 떨어지는 책이 없지 않으나, 정독하면 교훈이 없는 책은 드물다. 처음 읽는 게 아니건만 오늘도 법륜 스님의 말씀은 내 가슴을 흔든다.

2021. 9. 16.(목)

미녀

남자는 미녀를 좋아한다. 남자는 동성 남자보다는 이성인 여자를 더 좋아한다. 유전자의 지엄한 명령인 번식을 위한 어쩔 수 없는 본능이다. 남자가 남자를 더 좋아하는 사태가 발생한다면 인류는 멸종 위기에 처할 것이다. 남자가 여자를 좋아하는 건 신의 섭리이자 불변의 자연법칙이다. 남자가 미녀를 좋아하는 것도 변함없는 진리인가?

유사 이래 기록에서 남자가 미녀를 좋아했다는 것을 알 수 있다. 특별한 예외가 아니고는 미녀 외에 역사에 기록된 사례가 없다. 물론 남자도 아무나 역사에 기록될 영광이 주어지는 건 아니다. 특별한 업적을 남긴 자, 주로 전쟁에서 승리한 영웅호걸이 이름을 남겼다. 여자가 이름을 남긴 건 역사에 기록된 영웅의 선택에 의해서였다. 하(夏)나라 말희와 은(殷)나라 달기와 서주(西周)의 포사는 왕의 총애를 받다가 멸국(滅國)을 이끌었다. 이른바 경국지색이다. 오나라 부차의 서시, 삼국지 여포의 초선, 당 현종의 양귀비가 영웅의 짝으로 역사에 이름을 남긴 미녀의 대표적인 사례다. 서양에서는 로마의 권력자 카이사르와 안토니우스와의 사랑으로 유명한 클레오파트라가 있다. 프랑스혁명에 따라 단두대에서 생을 마감한 루이 16세와 왕비 마리 앙투아네트도 이름을 남겼다.

미녀로 이름을 남겼지만, 그들이 미녀대회에서 입상한 건 아니다. 무소불위 권력을 가진 사람이 선택하였다면 당연히 당시 남자들이 가장 선호하는 여자를 차지했을 것이라는 역사가의 추측이 미녀로 기록된 이유다. 어쩌면 미녀라서 권력자에게 선택된 게 아니라 권력자에게 선택되어서 미녀로 기록되었을지도 모른다.

미녀는 불변의 진리가 아니다. 시대에 따라 미녀의 기준이 변했다는 사실이 증명한다. 영향력이 큰 사람의 취향이 주변 사람에게 영향을 주고 유행으로 바뀌었을 가능성이 크다. 진정한 미녀는 보아서 아름다운 게 아니라 역사에 기록될만한 유능한 사람을 남편으로 둔 사람이었다.

과거에는 토실한 글래머형이 미녀로 통하였다면 현재는 비쩍 마른 사람이 미녀로 불린다. 개인의 취향이 아니라 방송의 영향으로 굳어졌고 유행에 따라 확고해지는 순환이 거듭되고 있다. 이른바 시너지 효과다. 한번 추세로 결정되면 획기적인 사건 사고가 없는 한 더 강한 추세로 발전한다.

왜 남자는 미녀를 선호하는가? 당연히 미녀를 좋아하지 추녀를 좋아할 사람이 어디 있느냐고 반문하고 싶겠지만, 사실 미녀를 선호한다는 건 허구다. 자기 본심이라기보다는 세상 남자의 기호에 동참하는 것이다. 대부분 남자가 유행에 맞는 여성을 선호한다면 그런 여자를 배우자로 둔 사람은 누가 보더라도 성공한 사람이다. 그의 인격이나 재산이나 지식수준을 외모로 알 수는 없다. 가장 확실한 건 그 아내의 외모를 살피는 것이다. 경국지색 미녀를 거느렸다면 그의 탁월함이 증명된다. 모든 남자가 추구하는 여성이라면 남자 선택권이 있었을 것이다. 모든 남자 중 선택되었을 미녀의 남편이 위대하지 않다면 누가 위대하겠는가? 남자가 미녀를 얻기 위해 고집하는 건 가장 빠르고 확실하게 인정받는 방법이기 때문이다.

남자가 미녀를 원하는 것은 그녀가 아름다워서가 아니라 자신의 능력을 증명하기 위해서다. 구구절절 구차하게 설명하지 않더라도 자신의 위대함을 만천하에 과시할 수 있어서다. 모든 남자가 선호하는 미녀는 그래서 자체로 권력이고, 미녀를 획득한 남자도 권력을 획득하게 되는 셈이다. 남자는 다른 남자의 외모나 학력에 기죽는 게 아니라 그 아내의 미모에 꼬리를 내린다. 자세히 비교하지 않아도 미녀가 선택한 남자의 학력이나 재산이나 인간성은 뻔하지 않겠는가?

이런 상황에서도 남자가 미녀를 선호하는 것을 탓할 것인가? 상호 교류가 거의 없었던 과거에는 동네에서 제일 똑똑하거나 예쁘다고 인정받는 것으로 충분하였으나, 지구가 하나로 묶여 정보가 유통되는 오늘날은 다르다. 동네에서 최고는 무의미하다. 세계 제일을 매일 TV나 인터넷으로 보는 마당에 동네 미녀가 눈에 띄겠는가?

전혀 다른 수많은 인종이 뒤섞여 사는 세상이지만 미녀의 기준은 하나로 통일되었다. 피부가 뽀얗고 매끈하며 이목구비가 뚜렷하고 바람에 날릴 정도로 비쩍 말라야 한다. 개인이 그런 사람을 좋아하는가는 중요하지 않다. 문제는 대중의 인식이다. 자신이 미녀라고 생각해서 선택한 아내가 세상 사람이 인정하지 않는다면 필시 무능력자로 낙인찍힐 것이다. 자신이 선호하는 여자가 아닌 사회적 미녀를 획득할 때 권력을 얻는다. 그대라면 누구를 선택하겠는가?

다이아몬드가 가장 비싼 이유가 무엇인가? 그대는 다이아몬드를 사랑하는가? 나는 다이아몬드를 좋아하지 않는다. 그래도 소유를 마다하지 않는다. 개인 의사가 중요한 게 아니라 군중심리가 중요하다. 내가 싫더라도 군중이 원하는 것이라면 귀중한 것이다. 아마 어떤 정신 나간 사람이 다이아몬드를 좋아해서 전 세계로 전파되었을 것이다.

집값이나 주가, 암호화폐도 마찬가지다. 실제적인 가치가 중요한 게 아니라 대중이 어떻게 생각하느냐에 따라 값이 오르고 내린다. 가치는 고정적이지 않다. 시대의 패러다임에 따라 바뀐다. 각자 생각도 마찬가지다. 각자 자기 생각으로 착각하지만, 실상은 대중이 선호하는 취향일 가능성이 크다.

여자가 미남보다 훈남을 선호하는 것도 정확히 같은 이유에서다. 모든 여자가 선호하는 남자를 얻는 것이 곧 권력 획득이다. 개인적 취향으로 남편을 구할 수는 있지만, 다른 여자의 선망을 기대할 수 없다. 남자가 부와 명예와 권력을 소유하였거나 기대된다면 평범한 외모는 전혀 문제가 안 된다. 자기 마음에 드는가 보다는 모든 여성의 찬사와 시샘을 받을 만한 남자인가가 중요하다.

미녀나 훈남을 원한다고 속되다고 욕할 필요는 없다. 누구나 우월한 삶을 원한다. 공부나 재산이나 권력으로 항상 정상에 위치한다면 최선이겠으나 불가능한 망상이다. 가장 현실적인 미녀와 훈남을 배우자로 얻어 만인이 부러워한다면 그걸 얻기 위한 노력에 누가 침을 뱉을 것인가? 미녀를 얻기 위한 노력은 정당하다. 다만 미녀라는 개념이 허구일 뿐이다.

2021. 9. 17.(금)

집값

집값은 세계 어느 나라나 화제다. 인간의 생존에 필수요소지만, 높은 인구밀도와 인구증가율에 생활공간인 토지는 점점 줄어들어 산술급수적인 인구증가율과 달리 기하급수적으로 땅값이 오른다. 토지 위에 건축하는 집값의 상승은 당연하다. 문제는 땅값과도 비교할 수 없을 정도로 상승한다는 데 있다.

인간 생활에 필수요소는 공급이 모자란다고 하여 수요가 줄지는 않는다. 공급에 무관하게 수요는 거의 일정하다. 의식주는 빈부 귀천에 상관없이 누구에게나 필요하다. 쉽게 돈을 벌려는 사람은 누구에게나 필요한 것에 주목한다. 옷은 대량 생산으로 공급이 수요를 초과한다. 식당도 기계에 일자리를 빼앗긴 실업자의 창업으로 남아돈다. 의식(衣食)은 투자 대상이 안 된다.

유일하게 필수품목인 주택은 수적으로 충분히 공급되어도 소비자의 질적 향상 욕구에 새로운 수요가 창출된다. 대한민국은 주택공급률 백 퍼센트를 넘긴 지 오래다. 집이 부족한 게 아니라 살고 싶은 집이 부족하다. 시골에는 사람 살지 않는 폐가가 수두룩하다. 집값 상승은 수량의 문제가 아니다.

땅값보다도 집값 상승이 두드러진 것은 매매가 쉬워서다. 산림이든 농토든 택지든 개인이 거래하기에는 규모가 너무 크고 제약이 많다. 쉽게 돈을 벌려는 탐욕적인 땅 투기꾼이 득실거리므로 이들에게 땅을 보호할 목적으로 사용 목적과 기간에 따라 엄격하게 매매를 제한하였다. 산림이나 농토는 소유주가 일괄처리를 희망하므로 금액이 엄청나다. 서민이 접근하기 곤란한 영역이다.

집값도 만만치 않지만, 땅보다는 규모가 확실히 작다. 수요가 항상 대기 중이어서 환금성도 높다. 자산이 적은 이도 대출을 끼고 노려봄 직하다. 대한민국 국민 대부분은 어떤 의미에서 주택 투기꾼이다. 1주택자는 억울하겠지만, 순수하게 장기간 거주 목적으로 사지 않았다면, 비싼 대출 이자를 감수하면서 주택을 구하였다면 주택가격 상승을 노린 투기라고 보아도 할 말이 없다. 주택가격 하락을 예상하였다면 빚내어 획득하였겠는가?

해방 이후 꾸준히 상승한 집값이지만 인구가 급속히 증가하고 산업화에 성공하여 소득이 높아지면서 집값도 가파르게 상승하였다. 특히 베이비부머의 결혼과 맞물린 80년대 이후 아파트 가격은 다른 어떤 품목과 비교할 수 없을 정도로 빠른 속도로 상승하였다.

문재인 정부는 출발 전부터 집값 안정을 공언하였지만 몇 가지 이유로 실패하였다. 변하지 않는 몇 가지 전제조건이 그대로인

한 어쩌면 구조적으로 성공할 수 없는 상황인지도 모른다.

첫째, 국민 다수가 집값 하락을 원하지 않는다. 집값 안정이나 하락을 유도하기 위해서는 주택에 대한 증세가 불가피하다. 국민 대부분 주택을 소유하였거나 투자 중이므로 대규모 반발이 불 보듯 뻔하지만, 정부의 의지가 강력하다면 가능하다. 그러나 일본의 사례에서 보듯 부동산 붕괴가 경제에 끼칠 영향을 뻔히 알면서 집값 폭락을 방관할 수는 없다. 오르는 건 억제해야 하지만 폭락은 절대 막아야 할 지상과제다. 이런 상태에서 집값 안정화 정책은 빛 좋은 개살구에 불과하다. 집값 하락은 다수 국민의 반발로 정권 연장도 불가능하다. 정치인이 정권을 넘길 남 좋아할 일을 하겠는가?

둘째, 대한민국 국민은 지나치게 똑똑하다. 일부에 그친다면 정부 정책이 먹힐 수도 있다. 스스로 주장하듯 한국인은 둘째가라면 서러워할 정도로 영특함을 자랑한다. 실제로 세계 제일의 치열한 경쟁 결과로 빈약한 자원과 소규모 시장임에도 세계적인 경제 규모를 유지하고 있다. 정책을 만드는 정치인과 공무원도 똑똑하지만, 국민은 그 의도와 진행될 과정과 결과를 충분히 짐작한다. 섣부른 정책이 먹히지 않는 이유다. 뒤늦게 맛본 자본주의지만 돈의 중요성에 대하여 어느 국민보다도 절실히 느낀다. 재산 증식을 위해서라면 물불을 가리지 않는다. 유명인의 부정과 투기 사실에 분노하지만, 실상은 기회가 없어 하지 못할 뿐 기회만 온다면 대부분 부정과 투기에 빠질 가능성이 크다. 한국인은 역사상 풍족한 시절이 거의 없었다. 부에 대한 열망이 강하다. 이런 국민을 상대로 뻔히 보이는 어설픈 정책으로 집값을 잡는다는 건 어불성설이다.

셋째, 코로나바이러스가 문제다. 2년 전에 발생한 코로나바이러스는 전 세계의 생산과 소비에 치명타를 주었다. 사람을 상대하는 모든 직업이 어려움에 빠졌다. 주로 영세 자영업자나 서민이다. 재산이 없는 상태에서 소득이 끊기는 건 곧 아사다. 세계 모든 정부가 경제 성장률 유지와 서민 생계를 위하여 돈을 풀었다. 생산과 소비가 감소한 상태에서 무제한 유동성 증가가 무엇을 의미하는가? 물건은 그대로인데 시중에 자금이 넘쳐난다는 건 자산가치 하락이다. 당연히 모든 게 오른다. 주가와 집값이 먼저 올랐고, 허리띠를 졸랐던 서민이 최소한의 생계 행위로 먹거리 가격도 상승하였다. 달걀·대파·고깃값 폭등으로 놀라지만, 전혀 놀랄 일이 아니다. 미국·중국·일본·유럽·한국 어느 나라 할 것 없이 경제 회복을 위하여 돈을 푸는 마당에 물가 상승은 지극히 정상이다. 현재 오르지 않은 품목이 있다면 우선순위에서 밀렸을 뿐 언젠가 오른다.

최근 2년 동안 오른 집값은 코로나바이러스에 따른 세계적인 양적 완화와 재난지원금 지급이 원인이다. 엄청나게 오르는 집값이지만 과거와 비교한 결과일 뿐 자산가치 하락에 따른 착시현상이다. 전 세계 주요 55개국 중 한국이 31위라는 게 그 사실을 증명한다.

많은 돈을 푸는데도 환율이 요지부동인 이유는 모든 나라가 같은 정책을 펼치고 있어서다. 양적 완화는 정부의 실책이 아니다.

국가 경제를 유지하기 위한 어쩔 수 없는 선택이다. 집값과 물가 상승에 짜증 나더라도 분노할 일은 아니다. 다만 소득이나 재산이 증가하지 않았다면 자신의 자산 수준이 낮아지고 있다는 사실만 자각하면 된다. 전 국민 재난지원금이 풀리면 당장 쓸 돈은 증가하나 국민 전체의 부는 그대로다. 드러나는 현상에 일희일비할 게 아니라 본질을 꿰뚫어야 한다.

2021. 9. 19.(일)

언론개혁

국민은 진실을 원한다. 언론이 사실만을 보도하길 바란다. 과연 그러한가? 국민은 드러난 사실이나, 근본 원인이나 배경까지 파헤친 진실만을 원하는가?

신뢰하는 언론매체 여론조사 결과가 보도되었다. 공중파 방송 KBS, JTBC, MBC가 각각 1, 2, 3위였다. 유튜브와 네이버가 10위권 안에 들었고, 신문사로는 조선일보가 유일하게 3.6%로 9위였다.

가장 불신하는 언론매체는 조선일보가 17.4%로 압도적인 1위였고, 11%대의 MBC와 TV조선이 뒤를 이었다. 신문사로는 한겨레신문이 3%로 5위, 중앙일보가 1.7%로 9위였다.

개혁세력이 혐오하는 조선·중앙·동아일보와 보수세력이 싫어하는 한겨레·경향신문은 국민 다수가 반대하는 신문이다. 뚜렷한 철학으로 편파 보도를 일삼는다. 물론 신문사로서는 자기 철학에 일치하는 올바른 보도라고 여길 것이나, 국민의 생각은 다르다. 가장 싫어하는 신문이 역설적으로 가장 인기 있다. 싫어하는 이유는 자기가 원하는 방향으로 보도하지 않아서다. 많은 사람이 조선일보와 한겨레신문을 가장 싫어하나 매출이 줄지 않는다. 싫어하는 사람은 애초에 구매대상자로 산정하지 않는다. 싫어하는 사람에 비하면 소수지만, 상당한 수가 편파적인 신문을 선호한다. 가장 보수색이 짙은 조선일보와 개혁적인 한겨레신문이 인기 있는 이유다.

아무리 많은 사람이 편파 보도를 일삼는 신문을 폐간하라고 외쳐도 구매하는 사람이 존재하는 한 신문사는 사라지지 않는다. 집값과 윤석열 대통령 후보의 사례에서 보듯 두들겨 패면 팰수록 상대는 커지고 단단해진다. 상대가 싫어하고 미워하는 사람이나 사물을 선택하는 사람은 있게 마련이다.

가짜뉴스가 판을 치는 세상이다. 허위사실이 버젓이 유통된다. 개인 미디어인 유튜브나 블로그는 물론이고 레거시 미디어인 방송이나 신문도 편파 보도를 일삼는다. 거짓이 사실처럼 보도되는 현실이 불편하지만, 시정 할 방법은 없다.

유튜브나 방송이나 신문에서 편파 보도하는 이유가 무엇인가? 사실이 아닌 편향된 보도를 원하는 사람이 있어서다. 독자는 진실을 원한다. 단 보수세력은 자신이 옳다고 주장하는 논리가 진실로 밝혀지길 원하고, 개혁세력은 최대한 개혁하는 게 당연한 진리로 밝혀지길 원한다. 그래서 그러한 보도를 구독한다. 과연 보수파가 원하는 진실이나 개혁파가 원하는 진리가 사실이겠는가? 말로는 서로 진실을 밝히라고 공방하지만, 사실은 자기 쪽에 유리한 내용만 보도를 원한다. 그런 정보만 취합하여 보도하고 읽고 무한 반복 주장한다.

독자가 어떤 이유로 고착된 편견을 고수하는 한 가짜뉴스가 사라질 가능성은 없다. 허위사실 유포죄를 만들겠다지만, 누가 허위 여부를 구분할 수 있는가? 국민 다수가 원한다면 언론개혁 법은 만들어질 것이다. 그렇다고 허위보도가 사라지겠는가? 사실임을 증명할 수 없는 더 많은 사실이 묻히지 않겠는가? 민주주의 원칙이 다수결이지만, 다수가 곧 정의는 아니다. 갈등 상황에서 어쩔 수 없이 결정하는 폭력일 뿐이다.

언론개혁은 인위적으로 이루어질 수 없다. 허위사실 여부를 판단하기 위한 시간과 인력과 비용만 소모할 뿐이다. 정치인이나 언론종사자가 언론개혁을 할 수는 없다. 국민 스스로 편견의 틀을 깨고 매체 구분 없이 검증된 사실만을 구독하려고 노력해야 한다. 자신의 판단이 틀림없는 사실이라고 고집하는 한, 그 판단과 일치하는 정보만 편식하는 한 허위보도를 막을 언론개혁은 불가능하다. 정치인이나 언론종사자의 각성과 반성이 아니라 가짜뉴스를 용서하지 않는 국민의 의식개혁만이 언론개혁을 가능케 한다.

2021. 9. 23.(목)

복지부동(伏地不動)

복지부동(伏地不動)은 땅에 엎드려 움직이지 않는다는 뜻으로, 주어진 일이나 업무를 처리하는 데 몸을 사리는 것을 비유해서 이르는 말이다. 주로 무능하고 무책임한 공무원을 비유적으로 일컫는다. 공무원은 생산직 공장처럼 일을 더 많이 하거나 성과를 낸다고 하여 성과급이 추가로 주어지지 않는다. 대충해도 쫓겨날 염려가 적다. 앞에 나선다고 이익은 그다지 없고, 잘못하면 책임을 져야 한다. 업무에 소극적으로 대처하고 눈치 보면서 적당히 처리하려는 보신주의자가 많은 이유다.

2차 세계대전이 끝나고 전선에서 젊은이가 돌아오자 인구가 폭발했다. 주요 전쟁 참여국은 베이비부머로 몸살을 앓았다. 한국은 2차 대전 직접 참가국이 아니어서 영향이 적었으나, 5년 후 발생한 한국 전쟁이 3년 동안 진행되면서 젊은이를 전선에 묶어두었다. 전후 젊은이가 귀향하자 한국 인구도 폭발했다. 우리나라는 1955년부터 1963년까지 태어난 사람을 베이비부머라고 한다.

산아제한과 피임방법이 보급되지 않아 생기는 대로 낳았던 육칠십 년대에는 베이비붐 세대뿐만 아니라 이후에도 인구증가는 지속하였다. 각종 전염병에 예방접종이 일반화하여 유아사망률이 극도로 낮아진 것이 가장 큰 원인이었다.

넓지 않은 영토에 산업도 발달하지 않은 상태에서 인구증가는 국가 장래에 어두운 그림자를 드리웠다. 정부에서는 인구증가를 막기 위해 필사적이었다. 농촌에는 콘돔을 무료로 나누어 주고, 예비군 훈련에 참석한 사람에게 무료로 정관수술을 하였다. '덮어놓고 낳다 보면 거지꼴 못 면한다.', '딸 아들 구별 말고 둘만 낳아 잘 기르자.', '잘 키운 딸 하나 열 아들 안 부럽다.'가 당시 유행한 산아제한 표어로 다급한 현실을 그대로 증명한다.

서구나 일본과 비교하여 근대화 산업화가 늦은 한국이었으나 일단 발동이 걸리면 속도에서는 타의 추종을 불허한다. 국민도 공무원도 개념 파악에는 늦어도 자기가 할 일을 파악하면 꾸준하게 완수한다. 불과 십여 년 만에 산아제한 정책은 성공하였다. 이때 유능한 정치인이나 공무원이 현실을 제대로 직시하였다면 현재와 같은 저출산 고령화 추세에 쩔쩔매는 일이 없었을 것이다.

한국은 다른 나라에 비하여 베이비붐 세대가 10년 늦다. 다른 나라를 지켜보는 것만으로도 충분히 미래를 예견하고 대책을 수립할 수 있었다. 당시 선진국은 이미 저출산으로 인구감소 방지에 골몰하고 있었다. 한국은 출산장려 정책이 아니라 산아제한 정책을 팔십년 대에 폐기하는 것만으로도 인구감소를 방지할 수 있었다.

팔십년 대에도 인구감소를 예측하고 정책 전환을 연구하는 사람이 있었고, 언론에서 보도가 잇따랐다. 문제는 법으로 제정이 지연되었고, 큰 줄기가 법으로 정해져도 관련 규정이나 행정명령 개선이 뒤따라야 하나 이루어지지 않았다. 팔십년 대부터 인구감소 가능성이 보도되었고, 구십년 대부터 출산장려 정책이 펼쳐졌으나, 1995년도에도 셋째 자녀는 의료보험 혜택이 없었다. 둘째까지는 공짜에 가깝게 치료할 수 있었으나 셋째는 모든 진료비와 치료비를 부담해야 했다. 내 막내딸은 2000년생이다. 당시 군인가족 1인 가족수당이 2만 원이었다. 셋째는 없었다.

정부의 느린 대처와 관련 공무원의 무책임한 대응에 분노하였다. 대통령이 아무리 출산장려 방안에 골몰하더라도 신생아가 의료보험에 가입할 수 없고 몇 푼 안 되는 가족수당마저 받을 수 없다면 공염불이 될 수밖에 없다. 말짱 도로 아미타불이다. 공무원의 복지부동이 이렇게 무섭다. 인체에 비유하면 공무원의 복지부동은 혈관이 막히는 동맥경화와 같다. 아무리 제도절차 개선이 이루어져도 별다른 효과가 없다.

중국 인구가 45년 내 반 토막 난다는 뉴스가 떴다. 중국은 2차 대전 참전국이나 전후 혼란이 지속하여 폭발적으로 증가한 베이비부머라기보다는 꾸준히 증가하는 편이었다. 세계 제일의 인구대국답게 산아제한도 한 명이었다. 그래도 의료기술 발전과 몰래 낳는 아이로 인구증가 억제가 쉽지 않았다. 늦은 경제발전도 원인이었다. 개발도상국 이전에는 꾸준히 인구가 증가하나 선진국에 근접할수록 출산율은 급감한다. 여성 취업과 양육비 증가와 가치관의 변화가 원인일 것이다. 중국은 2000년대까지 부분적으로 산아제한 정책을 펼쳤고, 2016년이 되어서야 두 자녀를 전면 허용하였다.

세상 모든 게 반면교사다. 유심히 관찰한다면 겪지 않을 우환이 적지 않다. 중국은 가까이 있는 일본과 한국을 제대로 관찰했더라도 인구감소 걱정은 없었을 것이다. 정치인이나 중앙정부 요원 누구라도 앞장서서 일본과 한국 사례를 연구 발표하였다면 오늘에 이르지 않았으리라. 가장 유능하다고 자처하는 사람이 정치 지도자나 고위 공무원이다. 영광이 그에게 우선할 것이나 잘못에 대한 책임도 그의 몫이다.

어느 나라를 막론하고 돌아가는 추세는 비슷하다. 반면교사가 있음에도 비슷한 길을 걷는다. 우습지 않은가? 조삼모사(朝三暮四)하는 원숭이를 비웃고 정중지와(井中之蛙) 개구리를 업신여기며 자칭 만물의 영장이라는 인간의 행태다.

지도자는 주변을 포함하는 과거와 현재를 통찰하고 미래를 예견해야 한다. 선제적으로 제도를 정비하고 공무원을 교육해야 한다. 아무리 많이 생산하여도 물류가 막히면 허사다. 날카로운 분석과 명쾌한 판단으로 정책을 결정하고 제도를 개선해도 세부가 따르지 않는다면 무용지물이다.

공무원 복지부동을 묵인하는 것은 죽음을 방관하는 것이다. 머지않아 죽을 시한부 생명과 마찬가지다. 공무원이 적당히 긴장하고 활발히 움직여야 나라에 생동감이 생긴다. 체세포에 산소와 에너지를 공급하는 적혈구가 제대로 일할 때 몸이 건강하듯 공무원 각자가 임무를 성실히 수행할 때 국가가 건강해진다.

2021. 10. 1.(금)

경제는 성장해야 하는가

거의 모든 나라 정부는 경제성장을 목표로 한다. 목표하는 비율에는 차이가 있지만, 경제 규모 축소가 아니라 확장을 주요 공약으로 내세운다. 왜 정부는 경제성장을 목표로 하는가? 경제성장이 국민 행복의 질 향상에 실질적인 도움이 되는가? 경제성장 목표는 당연하고 경제는 성장해야만 하는가?

결론부터 말하면 아니올시다이다. 경제성장이 정답은 아니다. 그 결과가 바람직한 것도 아니다. 경제성장을 극단적으로 표현하면 불필요한 물건을 양산해서 사용하지 않고 버리는 것이다. 소비자가 모든 구매 물품을 구매 후 한 번 사용하고 버린다면 엄청난 양의 제품을 생산해야 한다. 생산과 유통과 소비는 모두 소득으로 잡히고 경제 규모를 크게 한다. 그 결과가 무엇이겠는가?

경제성장을 위해서는 소비가 필요하다. 생존을 위해 필요한 소비는 어쩔 수 없겠지만, 생존과 무관한 소비는 한 마디로 자원의 고갈을 부르는 낭비고, 인간이 먹어치우는 식품을 제외하면 그대로 쓰레기다. 식품을 포장하는 포장재도 자연분해가 불가능한 비닐이다. 정부가 부르짖는 경제성장 목표를 달성한다는 건 최대한 지구 자원을 소모하여 감당할 수 없을 정도로 쓰레기를 양산하는 것이다. 이것이 경제성장의 실질적 결과다.

왜 인류 멸망을 앞당길 게 뻔한 경제성장을 외치는가? 국민 삶의 질 향상을 위함이 아니다. 숫자로 국민을 속이려는 의도다. 국민소득 순위나 경제 성장률은 수치로 홍보하기 쉬운 자료다. 국민 행복의 질 향상도(向上度) 설명에는 어려움이 있지만, 다른 나라와 비교하는 수치는 우매한 민중을 속이기 쉽다. 불행하게도 다른 나라 정부도 같은 처지다. 그래서 각 정부는 국민을 기만하여 차기 정권 획득을 목적으로 국민소득 증진과 경제 성장률 수치를 높이기 위하여 물불을 안 가린다.

물론 국민소득이 증가하고 경제 성장률이 다른 나라보다 높다면 상대적으로 소비에는 유리하다. 화폐가치가 고정이라면 실제 소비량은 증가할 것이다. 불행하게도 경제 성장률은 물가상승률을 제외하면 거기서 거기다. 월급이 증가해도 살 수 있는 물건에는 차이가 없다. 실질 성장은 물가인상분을 제외한 수치다. 선진국의 실질 성장은 미미하다. 거의 없다고 해도 무방하다. 그래서 다른 나라와 비교하는 것이다. 국민이 체감할 수 없으므로 비교해서 순위로 국민 정서를 기만하려 한다.

성장이 더딘 것이 인류에는 축복이다. 모든 나라 정부가 목표하는 대로 경제성장이 이루어진다면 어떤 결과가 나오겠는가? 70억 인류가 미국인이나 한국인처럼 소비한다면 어떻게 되겠는가? 지금 마트에 가보라. 일류백화점이든 대형 마트든 슈퍼마켓이든 편의점이든 어디라도 좋다. 포장되지 않은 물건이 있는가? 드물게 있을 것이다. 달걀이나 채소 따위 극소수 물건을 제외한 모든 제품은 포장되어 있다. 주로 플라스틱이고 유리나 비닐이나 종이다. 대부분 자연분해가 불가능하다. 재활용하는 데도 한계가 있고, 아예 재활용 불가 포장재가 다수다. 70억 인류가 비슷한 에너지를 소모하고 제품을 소비한다면 태풍이나 지진 정도와는 비교할 수 없는 거대한 재앙이 되리라.

인류는 스스로 현명하다고 자처한다. 모든 동물을 제압하고 지구촌을 정복한 게 인류의 지성 덕분이라고 자화자찬한다. 확실히 동물과의 경쟁에서 이기는 데는 성공하였다. 모든 동물을 제압하고 불필요하게 소비 경쟁하다가 쓰레기더미에서 전멸하는 것이 과연 현명한가?

생각을 바꾸어야 한다. 삶의 질 향상을 위한 소비는 지속하더라도 자연분해가 되고 지구 스스로 재생 가능한 소비를 추구해야 한다. 그 편리함에 맛 들인 플라스틱이나 비닐 사용을 단번에 중지할 수는 없다. 새로운 걸 보고 느끼려는 인간의 욕망도 막을 수 없다. 여행과 맛있는 걸 먹는 건 어쩔 수 없다. 대중교통을 이용하거나 도보여행하는 게 좋고, 포장하지 않은 재료를 이용하여 음식을 만들어야 한다. 건물이나 생활도구나 옷은 최대한 오래 사용해야 한다. 쓰레기가 되는 모든 제품 사용을 억제해야 한다.

정권을 잡아 무소불위 권력과 호의호식 부귀영화를 누리기 위해서 정치인은 더는 국민을 기만해서는 안 된다. 경제성장이 아닌 유지나 축소를 통해 국민 삶의 질, 행복감을 끌어올릴 방안을 찾아야 한다. 설득이 쉽다고 공멸의 길로 유도해서는 안 된다. 인류가 목표하는 걸 달성하는 순간 공멸하는 방식이 옳은 길인가? 최단기간 공멸을 목표로 해야 하는가? 우리가 필요한 걸 충분히 쓸 수 있다면 경제는 역성장하는 게 옳다. 맛있게 먹고 행복하게 살 수 있다면 국민소득이 낮아지고 경제 성장률은 마이너스가 되어야 한다.

인류가 배불리 먹으면서 안락한 삶을 유지할 수 있다면 경제는 축소할수록 좋다. 쓰레기 생산을 최소화하는 것은 후손뿐만 아니라 당장 우리 환경을 개선하여 현존하는 인류 삶의 질을 향상한다. 썩는 냄새와 기생충이 들끓는 장소를 좋아할 사람이 있는가? 경제성장은 빛 좋은 개살구다. 정권을 차지하려는 사람의 속임수다. 경제 축소는 지구에 좋고 인간도 좋은 일이다. 경제성장 목표는 폐기되어야 한다.

2021. 10. 5.(화)

대북정책

문재인 대통령은 10월 1일 국군의 날 기념식에서 "국민의 생명과 안전을 위협하는 그 어떤 행위에 대해서도 정부와 군은 단호히 대응할 것"이라고 밝히고 "국군 최고통수권자의 첫 번째 가장 큰 책무는 한반도의 항구적 평화를 만들고 지키는 것"이라고 말했다. 전날 올해 들어서만 7번째 미사일 도발을 감행한 북한에 대한 직접적인 발언은 자제했다. 지난해에도 국군의 날 기념식 불과 사흘 전 서해에서 공무원 피격 사건이 벌어졌지만 문 대통령 기념사에 북한 관련 발언은 담기지 않았다.

현 정부의 대북정책을 한눈에 가름할 만하다. 문재인 정부의 대북정책은 한마디로 침묵과 양보다. 북의 도발에는 침묵하고 국제적 갈등 상황은 북을 두둔하고 엄호한다. 햇볕정책을 계승 유지하고 한반도 긴장 완화 방안이라고는 하지만 국민이 체감하기에는 뜨뜻미지근하다. 국민 다수가 무미건조한 정책으로 생각하고 보수층과 젊은이는 굴욕외교로 단정하기도 한다.

김대중 정부의 햇볕정책 이후 역대 정권은 대결과 투쟁 일변도의 적대 정책에서 변화를 모색했다. 확연히 드러난 경제력 우위를 바탕으로 포용정책을 가미했다. 사실 햇볕정책은 적절하지 않다. 동화 속 이야기를 뻔히 아는 마당에 누가 상대에게 일방적으로 당하는 정책을 환영하겠는가? 강풍보다는 햇살이 유리한 결과를 도출하더라도 드러내놓고 햇볕정책 운운한 것은 실책이었다. 남한 국민 설득에는 효과가 있었으나 북한 권력층이나 주민이 듣기에는 거북하였다. 진심으로 돕는 게 아니라 단지 옷을 벗기겠다는 책략을 누가 좋아하겠는가?

김일성 이래 삼부자의 정책은 변하지 않았다. 첫째 목표는 당연히 정권수호다. 정권을 지키기 위해서는 절차나 인권을 무시한다. 가장 평등한 사회는 독재 정권이다. 한 명의 독재자 외에는 모두 같은 위치다. 두세 번째 위치는 무의미하다. 최상위 권력층에 있는 사람이 오히려 서민보다 위험한 처지다. 반발할 여지가 보이면 순식간에 숙청한다. 변명할 시간도 없다. 눈 밖에 나면 바로 공개총살이다.

서민은 나아지지 않는 살림살이에 정권에 불만이 있어도 표현하기에 쉽지 않다. 층층이 쌓여 있는 기득권 감시를 피하여 집단으로 반발할 방법이 없다. 굶주림 외에는 가시적인 차별이 없으므로 큰 불만도 없다. 삼십 퍼센트 기득권은 상대적 부와 자유를 누리므로 당연히 불만이 없다. 가장 강력한 정권 수호세력이다. 최상위권은 언제 제거될지 몰라 불안한 상황이나 자신이 실수하지 않는다면 부귀영화가 유지되므로 죽음을 무릅쓰고 정권타도에 나설 계제가 아니다. 이래저래 가난한 북한 정권은 안전하다.

내부 통제가 확실한 상황에서 외부 공격만 없다면 지구상 최고의 낙원이다. 북의 권력자에게는 말이다. 남한과 적대적인 관계를 유지했으나 전쟁 발발이 가져올 참상을 잘 알기에 남쪽에서 선공은 없을 것이다. 유일한 문제는 지구촌 경찰을 자임하는 무법자 미국이다. 베트남 이란 이라크 아프가니스탄에서 보듯 국제 여론을 무시하고 자국 이익을 위해서는 태연히 다른 나라를 공격하는 게 미국이다. 미국의 결정에 생사가 오가는 북한 권력자 최후 수단이 핵이다. 가공할 핵 보유자에게는 압도적인 군사력이나 경제력이 큰 위협이 안 된다.

쉽지 않은 과정이었지만 북한 정권은 위험한 순간을 모두 넘기고 소기의 목적을 달성하였다. 핵과 대륙간탄도미사일 보유가 기정사실이라면 지구상 최강국 미국도 쉽게 손쓸 방법이 없다. 기습공격 한다면 북 정권 제거는 가능하겠지만 한반도 전체가 쑥대밭이 된다. 이해관계를 함께하는 동맹국을 망하게 할 수는 없다. 남한이 미국과 동맹 관계를 훼손할 수 없는 이유이기도 하다.

아이러니하게도 군사력도 경제력도 열세인 북한이 외교에서는 주인이다. 세계 10대 경제 무역 대국도 세계 최강국도 북한 앞에서는 별무신통이다. 김일성이나 김정일은 미국 앞에서는 고양이 앞의 쥐 행세였으나 핵을 가진 김정은은 당당하다. 거구의 트럼프와 회견으로 전 세계의 이목을 집중시키는 등 쇼맨십도 있다. 가난에서 벗어날 길이 없는 북한 주민에게는 안타까운 일이나 김정은은 정치력이 있고, 북한 정권 앞날은 탄탄대로다.

지피지기면 백전불태다. 적 상황과 심리를 제대로 읽는다면 할 수 있는 일이나 해야 할 일은 명백하다. 남한 정치인의 목적이 정권 획득이라면 북의 권력자는 정권 유지다. 그 첫 번째 목표에 흠이 가는 행위를 가장 꺼린다. 남한이 북한을 무시하거나 적대한다면 기분 나쁘지만, 지나치게 접근하는 것도 부담스럽다. 햇볕 정책이니 남북교류니 하는 남한의 의도를 정확히 안다. 교류를 통해 북한 주민에게 실상을 알리자는 게 남한의 의도요, 그래서는 절대 안 된다는 게 북 권력자의 의중이다.

남과 북의 의도를 서로 잘 안다면 상대방에 맞추는 외교를 전개해야 한다. 강경한 적대 정책으로 긴장을 조성하여 국제정세에 악영향을 주는 게 문제지만, 필요 이상으로 근접하여 상대를 불쾌하게 할 필요도 없다. 사물이나 인간에게 공간이 주어질 때 독립이 가능하듯 지나치게 가까우면 불편하다. 정체성을 잃을 우려가 있다. 북이 걱정하는 건 남한 정권의 희망대로 북한 주민이 자본주의 사상에 물드는 일이다. 정권 유지를 위해 반드시 막아야 할 사태다.

남한에서 아무리 우호적으로 다가가려 해도 북한에서 받아들일 수 없는 상황이라면 일방적으로 손해 보며 접근하려고 노력할 필요가 없다. 아무리 퍼주어도 안 되는 건 안 된다. 아무리 도발에 침묵하고 사사건건 양보해도 진전은 불가능하다. 나아가려고 노력할 게 아니라 현 상황에 만족하는 등거리 외교를 해야 한다.

김일성이나 김정일 정권 때는 전쟁이 발발해도 이상하지 않을 정도의 도발을 무수히 저질렀으나 김정은은 핵실험과 탄도미사일 발사 외에는 과격한 도발은 자제하였다. 군사력이나 경제력 힘의 열세를 느껴서일 수도 있지만, 핵을 보유하였다는 자신감에서일 수도 있다. 누가 차기 대통령이 되더라도 북한 권력자의 심리를 정확히 읽어야 한다. 적대하면 반발하고 접근하면 회피한다. 무관심하면 미사일 몇 발 발사한다. 이것이 반복되는 북의 행태다.

차기 대통령과 정부는 주도적으로 무언가를 꾸미거나 진전시키려 하지 말고, 서로 도발과 적대하지 않는 선에서 현 상황을 유지하면 된다. 아무리 노력해도 효과가 없다면 그저 미·중 패권경쟁과 돌아가는 국제정세와 맞춰 융통성 있게 대응하면 된다. 적극적으로 나설 게 아니라 북의 태도에 따라 적절하게 대처하는 등거리 외교가 최선이다.

2021. 10. 6.(수)

진중권의 선택

진중권은 대표적인 좌파 논객이다. 팟캐스트 방송 ‘노유진의 정치카페’ 진행자가 바로 노회찬 유시민 진중권이었다. 노유진은 세 사람 성을 합한 거다. 당시 세 사람 모두 정의당 소속이었다. 정의당의 정체가 무엇인가? 가장 급진적인 혁신세력 아니던가? 보수세력을 거의 사람 취급도 하지 않던 그가 7일 유튜브 채널 경제사회TV의 ‘전지현의 픽앤톡’ 생방송에서 뜻밖의 말을 했다.

“아마도 이번 선거에서 윤석열 안 찍을 거다. 좌파 곤조가 있는데……. 이번 내 스탠스(입장)는 민주당은 절대 안 된다. 과거에는 보수 집권 결사반대했는데 이번에는 보수 집권 용인한다는 입장이다. 누구를 찍을지는 아직…….”

놀라운 일이다. 좌파 곤조로서 윤석열 안 찍는다면서 보수 집권 용인한다는 말이 앞뒤가 맞지 않아 아리송하지만, 그 정도로도 충분히 놀라운 일이다. 좌파에서도 최선두로 공정과 평등을 주장하던 사람이 어떻게 자유경쟁을 앞세우는 보수세력을 용인하게 되었는가? 개혁세력 주장대로 진중권은 변절했는가?

진중권도 사람이니 변절할 수 있다. 아니 좌파가 주장하는 변절이 아니라 사상의 변화일 수도 있고, 과거의 사고가 그릇되었다는 것을 깨달았을 수도 있다. 어떤 것이라도 좌파가 보기에는 변절이고 우파가 보기에는 개과천선이나 깨달음으로 파악하겠지만, 내가 보기에는 모두 아니다.

진중권이 개혁적인 사상가인 건 맞다. 논리적 오류를 허용하지 않는 이상을 추구한다. 그 주장이 다른 어떤 개혁주의자보다 선명하다. 내가 보기에는 진중권의 사상이 바뀐 게 아니다. 과거에 주로 잘못된 현실을 비판하였는데, 자연스럽게 그 대상은 집권세력이었다. 과거 집권 기간은 보수파가 압도한다. 잘못된 정책을 신랄하게 비판하다 보니 보수파엔 눈엣가시가 되었고, 개혁파는 가뭄 끝의 단비나 깨소금같이 고소하게 여겼다.

진중권이 지명도 높은 논객으로 활약한 건 주로 이명박 박근혜 정권이었다. 부정부패나 권력 남용, 잘못된 정책이나 제도, 재난 재해 사건 사고는 모두 집권세력의 몫이다. 진중권의 정문 일침이나 촌철살인은 보수파에는 상처요, 개혁파에는 청량제였다. 누구나 사고와 말과 행동의 결과가 자기 정체성이 된다. 자신의 역사가 자기 정체다. 진중권은 자연스럽게 열혈 개혁파가 되었다.

세월호 참사가 일어나고 최순실의 국정농단 사실이 드러나자 국민은 궐기하였다. 박근혜 대통령 탄핵의 결과로 무혈입성한 문재인 정권에 대하여 비슷한 노선으로 판단했던 진중권으로서는 기대가 컸을 것이다. 그 기대는 산산조각이 났다. 조국 법무부 장관 임명으로 불거지기 시작한 현 정부와 민주당과는 완전하게 척을 지게 되었다.

그렇더라도 큰 틀에서 사상의 전환은 없어 보인다. 극좌에서 중도 우파로의 변신을 놀라워하나 내 견해로는 변한 게 없다. 사상의 변화가 아니라 상황이 변한 것뿐이다. 진중권은 열혈 개혁파로서 보수파를 입에 담는 것조차 꺼릴 정도로 보수주의를 혐오했다. 민주당이 완전하지는 않더라도 지난 정권과는 비교할 수 없을 정도로 평등 공정 정의의 가치를 구현하리라 믿었다. 그것이 헛된 환상이었다는 걸 알았다. 기대했던 꿈이 환상이었음을 깨닫는 게 환멸이다. 혐오가 더 적대적인 말일지라도 감정상으로는 환멸의 상처가 더 크다. 국민의힘에는 전혀 기대한 바가 없으므로 실망도 없으나, 민주당에는 상당한 희망을 기대하였으므로 절망한 것이다.

감히 단언하건대 만약 차기 정권을 보수세력이 차지한다면 진중권의 보수파를 향한 호의는 1년을 넘기지 못할 것이다. 세상은 올바른 이론대로 돌아가지 않는다. 옳다는 개념도 자연스러운 게 아니라 인간이 상상으로 만든 것이다. 실현하기는 무척 어렵고, 실패하는 게 오히려 당연하다. 적자생존의 야생 동물 생존방식이 자연스러운 것이라면, 인간이 꿈꾸는 평등이나 공정이라는 이상은 자연스럽지 않다.

권력의 부패는 필연이다. 스스로 부패를 거부해도 주변에 모인 온갖 기생충에 의하여 오염되어 부패하는 건 시간문제다. 그것이 바람직하지 않고, 방지하려고 노력하는 것은 당연하지만, 완전할 수 없다는 걸 인정해야 한다. 불행히도 진중권은 그걸 인정하지 못한다. 정의를 주장하는 건 공감하고 지지하지만, 인간세계를 제대로 이해하지는 못하는 것으로 보인다. 아니 인간세계와 인간 본성을 충분히 이해하지만, 권력의 부패를 거부하는 것인지도 모른다. 이번 선거나 다음 선거에 누구를 지지하든 간에 진중권은 개혁주의자다. 그의 정체는 좌파다. 아무리 좌파를 공격해도 그는 더 좌측에 있다.

2021. 10. 7.(목)

선진국 일등공신

대한민국은 명실공히 선진국이다. OECD에 가입해서가 아니라 일인당 국민소득, 민주화 수준, 문화예술, 시민의식 모든 분야에서 선두권이다. 군사력에서는 미·중·소에 밀리고 경제 규모에서는 미·중·일에 처지지만, 규모가 아닌 질로만 따진다면 어느 나라에도 크게 뒤지지 않는다. 19세기까지는 이름조차 알려지지 않은 동양의 소국이었고, 20세기에는 일본의 야욕에 첫 번째로 희생되는 불운을 겪었으나, 해방 이후 동족상잔의 비극을 딛고 한강의 기적을 창출하였으며, 경제성장을 바탕으로 민주화, 평화적 정권교체, 정보화를 이루어 20세기를 가장 빛낸 국가가 되었다. 단기간에 기적 같은 선진국을 일군 일등공신은 누구인가?

군사 쿠데타로 잡은 정권의 정통성이 떨어지고, 정권 유지와 경제성장 정책의 무리한 추진 과정에서 인권유린(人權蹂躪), 민주주의를 후퇴 또는 지연시켰다는 혐의가 짙으나 일인 국민소득 80달러에서 1,000달러에 이르는 경제성장을 유도한 박정희 전 대통령이 일등공신이라는 데 이견이 없을 것이다.

경제가 선진국 여부를 가르는 가장 큰 기준이라면, 민주화가 경제성장에 따르는 과실이라면, 문화예술과 시민의식도 기초생계 유지에 문제가 없을 때 발전하는 것이라면, 박정희 전 대통령이 대한민국이 선진국에 이르는 데 일등공신이라는 사실을 부인하기 어렵다. 대한민국이 20세기 일제의 식민지에서 독립하여 세계를 선도하는 중심국가로 도약한 일등공신은 박정희 전 대통령이다.

내 생각은 다르다. 시기가 박정희 전 대통령의 재임 기간과 맞물리고, 수출 우선 중공업 정책이 빠른 경제성장의 토대가 되었다는 측면에서 박정희 전 대통령의 공은 지대하나, 모든 정책이 실현된 근본 원인은 국민의 이해력, 소통능력이다. 정부의 정책을 국민에게 전달할 수단이 없고, 국민의 이해 부족으로 거국적으로 참여하지 않았다면 아무리 훌륭한 정책이라도 무용지물이 될 수밖에 없었을 것이다. 선진국으로 이끈 원동력은 쉬운 소통을 가능하게 한 한글, 문맹 퇴치였다.

기록에 따르면 1955년 대한민국 문맹률은 22.3%였다. 1960년대 초반 문맹 퇴치 운동을 벌였지만, 1970년대 이후 운동을 중단할 정도로 빠르게 문맹 퇴치가 이루어진 건 오직 한글의 힘이었다. 세계에서 가장 과학적인 문자라는 한글을 보유한 덕분에 한국인은 가장 빨리 정보를 얻는 국민이 되었다. 문맹 퇴치의 가장 큰 공은 정부의 정책이나 의지가 아니라 쉽게 배울 수 있는 한글의 존재였다.

한글 배우기가 얼마나 쉬운가 하면 육칠십 년대 문맹 부모 아래 살던 어린이도 초등학교 1년을 마치면 대부분 책을 읽을 수 있었다. 오륙십 년대 문맹 상태로 입대한 젊은이가 제대할 때 독해 가능한 수준으로 발전한 사람도 다수다. 해방 후 초기에는 군대가 교육기관 역할을 하였다. 물론 당시 군지휘관이 국민을 계몽하겠다는 뜻에서 한글을 교육한 건 아니다. 한글을 모르는 장병에게 명령을 제대로 전달하기가 곤란하였으므로 현실적 필요성에 따른 것이었다. 그렇더라도 단 한두 해에 문자해독능력을 갖추게 했다는 건 얼마나 놀라운 사실인가?

인류가 모든 종을 제치고 만물의 영장으로 우뚝 설 수 있었던 가장 큰 이유가 언어와 문자라면, 독자적인 문자체계를 갖추고 사용하는 것은 생존의 전제조건이었다. 누구나 인간다운 삶을 살기 위해서 독해력은 필수다. 문자를 배우고 사용하기 쉽다면 앞서간다. 현재 대한민국 어린이에게 한글을 가르치는 교육기관은 없다. 거의 부모의 몇 차례 조언으로 스스로 깨우친다. 세상에 교육이 불필요한 문자가 있다니 얼마나 놀라운 일인가?

대한민국은 20세기에 가장 빠르게 발전한 나라다. 전 국민이 갈망한 가난퇴치를 실현하였다. 정부와 국민 간 소통의 힘이었다. 정부의 의도를 빠르게 간파한 국민은 전력으로 뛰었다. 열심히 일하면 잘산다는 걸 정확하게 이해하였다. 그것이 세계가 놀란 경제성장의 원천이다.

대한민국은 21세기에도 가장 발전할 나라로 손꼽힌다. 20세기에는 문맹 퇴치로 가장 빠르게 성장한 나라가 되었으나, 21세기에는 정보통신으로 앞서갈 것이다. 인터넷이 거의 모든 산업과 인간 생활을 바꾸었다. 현재는 지식이 풍부한 사람이 우월한 사회가 아니다. 모르더라도 빨리 찾는 자가 우수한 사람이다. 누가 빨리 새로운 사실을 찾아내는가? 인터넷에 적합한 문자를 가진 사람이다. 한국인은 치매 노인과 세 살 이하 유아를 제외하면 누구나 정보의 바다인 인터넷을 자유롭게 항해한다. 컴퓨터나 핸드폰에 빠르게 검색어를 입력하고 조회할 수 있다. 글을 모르는 백성이 불쌍하여 만든 한글은 600여 년이 흐른 오늘날 인터넷 사용에 가장 편리한 글이 되었다.

한글이 없었더라면, 해방 후에도 한자가 공식 문자로 사용되었다면 현재의 대한민국은 없다. 어떠한 탁월한 지도자가 최선의 정책을 강력하게 추진하였더라도 쉽게 성공할 수 없었을 것이다. 국민이 이해하지 못하는 정책이 이루어질 리가 없다. 대한민국이 선진국으로 도약한 일등공신은 한글이었다. 사람으로 한정한다면 세종대왕이다. 거지를 부자로 만든 경제 대통령보다 무지를 탈피하게 한 계몽 군주의 공이 더 크다.

2021. 10. 11.(월)

천사와 악마

이재영 이다영 쌍둥이 자매의 학교폭력 폭로로 올해 내내 시끄러웠다. 뛰어난 외모에 출중한 실력으로 국가대표 배구선수였던 쌍둥이 자매의 승승장구에 참을 수 없었던 학교폭력 피해자는 언론에 사실을 폭로하였다. 아픈 상처를 간직하고 힘겹게 살아가는 자신과 비교하여 부와 명예를 누리는 가해자를 지켜볼 수 없었을 것이다. 사악한 악마가 천사의 미소를 지으며 찬사받는 걸 참을 수 없었으리라.

사람은 자신의 말이나 행위에 책임을 져야 한다. 자라나는 어린 시절의 옛이야기라도 현재도 아물지 않은 상처에 괴로워하는 사람이 있다면 가해자는 응분의 대가를 치러야 한다. 여론도 피해자 편이었다. 실력과 외모로 최고 인기를 구가하던 쌍둥이 자매가 설 자리는 사라졌다. 뜨겁던 찬사는 악랄한 비난으로 바뀌었다. 모든 사람은 천사와 악마다. 때에 따라 보기에 따라 달라 보일 뿐이다.

선망이 무엇인가? 부러워하는 것이다. 자신은 할 수 없는, 자신이 가질 수 없는 걸 가진 자에 대한 시기나 질투다. 다짜고짜 혐오하고 비난할 수 없으므로 악마를 은폐하고 천사의 얼굴로 칭찬 대열에 합류한다. 사회적으로 매장당하지 않으려는 위장 또는 위선이다. 인간은 사회적 동물이다. 사회적 동물이란 말은 솔직하거나 진실하지 않다는 말이다. 진면목(眞面目)을 보여서 생존이 어렵다면 가장해야 한다. 인간은 가면을 쓰고 생활한다. 우리가 아는 사람은 본성이 아니라 그의 가면과 연기다. 가면이란 라틴어 페르소나(persona)가 사람을 가리키는 영어 퍼슨(person)이 된 이유다.

1인 미디어가 활발한 인터넷 세상에서 언론인으로 살아가는 건 쉬운 일이 아니다. 일방적인 주장을 써서 읽게 하던 시대는 지났다. 신문을 읽는 사람은 드물다. 인터넷을 통해 원하는 정보만 선택한다. 독자가 원하지 않는 뉴스는 아무리 중요하고 개인에게 꼭 필요한 사실이며 세상을 바르게 할 진리라도 의미 없다. 소비자가 선택하지 않으면 언론계에 설 자리가 없다. 조회 수를 늘릴 기사를 찾아야 한다. 사실 여부는 중요하지 않다. 당장 생계를 이어야 할 판에 진리나 진실이 무슨 의미가 있는가? 독자가 원하는 뉴스를 만들어야 한다. 정치인만 포퓰리즘에 빠지는 게 아니다. 기자도 마찬가지고 어느 정도는 누구나 포퓰리스트를 지향한다. 인기 없는 사람이 되는 걸 원할 사람이 있는가?

찬양하던 팬이 악마 본성을 드러내 인기 스타를 공격하자 모든 언론이 호응해 자극적인 기사를 쏟아낸다. 기사에 호응하여 더 큰 비난 여론이 인다. 너도나도 더 치명적인 보도를 위해 경쟁하고 너도나도 유명인에 대한 욕설로 스트레스를 푼다. 그것 봐라. 잘난 사람은 없다. 다 마찬가지 아닌가? 유명인이 훌륭해서 유명인이 아니다. 운이 좋았거나 절묘하게 치장하고 가장한 연기거나 일시적인 속임수일 뿐이다. 이것이 대중의 심리다. 인간은 근본적으로 자신보다 우월한 타인을 인정하는 걸 껄끄러워한다. 어쩔 수 없이 인정하더라도 기회만 있으면 헤어날 수 없는 질곡으로 밀어 넣으려는 파괴 본능이 숨어 있다.

국내에서 선수 생활이 불가능한 쌍둥이는 눈물을 머금고 그리스로 떠났다. 떠나고 싶어 떠난 건 아니다. 선수가 선수 생활을 할 수 없다면 생존 기반이 무너진 것이다. 명예를 위해서가 아니라 살기 위해 떠났다. 팬의 비난은 멈추지 않는다. 어차피 모든 이가 비난하는 판에 천사를 가장할 필요가 있겠는가? 칭찬할 때는 천사의 가면을 사용하였으나 이제 시원하게 속마음을 쏟아내서 스트레스 풀면 그만이다. 떠난 선수에 팬의 비난이 일자 다시 언론이 가세한다. 한번 천사의 탈을 벗어 던진 악마의 본성은 무섭다. 한번 내뱉었으니 그 말을 합리화하기 위해서라도 비난을 계속해야 하는지도 모른다.

언론과 대중은 서로를 의지하여 시너지 효과를 낸다. 부익부 빈익빈이다. 뜨기 시작한 스타는 한없이 올라가고 떨어지기 시작한 스타는 영원히 추락한다. 오늘 뜨기 시작한 스타도 내일을 예견해야 한다. 대중의 찬사는 찬사가 아니다. 스스로 도달할 수 없는 곳에 다다른 사람에 대한 파괴 본능을 숨긴 시기 어린 선망이다.

조재범 국가대표 코치로부터 3년간 성폭행당한 사실을 폭로한 심석희에게 동정 여론이 뜨거웠고 조재범은 악마가 되었다. 우월한 지위를 이용한 미성년자 성 착취는 용서 못 할 범죄다. 어떠한 변명도 용납할 수 없다. 이것이 한국 사회 추세였다. 조재범이 살기 위한 최후의 몸부림이었겠지만 심석희와 코치 간 주고받았던 문자 메시지가 공개되자 새로운 반향이 일었다. 전세는 역전되었다. 우리는 쉽게 마녀사냥을 할 수 있지만, 쉽게 사냥당하는 마녀로 전락하는 사회에서 살고 있다.

조재범 코치 측이 법정에 제출했던 '변호인 의견서' 내용이 한 매체를 통해 공개되면서 문제가 불거졌다. 동료 대표선수를 비하하고 평창 동계올림픽 결승에서 동료의 입상을 방해할 목적으로 하는 고의충돌을 의심케 하는 발언이 있었다. 당사자인 최민정 선수 측은 철저한 조사와 의혹 해명을 요구하였다.

요원의 불길은 잡기 어렵다. 큰불이 되려면 여러 조건이 어우러져야 하지만 일단 큰불이 되면 불이 불을 크게 한다. 불이 바람을 부르고 바람은 불길을 거세게 확산한다. 언론과 대중은 불과 기름 또는 바람의 관계다. 서로 호응하여 더 큰 상황으로 발전시킨다. 이재영 이다영 자매 학교폭력 사실이 드러난 순간 사냥이 끝났듯이 심석희의 개인 문자 메시지가 언론에 폭로된 순간 사냥은 끝났다. 시위를 떠난 화살을 제어할 방법은 없다. 동계올림픽 쇼트트랙 최고 스타 생명은 종료되었다.

2018 평창동계올림픽 경기 중 고의충돌 논란에 휘말린 심석희

는 대표팀에서 제외된 데 이어 올해 대한민국체육상 수상자 명단에서도 제외됐다. 고의충돌로 승부 조작이 밝혀지면 스포츠공정위원회 규정에 따라 자격정지나 제명 조치가 가능하고 연금 지급을 정지할 수도 있다고 한다. 이제까지 쌓았던 부와 명성이 모두 사라질 뿐 아니라 부도덕한 사람으로 생존 자체를 위협받을 수 있다.

우리는 두려워해야 한다. 욕망을 좇아 스스로 찬란하게 빛나기를 갈망하나 모든 이의 위에 우뚝 서는 순간 대중에게 일거수일투족을 감시당하는 걸 감수해야 한다. 사소한 실수로 명예만 잃는 것이 아니라 생명 자체를 마감할 수도 있다. 부와 명예에는 대가가 있다. 선망하는 대중의 파괴 본능을 감내해야 한다. 대중의 파괴를 위한 집요한 감시를 견딘 사람만이 빛날 수 있다.

조재범 코치에게 3년간이나 당했을 치욕을 동정하던 여론은 이제 심석희를 마녀로 낙인찍었다. 마녀냐 아니냐는 더 문제가 아니다. 대중이 낙인찍는 순간 공인의 생명은 끝났다. 조사와 법정 판결이 어떻게 날지는 모른다. 그것과 무관하게 사냥은 끝났다. 고의충돌 여부는 중요한 게 아니다. 동료를 비난한 사실, 잘못되기를 바라는 마음이 있었다는 사실만으로 대중은 이미 마녀로 단정하였다.

다른 사람을 평가하지 말아야 한다. 어쩔 수 없이 평가하더라도 법적으로 판단할 위치가 아니라면 함부로 결과를 내색해서는 안 된다. 내가 던진 돌이 원인이 되어 거대한 풍랑이 일고 요원의 불길이 된다면 그 결과가 두렵지 않은가? 우월한 타인을 시기하는 파괴 본능이 있더라도 타인에게도 같은 감정이 있다는 걸 감안하면 타인을 평가하거나 비난해서는 안 된다. 악플만 나쁜 게 아니다. 선플도 안 하느니만 못할 수 있다. 악플보다는 선플이 나으나 인간 본성이 타인의 우월을 참을 수 없다면 선플은 가장이다. 파괴 본능을 숨긴 거짓 찬사다.

사람을 맹목적으로 맹신하거나 맹종해서도 안 되고 이유 없이 혐오하거나 배척해서도 안 된다. 너무 가까워도 멀어도 문제가 발생하는 건 마찬가지다. 사물을 관조해야 한다. 관조란 감정의 동요 없이 바라보는 것이다. 자신의 이해득실에서 벗어나 평등하고 공정하게 평가해야 한다. 누구나 가진 동전의 양면, 내면의 천사와 악마를 억압해야 한다. 과유불급은 변함없는 진리다.

2021. 10. 14.(목)

물가

물가 상승에 아우성이다. 소득은 변화가 없는데 물가가 상승하면 서민 삶은 팍팍해진다. 가진 재화는 그대로인데 물건값이 오르면 구할 물건을 제한해야 한다. 필수품이 아니라면 구매 대상에서 제외다. 의식주를 제외한 모든 물건 구매나 활동은 우선순위에서 밀려난다. 물가 상승은 언제나 서민을 위협한다.

쌀값이 코로나 이전 30㎏에 5만 원 하던 것이 지금은 8만 원이라고 한다. 휘발유 가격은 서울에서 1,800원을 넘어섰다. 운전자에게 기름값 부담은 갈수록 커진다. 글로벌 에너지 대란과 석유 수요 증가, 미국의 원유 생산 감소 전망으로 국제유가 강세 예측이 우세하다. 얼마 전에는 달걀과 대파 가격 급등으로 난리가 났다.

우리나라뿐만 아니라 전 세계적으로 인플레이션 확산에 골머리를 앓고 있다. 뉴스에서는 코로나 사태로 억눌렸던 수요 증가와 글로벌 공급망 불안, 생산 차질로 빚어졌다고 설명한다. 물류

대란과 원자재 가격 급등이 원인이라고도 한다. 우스운 일이다. 그 모든 건 직접적인 한 요인일 뿐 근본 원인은 아니다. 근본 원인이 무엇인가? 모든 나라가 자국 경제 성장률 유지를 위하여 실시한 양적 완화다.

코로나는 전 세계적 위기고 모든 나라 경제를 마비시키고 후퇴시켰으나 각국 정부는 자국 문제에 국한하여 해결을 시도하였다. 다른 나라를 돌보지 않고 자국 경제성장 유지에 골몰한다. 그것이 확대 재정 정책이다. 자국 화폐가치를 낮추어 수출경쟁력을 높이려는 양적 완화다. 최대한 돈을 푸는 것이다. 돈벌이가 막힌 서민 생계 대책이기도 하다. 각국은 전 국민 재난지원금 또는 업종별 재난지원금을 풀었다. 대가 없이 풀린 막대한 자금이 하는 일이 무엇이겠는가?

현재 물가 상승은 수요와 공급이라는 전통적인 경제 개념에 의한 것이 아니다. 물론 직접적으로는 수요와 공급량에 따라 가격이 결정되지만, 수요와 공급에 큰 변동이 없는 상태에서 화폐가치 하락은 물가 상승을 발생시킨다. 물동량 변화가 아니라 화폐가치 하락이 물가 상승 원흉이다.

정부나 한국은행에서는 정확하게 설명해야 한다. 물론 설명하지 않아도 알 만한 사람은 다 알겠지만, 언론 보도는 뜬구름 잡는 이야기다. 물가 상승 본질에 대한 언급은 거의 없다. 급등하는 물가에 호들갑 떨 게 아니라 당연한 사실이 눈앞에 펼쳐진 것을 알아야 한다.

정부나 한국은행에서 사실대로 설명하는 것은 껄끄러울 것이다. 어쨌든 좋은 성적표를 받고 싶은 정부는 이유에 무관하게 다른 나라보다 높은 경제 성장률을 보이고 싶다. 달러 가치 하락에 의한 것이고, 숫자의 함정이라도 관계없다. 다른 나라보다 나으면 된다. 사실 다른 모든 나라 정부도 같은 정책을 추진하므로 정부의 상대적 선방이라는 말이 틀린 건 아니다. 그렇더라도 당면한 물가 상승에 혼란한 국민이 분노하더라도 유통화폐 증가율을 밝혀 물가 상승은 어쩔 수 없다는 걸 알려야 한다.

이미 급등한 달걀 대파 쌀 휘발유 가격이 문제가 아니다. 모든 물건값이 동시에 움직이지는 않겠지만, 언젠가는 화폐가치에 수렴한다. 돼지고기 소고기 값이 올랐다고 난리고 식료품 가격 급등에 아우성치지만, 머지않아 공산품 값도 오를 것이다. 아직 오르지 않은 물건 값은 필시 내일이나 모레 오를 것이다. 경제가 제대로 가동하면 임금도 상승할 것이다. 그때까지는 경제가 다른 나라보다 성장하더라도 국민은 가난해진다. 같은 돈으로 구매력이나 활동 폭은 감소할 수밖에 없다. 이것이 경제 성장률 숫자의 함정이고 물가 상승의 진실이다.

국민은 물가 상승 원인을 제공한 정부를 원망할 수도 있으나, 그건 정부 탓할 일이 아니다. 뜻밖의 자연 재난에 대처할 수밖에 없었다. 생산과 소비가 중단되어 경제가 마비되었을 때 피해자는 사회적 약자다. 가진 게 없는 사람이 일거리마저 끊긴다면 그 결과가 무엇이겠는가? 정부 정책이 잘못된 게 아니다. 다만 어쩔 수 없는 상황에서의 대처였더라도 빚이든 찍어낸 돈이든 유통화폐 증가는 물가를 상승시킨다. 재정 확대로 인하여 예상되는 물가 상승 수치를 분석하여 국민에게 밝혀야 한다. 그것이 물가 상승에 망연자실한 국민이 이해하고 엉터리 같은 언론 보도를 막는 길이다.

2021. 10. 19.(화)

악의 축

악의 축은 2002년 1월 29일 연두교서에서 부시 미국 대통령이 사용한 용어로, 이라크·이란·북한을 지명하면서 그 총칭으로 사용한 말이다. '악의 축' 국가란 '대량파괴무기를 개발하거나 테러 지원 국가'를 뜻한다. 그동안 미국은 북한·쿠바·이란·이라크·리비아·수단·시리아 등을 '불량국가', 즉 '테러지원국'으로 지칭해 왔다. 그러다 2002년 연두교서에서 악의 축이라는 용어를 새롭게 도입하여, 불량국가 중에서 특히 국제 사회에 중대한 위협이 되는 나라로 이란, 이라크, 북한을 지목하였다.

이후 미국은 북한에 대한 강경 발언으로 북미 관계도 경색되었다. 지구상 최강국가 미국이 콕 찍어 '악의 축'으로 지목하자 목숨 걸고 핵 개발을 재개하였다. 어차피 죽을 바에야 구차하게 죽는 것보다는 장렬한 전사를 택했는지도 모른다. 악의 축이란 생소한 용어는 북의 핵무장을 촉진하였다.

미국이 보기에는 실력도 없으면서 사사건건 대립하는 세 나라가 마음에 들지 않아 악의 축으로 지목했겠지만, 국민에게 악의 축은 권력자다. 엄청난 규모 차이에도 결사 항전 태세를 갖춘 북한을 미국이 쉽게 처리하지 못하듯이 악의 축으로 지목한다고 권력자를 몰아내기는 쉽지 않다.

독재정권이 지속할 때 악의 축은 정치인과 검찰이었다. 최고 권력자 주변 정치인과 정권의 시녀란 비아냥을 들었던 검찰은 무소불위 권력을 휘둘렀다. 긴 세월 국민이 엄청난 희생을 치르고야 독재정권을 무너뜨리고 민주화를 실현했다. 대한민국 국민이 누리는 자유는 거저 얻은 게 아니다. 민주화 투사와 이름 모를 다수 국민의 피로 이루었다.

국민의 선택으로 정권이 오가자 정치인의 위상은 급락하였다. 사실 떨어진 게 아니라 정상을 되찾은 것이다. 과거에 주어지지 않은 권력을 남용한 것이다. 대통령이든 장관이든 장군이든 무엇이나 할 권한은 없다. 법이 정한 범위에서 권한을 행사할 뿐이다. 법이 정한 권한으로 어떻게 서민을 억압하고 착취하겠는가? 멀쩡한 사람을 범죄자로 만들고 고문치사 할 수 있는가? 정상으로 돌아온 정치인은 이제 악의 축이 아니다. 악의 축은 주어지지도 않은 과도한 권한을 행사하는 자다. 아직 정치인이 악의 축 행세를 한다면 세상 물정 모르는 맹아거나 정신병자일 뿐이다.

민주화 시대 국민에게 악의 축은 누구인가? 언론과 검찰이다. 주어지지 않은 권력을 사용하는 자를 악의 축으로 규정한다면 현재 가장 강력한 권한을 가진 자다. 현재 대한민국에서 통제할 수 없는 힘을 가진 건 언론뿐이다. 국민 개인이 언론에 불평불만을 토로할 수는 있어도 물리적 힘을 가할 방법은 없다. 정치 권력이 언론을 규제하려 들면 언론탄압이라고 대든다. 다른 나라 언론까지 합세하여 대항한다. 민주국가에서 언론을 통제할 능력은 국민밖에 없다. 개인이 부당한 언론을 소비하지 않을 때 유언비어나 허구를 보도하는 언론은 사라질 것이다.

독재정권 시절에는 체제 비판을 시도하는 언론종사자가 국민에게 인기 있었지만, 국민 눈치를 봐야 할 정도로 정치인이 힘 빠진 오늘날 가장 큰 권력은 언론이다. 적절한 카르텔만 형성한다면 어떠한 거짓도 사실로 만들 수 있다. 국민 여론 앞에 당당할 기관이나 단체는 없다. 언론의 대규모 성토로 초토화한다. 권한이 생겼다는 건 무엇을 의미할까? 타락할 기회가 생긴 것이다. 권력에는 온갖 똥파리가 모여든다. 부당한 이익을 얻으려는 기생충은 어느 사회에나 널려 있다. 똥파리나 기생충으로 보신하는 자가 생길 수밖에 없다. 부패한 언론종사자가 국민 눈에 띄는 순간 악의 축으로 전락한다.

독재정권 시절 권력의 시녀로 부귀영화를 누렸던 검찰은 어떤가? 그때만큼은 아니더라도 검찰 권한은 여전히 막강하다. 과거처럼 대놓고 범죄를 무죄로 만들고, 선량한 시민을 범죄자로 처단할 수는 없더라도 세부에서 얼마든지 관여할 수 있다. 몇 백 억 몇 천 억은 해먹을 수 없어도 몇 천만 원이나 몇 억 원 정도 얻을 기회는 충분하다. 타락하지 않으면 부귀영화 하기 쉽지 않지만, 워낙 많은 똥파리 덕분에 눈에 띄지 않을 정도로 호의호식한다. 월급만으로는 절대 할 수 없는 부유한 생활을 누린다.

김영란법으로 대가성 없는 뇌물이나 향응도 제공할 수 없으나 그들이 누구인가? 사법고시를 통과한 법에 관한 한 귀재 아니던가? 조사하고 처벌할 권한도 동료에게 있다. 자신의 이익이라면 똘똘 뭉쳐 대항하는 데 능숙한 사피엔스다. 종간의 대결에서도 공동체 간 대항에서도 살아남은 게 현생인류다. 그 인류 중에서도 가장 똑똑하다고 자타가 공인하는 검찰이 법을 통과하기란 식은 죽 먹기일 것이다. 검찰은 독재정권에서도 민주 정부에서도 여전히 하나의 악의 축이다.

열악한 환경에서 시들어가는 청춘의 모습에 분노한 전태일 열사 분신 이후 인권은 급속히 향상되었다. 독재정권 시절 민주 민중 투쟁은 정의의 다른 이름이었다. 악의 축이 권력자일 때는 체제에 대한 저항이 곧 정의로 둔갑하였다. 수평적 정권교체가 이루어지고 인권과 최저생계비가 보장되는 오늘날 투쟁이나 저항은 정의가 아니다. 사회적 약자의 모임인 노총이었으나 현재는 아니다. 오늘날 민주노총은 검찰과 맞먹는 권력이 되었다.

어떠한 법적 권한도 없는 민주노총이 어떻게 권력을 갖게 되었는가? 한마디로 패거리 힘이다. 사회 어느 공동체도 민주노총처럼 대규모로 모여 체계적으로 대항하지 못한다. 일단 수에 있어 압도적인 민주노총을 개인이 상대할 순 없다. 공권력인 경찰이나 검찰도 민주노총의 표적이 되는 순간 시달릴 걸 예상하여 반드시 해야 할 일 외에는 수수방관이다. 현재 한국 사회 권력 서열은 언론 검찰 민주노총 순이다.

과거에 정치인과 검찰이 악의 축으로 지목받았고, 현재는 언론 검찰 민주노총 순이라면 그건 정확히 권력 서열이다. 힘을 가진 자는 부패할 수밖에 없다. 구성원이 청렴한 사람이 많더라도 시간을 늦출 뿐이다. 권력을 가진 인간이 영원히 똥파리와 기생충의 집요한 공격에 버틸 수는 없다. 민주노총 스스로 힘을 느낀다면 자중하고 성찰해야 한다. 권력에 취해 오만하거나 이익에 일탈한다면 스스로 정의했던 악의 축이 된다.

현재 언론 검찰 정치 민주노총 참여 인원에만 해당하는 일이 아니다. 인간이라면 누구나 원하는 권력을 얻는 건, 곧 썩어간다는 의미다. 스스로 청정을 원하더라도 우주의 섭리나 자연법칙을 거스를 수는 없다. 인간이 생명체의 본성인 생존과 번식과 안락을 추구하는 한 권력은 부패할 수밖에 없다. 권력에 접근하는 자, 이미 권력을 가진 자는 더 큰 권력을 향하기보다는 놓을 시점을 구상해야 한다. 완전히 썩어 사라지기 전에 현장을 떠나는 자가 현명하다.

문종과 한신의 최후를 아는가? 범려와 장량은 어떤가? 역사를 타산지석이나 반면교사로 삼을 수 없다면 독서의 의미가 없다. 부패한 무리 중에서는 스스로 부패를 감지할 수 없다. 산 중에서 산을 볼 수 없는 이치다. 국민이 질시하고 증오하는 악의 축으로 살 이유는 없다. 다른 방법이 없다면 모르되 썩어가는 장소에서 탈출하라. 산에서 떨어져 산을 관조하라.

2021. 10. 21.(목)

블랙홀

세상에는 이해할 수 없는 일이 무수하다. 인간이 알기에는 너무 크고 작은 거시세계나 미시세계는 경험할 수 없으므로 알 수 없는 것이 오히려 당연하다. 과학자가 기발한 상상력과 천재적인 수학적 계산으로 여러 가설을 증명하지만, 평범한 사람이 이해할 수 있는 영역이 아니다.

경험할 수 없는 세계에 대해서는 알 수 없는 것이 이상할 게 없지만, 자주 목격하는 것도 개선하지 못하고 유사한 결말에 이르는 걸 보면 의아하다. 무수한 반면교사와 타산지석이 널려 있는데도 왜 정치인은 유사한 길을 걷는가? 좋지 않은 결론에 이름에도 왜 권력을 추구하는가는 묻지 말자, 탐욕이 인간의 본성일 테니까…….

권력을 잡으려는 사람은 나름대로 계획이 있다. 전임자가 이미 몸소 시범을 보였지 않은가? 뇌물 수수와 특혜, 비리, 권력 남용의 결과는 알고 있다. 권력의 정점에 있던 당사자를 비롯한 친인척 측근은 대부분 철창신세다. 권력을 잡더라도 측근과 친인척 비리를 막아야 하고, 적절하지 않은 참모 조언은 단호히 거부해야 한다. 그래야 퇴임 후 불명예를 당하지 않으리라.

모든 권력 후보자는 충분히 각오가 되어 있고, 본인의 부정부패뿐만 아니라 측근, 친인척, 고위 당직자나 공무원 비리까지 차단할 방법이 있다. 그러기에 권력에 도전한다. 겨우 5년 호의호식하며 권력을 누린 후 철창행이라면 누가 최고 권력을 추구하겠는가?

누구나 자신이 있었으나 결과는 글쎄올시다이다. 권력 이동이 순조롭게 이루어진 경험이 일천(日淺)하므로 앞으로는 좀 더 좋은 결과가 있을 것이다. 퇴임 후 대통령이 정말 행복하게 살기를 바란다.

왜 그토록 많은 경우의 수와 좋지 않은 결과를 예시했음에도 이제까지 권력의 말로가 쓸쓸했는가? 이건 구조적인 문제가 있는 것이다. 대통령이나 측근 친인척의 청렴 공정에 대한 의식과 의지의 문제가 아니라 누구라도 벗어날 수 없는 어떤 법칙이 있는 것은 아닌가?

물리학 용어로 블랙홀이란 게 있다. 강한 중력에 의해 빛도 빠져나올 수 없어 볼 수 없는 별이다. 블랙홀의 중심에는 반경 제로인 곳에 무한대의 밀도로 존재하는 특이점이 있다. 크기가 없는 무한대의 무게라니 상상조차 할 수 없지만, 현대 과학자뿐만 아니라 보통 사람도 블랙홀을 믿는다. 블랙홀은 엄청난 중력으로 시공간을 왜곡한다. 빛도 시간도 공간도 빨려 들어간다.

거대 권력은 마치 블랙홀과 같다. 모든 걸 빨아들이거나 일그러뜨리거나 구겨버린다. 권력 자체의 속성으로 인간이 대처할 수 없는 상태가 된다. 왜 인간은 권력의 주체가 되지 못하고 권력의 속성에 무너지고 마는가?

인간에게 시간은 제한적이다. 누구의 시간도 소중하다. 불과 백 년밖에 살 수 없으므로 누구도 자신의 시간이 낭비되기를 바라지 않는다. 서민도 그럴진대 최고 권력자는 누려야 하는 권리가 넘치므로 결정하기 쉬운 압축된 정보를 원한다. 멀리 주변에서 중심으로 다가올수록 정보는 정제된다. 꼭 필요한 핵심정보로 바뀌지만, 사실을 담지는 못한다. 악의적 개입이 없어도 전달자의 성향에 따라 왜곡된다. 대통령이 양심에 따라 판단하더라도 항상 옳은 결정이 될 수는 없다.

최고 권력자에 접근하기란 쉬운 일이 아니다. 친한 사이라도 마음대로 만날 수 없는 처지이기에 짧은 시간에 공감할 대화로 한정한다. 길고 복잡하여 이해하기 어려운 주제나 난처한 말을 꺼냈다가는 결론도 말하기 전에 헤어지기 쉽다. 조언이나 충언할 계제가 아니다. 측근이나 친인척 외에는 조언할 기회가 원천 봉쇄된다.

측근이나 친인척이 보통 사람보다 권력자를 자주 대하고 말할 기회가 있다지만, 조언하기는 쉽지 않다. 박수하고 찬사를 늘어놓기는 쉽지만, 잘못을 지적하여 고치게 하려다가는 자신이 쫓겨날 판이다. 어렵게 진입한 권력 중심에서 멀어진다는 건 상상하기 싫다. 권력의 맛을 아는 사람이 권력에서 멀어지는 건 흡사 귀양 가는 심정이다. 실제로 타의에 의해 밀려난다면 귀양이나 차이가 없다.

거대 권력이 블랙홀과 같이 중심부를 왜곡한다면 주변부의 상황을 제대로 알 방법이 없다. 모두 아는 사실을 왜 대통령이 모를까 의아해하는 사람이 있으나, 이쯤 되면 이해가 될 것이다. 숲 깊숙이서 자신이 속한 산 전체를 볼 방법은 없다. 주변에서 보면 전체가 잘 보이지만, 중심부로 이동하면서 정보는 변질한다. 사실을 알기 위해서는 자주 주변부와 접촉해야 하나 시간이 부족하다. 대통령이 국밥집 사장이나 시장통 노점상과 노닥거릴 시간은 없다.

최고 권력자나 측근 친인척의 가치관이 문제가 아니라 권력 속성의 문제라면 최고 권력을 노리는 사람은 생각을 달리해야 한다. 스스로 청렴결백하고 공명정대하며, 측근이나 친인척을 철저히 관리하겠다는 의지만으로는 부족하다. 의지가 아니라 해결할 시스템을 갖추어야 한다. 주변부의 시각이 중심부로 왜곡 없이 전해질 방법은 무엇인가? 불행한 노후를 보내지 않으려면 대통령 당선을 걱정할 게 아니라 서민의 조언을 왜곡 없이 청취할 시스템을 고민해야 한다.

2021. 6. 17.(목)

바른말 좋은 글

요즘 글 쓰는 사람이 많다. 글이야 예나 지금이나 누구나 쓰게 마련이지만, 사무적인 글이 아니라 책을 내거나 미디어에 올리기 위한 전문가 영역의 글 말이다. 글을 읽다 보면 거슬리는 표현이 종종 보인다. 과거 나도 그랬지만 대부분 사람이 간과한다. 불특정 다수가 읽기를 바라는 글을 쓴다면 작문에 신경 써야 한다. 개인의 사소한 습관이나 실수는 타인에게 좋지 않은 영향을 준다. 자신의 글을 읽은 사람이 감동할 뿐 아니라 좋은 영향을 받기를 바라지 않는가?

우리와 우리들의 차이는 무엇인가? 인간과 인간들, 사람과 사람들은 의미가 다른가? 단수와 복수를 구분한 것으로 여길 것이다. 우리말은 단수와 복수를 가리지 않는다. 굳이 한 사람임을 강조하려면 '사람 한 명'이라고 표현하지 '사람'이라고 하지 않는다. '사람은 학교에 가야 한다.'가 맞지 '사람들은 학교에 가야 한다.'라는 말은 옳지 않다. 우리는 그 자체로 복수다. 한 사람밖에 없는데 우리라고 표현하는가? 복수임을 강조하려고 억지로 사람들이라는 말은 쓸 수 있으나, '우리들'이라는 말은 써서는 안 될 틀린 말이다.

왜 불필요한 복수 표현을 하는가? 영어 탓이다. 영어에서는 s를 붙여 복수를 표현하고 나머지는 단수다. 그걸 번역하려니 억지로 '들'을 붙이게 된다. 복수를 의미하는 들은 빼서 어색하지 않으면 빼는 것이 맞다. 시민들 국민들 학생들 사람들에서 들은 빼야 하는 것이 맞다. 국민이라고 하여 국민 한 사람을 가리키는 건 아니다.

글쓰기를 업으로 하다 보니 바르지 않은 표현을 하지 않으려고 노력한다. 그래서 『유시민의 글쓰기 특강』이나 이기주의 『언어의 온도』, 『글의 품격』, 이태준의 『문장 강화』 같은 책을 읽게 된다. 김정선이 지은 『내 문장이 그렇게 이상한가요?』라는 책이 있다. 김정선은 글 교정 전문가다. 타인의 글에서 오류를 바로잡는 일이 직업이다. 바르지 않은 글을 쉽게 찾아내는 달인이라고 할 수 있다.

김정선의 책 내용에 '적의를 보이는 것들'이라는 주제가 있다. 쉽게 기억하게 하려고 문장을 만들었는데, '적' '의' '것' '들' 네 글자는 뺄 수 있는 한 모두 빼라는 것이다. '국민적 사회적 역사적 정치적'에서 '적'자를 제거하란 것이다. '우리의 나라'에서 '의'는 불필요하다. '조국의 근대화'에서 '의'도 불필요하다. '것'과 '들'을 빼서 문맥이 이상하지 않으면 모두 빼야 한다고 주장한다.

말로만 세계에서 가장 우수한 글이 한글이라고 자랑하고 뿌듯해할 것이 아니라 아름다운 우리말을 더 아름답게 가꾸어서 후손에게 물려주어야 한다. 작문법 책을 숙독하고 인터넷 사설이나 유명 작가의 글을 읽으니 어색한 부분이 한두 군데가 아니다. 베스트셀러 작가도 문법에 맞지 않고 문맥에 가장 적절한 낱말을 구사하지 않는 사람이 적지 않다. 아무리 옳은 주장이라도 문법에 맞지 않거나 적절한 낱말을 사용하지 않으면 좋은 글이 될 수 없다.

글 쓰는 사람이라면 자신의 글이 내용에서 교훈적일 뿐만 아니라 글 자체로도 보기에 좋고 읽기에 좋은 명문이길 바랄 것이다. '적의'를 보이는 '것들'을 제거해서 우호적인 글로 보이게 하자.

2021. 7. 5.(월)

여비서

고 박원순 전 서울시장 법률대리인인 정철승 변호사가 최근 기업 임원 등에게 여비서를 두지 말 것을 권고한다고 하여 논란이다. 정 변호사는 비서실에 여직원을 둘 불가피한 이유가 없다면 여직원을 고집하지 말고, 회식 식사는 물론 차도 마시지 말라고 했다는 것이다.

네티즌은 펜스룰이 떠오른다고 지적했다. 펜스룰은 성추행 문제를 피하려고 아예 여직원과 접촉을 차단하는 행동 방식이다. 마이크 펜스 전 미국 부통령이 2002년 하원 시절 한 언론과의 인터뷰에서 "아내가 아닌 다른 여성과는 절대 단둘이 식사하지 않는다."라고 말한 데서 유래했다.

펜스룰은 여성 동료를 성적 대상화하고 여직원과 교류가 성을 포함한다는 전제라는 점에서 문제라는 지적이다. 직장 내 성추행이나 권력형 성범죄 가해자의 행위를 근본적으로 차단하는 데는 도움이 되지 않는다는 것이다. 그뿐만 아니라 사회 상층부가 남성 위주인 상황에서 일터에서 펜스룰 적용은 여성의 채용은 줄고 승진을 가로막는 유리천장이 더욱 두터워진다는 주장이다.

취직과 승진에 불리하다는 여성의 주장을 이해하지만, 남성 부서장에게 여비서를 두지 말 것을 권고한 정철승 변호사의 말에 일리가 있다. 성폭력은 확실하게 물리적 접촉이 있어야 하지만, 성희롱이나 성추행은 분위기나 상황에 따라 판단이 달라지며, 주로 피해자의 주관적 수치심이 범죄 여부를 결정한다. 아무리 조심해도 여직원의 심리 상태를 완전히 이해할 수 없는 한 언제든지 의도하지 않은 문제가 발생할 수 있다.

여성과 남성의 성 충동은 완전히 다르다. 여성은 이해할 수 없을 수도 있으나 남성은 정서적 교류 없이도 여성에게 어느 순간 성 충동을 느낀다. 양심과 수많은 반면교사를 거울삼아 스스로 억제하기에 겉으로 드러나지 않을 뿐이다. 인간성의 문제가 아니라 남성의 유전적 본능이다. 끊임없는 자기 통제로 문제를 억제할 뿐 사고 요인은 늘 잠재한다.

여성 부서장이 여성을 비서로 두고 남성 부서장이 남성을 비서로 두는 데 어떤 문제가 있을까? 남성 부서장이 여성을 비서로 둘 때 편안하고 흡족한 이유 자체가 마음이 끌리는 성적인 이유다. 잠재적 성 경쟁자인 남성보다 편안하다. 동물 수컷이 암컷을 거느리는 것과 유전학적 본능에서는 같다. 이성 비서를 두는 건 업무 효율 외에 이성으로 작동하는 잠재의식의 발로다. 부서장과 이성 비서는 사고 가능성을 항상 내포하고 있는 셈이다.

모든 남자가 훌륭히 본능을 통제할 수 없다면, 예방 차원에서 여비서를 두지 않는 게 왜 문제가 되는가? 여성이 비서 채용 기회가 줄어든다고 반발하는 건 말이 안 된다. 거의 모든 직종이 개방된 상태다. 과거 여비서를 둔 관행 자체가 오히려 남성의 우월적 지위를 이용하여 무언가를 획책하는 흑심에서였을 가능성이 크다. 처음부터 흑심이 있었든 순간적인 충동에 의해서든 성범죄는 잠재된 상태다. 미리 사고를 방지하는 게 무엇이 문제인가?

과거에 나쁜 의도가 내포된 여직원 비서 채용이 관행이었다면, 변화하는 사회 통념상 앞으로는 문제다. 여성은 남성의 생각을 바꾸라지만 그건 사고의 문제가 아니다. 의지로도 완벽히 제어할 수 없는 동물적 속성, 본능의 문제다. 남자의 본성을 바꿀 수 없고, 스스로 말과 행동을 완전하게 통제할 수 없는 게 인간이라면 사고 방지를 위하여 이성 비서를 채용하지 않는 게 맞다. 둘만 있는 시공간에서 의지력을 시험하는 건 무의미할 뿐 아니라 에너지 낭비일 따름이다.

2021. 7. 26.(월)

제2부

아빠가 쓰는 편지

남자의 주 임무는 지키는 것이다.
나라를 지키는 것이 가장 큰 사명이지만,
그전에
가정과 가족을 지켜야 하는 것이 남자의 임무다.
역사에서 보듯
남자가 역할을 다하지 않을 때
백성과 가족은 불행해진다.
나라의 멸망도 가문의 몰락도 모두
남자 탓이다.

본문 '아들에게 쓰는 편지'에서

아들에게 쓰는 편지

어린 시절

조석으로 선선한 바람이 이는 것을 보니 만인이 사랑하는 천고마비의 계절 가을이 다가온 듯하다. 아들 생일인 10월 1일 국군의 날이 머지않았다는 뜻이겠지. 며칠 남았지만, 미리 축하한다. 생일 축하해.

고사리 같은 손을 움켜쥐며 눈도 뜨지 못한 채 엄마 품을 파고들던 것이 엊그제 같은데 벌써 스물다섯 청년이라니 감개무량하다. 세월은 참으로 부지런한 듯하다. 잠시도 쉬지 않고 꾸준히 흐르니 말이다. 아들이 어린이에서 청년이 되었다는 건 아빠는 청년에서 노년으로 접어들었다는 뜻이겠지.

인생은 길지만, 또한 짧다. 허송세월로 무의미하게 보낸다면 충분히 길지만, 무언가 역사에 남을만한 업적을 남기기에는 충분하지 않다. 부지런한 사람일수록 시간이 모자라지. 역동적인 삶을 추구하는 사람은 대체로 시간이 부족하다. 독서에도 운동에도 일하기에도 충분하지 않지. 이제 미래를 선택할 때가 되었다. 부지런히 살 것인가, 무의미하게 살 것인가?

선천적인 아토피 피부병으로 먹을 게 제한되어 언제나 연약해 보였던 아들의 어렸을 적 모습에 가슴 아팠다. 착하고 똑똑한 것보다는 건강하게 자라 달라는 게 엄마 아빠의 솔직한 심정이었다. 이렇게 정신적으로 건전하며 똑똑하고, 육체적으로 건장하게 성장한 모습이 자랑스럽다.

일에 몰두하여 몇 달씩 출장 다니던 시절에 산월(産月)이 다가와 아빠 출장 기간에 출산하면 대책이 없겠기에 주말과 국군의 날이 이어지는 시기를 택하여 유도 분만한 게 아들 생일이 되었다. 군인 아들답게 특별한 날에 태어난 거지. 아빠가 국군의 날 쉬는 군인이었기에 생일이 정해진 네 운명이다.

막 태어났을 때 벙거지를 쓰고 나온 것처럼 머리카락이 엉성하였으나 백일과 돌이 지나면서 천지개벽하듯 피부와 외모가 바뀌었다. 모두가 부러워하는 꽃미남이 되었지. 갑자기 그때가 그리워지네. 크고 쌍꺼풀진 두 눈을 휘둥그레 치뜬 천진난만한 모습을 다시 보고 싶다.

새벽에 출근하여 자정이 되어서야 퇴근하던 공군본부 업무 탓에 가족과 함께했던 시간이 적었던 게 아쉽다. 천만뜻밖에도 대학에 진학하면 영영 떠날 줄 알았던 자식들이 대학 졸업 후에 집으로 돌아왔다. 취직이 쉽지 않은 현실과 젊은이의 처지가 안타깝지만, 자랄 때 지켜보지 못한 아빠로서는 다행이기도 해.

2021. 9. 17.(금)

동성초등학교

태어날 때부터 워낙 몸이 약해 엄마 아빠가 다른 것에 신경 쓰지 못했던 것 같다. 아들이 무엇을 좋아하고 잘하는지 관찰을 통해 찾아내서 뛰어난 재능을 발전시켜야 할 부모 역할이 부족했다.

아들이 초등학교 5학년 어느 날 저녁 식사를 하면서 장래희망을 과학자라고 하여 깜짝 놀랐다. 웬만큼 똑똑해도 과학자를 희망하는 사람은 많지 않다. 경쟁이 치열할 뿐 아니라 경쟁 대상자가 두뇌로는 둘째가라면 서러워할 사람이기 때문이다. 아들의 성적이나 재능을 제대로 몰랐던 아빠로서는 놀랄 수밖에 없었다. 그래서 "과학자? 과학자는 무지하게 똑똑해야 하는데?"라는 엄청난 실언을 하고 말았다.

내 말에 짙게 그림자가 드리워지는 아들 얼굴을 보고서야 내가 무슨 짓을 하였는지 깨달았다. 어린 아들의 꿈을 무참히 짓밟았던 게지. 그래서 어떻게 하면 네가 가진 꿈을 이어가게 할지 고민을 했다. 마침 사무실에 과학고와 카이스트를 졸업한 후배 장교가 있어서 과학자를 희망하는 자식 이야기를 하였다. 우리 가족과 식사 자리를 마련하여 네가 직접 궁금한 점을 질문할 기회도 주었지.

아빠는 그때까지 누나를 포함하여 누구도 학원에 보내지 않았다. 망국적인 사교육의 폐해에 대하여 학교에서도 언론에서도 직장에서도 귀가 닳도록 들었기에 장교 신분에 모범적인 삶을 지향하던 내가 자식을 학원에 보낼 수는 없었다. 카이스트를 나온 후

배 장교의 경험담과 간곡한 조언으로 처음으로 누나와 너를 수학 학원에 보낸 것이다. 우여곡절 끝에 누나는 학원을 그만두었으나, 아들은 수학 학원에 가서야 비로소 수학에 천재적인 재능이 있다는 걸 알게 되었다. 그제야 네가 왜 과학자를 희망하는지 눈앞에 낀 안개가 사라지는 느낌이었다.

엄마도 아빠도 먹는 걸 제대로 먹지 못해 연약한 네 육체 한 측면에만 지나치게 몰두하다 보니 그런 실수를 하였다. 늦게라도 재능을 발견한 건 너에게도 엄마 아빠에게도 크나큰 행운이었다.

모든 사람이 공부를 잘할 수 없고, 공부를 못한다고 다른 특별한 재능을 갖는 것도 아니다. 공부도 못하고 평범한 재능밖에 없는 사람도 많지. 그런 사람에 비교하면 남이 그렇게 어려워하고 싫어하는 수학에 천재적인 재능이 있다는 건 그야말로 천행이라고 할 수밖에 없다.

수학 학원에 다닌 지 얼마 안 되어 전교에서 수학에 관한 한 독보적인 존재가 되었다. 몸이 약해 친구 사이에서 주도적인 역할을 못 하고 존재감이 없는 걸 서글퍼하던 아들이 드디어 뭇사람의 주목을 받게 된 것이다. 시작과 과정은 미약하였으나 그 끝은 찬란했던 초등학교 시절이었다.

2021. 9. 18.(토)

예천중학교

아빠의 새로운 배속지 예천으로 이사해서 예천중학교에 입학했을 때는 이미 수학을 고등학교 과정까지 마친 것으로 들었다. 어느 학원에서는 더 가르칠 게 없다고 하였고, 대치동 강사 경험이 있는 학원에서는 다른 학생과 함께 가르칠 수 없어 고액의 과외비로 개인 교습해야 한다고 하였다. 공군 중령 월급과 세 자녀가 있는 우리 형편으로는 더 학원에 다닐 수 없는 처지였으나, 하루 내내 원장님께 부탁하고 하소연하고 애원해서 처음 요구했던 반값에 개인 교습을 하게 되었다. 엄마에게 전해 들은 말이지만, 나는 자식의 뛰어난 재능에 놀라고, 엄마의 자식을 위한 끝없는 노력에 또 놀랐다. 아빠의 바쁜 군 생활에 큰 힘이 되었지.

중학교 1학년 때 경상북도에서 개최하는 수학경시대회에 나갔지. 3학년이던 누나는 학원에 다니지 않았기에 이미 1학년인 너에게 수학에서는 역전되어 수학이 아닌 과학 과목에 출전하여 3위 입상을 하였다. 그 바람에 갑자기 전공도 이과로 전환하여 결국 대학교는 물리학과에 진학하였다. 수학 잘하는 동생 때문에 진로가 바뀐 특이한 경우였다.

너는 과학자가 꿈이었기에 경북과학고를 지망하였다. 과학고는 한 학교에서 평균 한 명도 진학하기 힘든 경쟁률이 높고 제일 우수한 학생이 몰리는 곳이다. 예천중학교가 규모가 작은 시골 학교였지만 시험 성적으로는 당당히 40명을 선발하는 두 배수에 들어 2차 면접을 하였다. 평소 엄마나 선생님에게 아들의 탁월한 재능에 관한 말을 믿어 합격을 의심치 않았으나 결과는 불합격이었다.

나중에 왜 불합격인지 확인하는 엄마에게 학교 측에서는 죄송하다며 예천중학교 총원이 워낙 적어 백분율 석차에서 밀렸다고 한다. 일등이라도 천 명에 일등과 백 명에 일등은 다르다는 말이지. 속으로는 분하고 억울하였으나 충격을 받았을 아들이 더 걱정이었다. 어디서 들은 말로 인용하였는지는 알 수 없으나, 대수롭지 않게 말하는 아들의 말에 비로소 마음을 놓았다.

"걱정하지 마세요. 손해는 불합격한 제가 아니라 불합격시킨 경북과학고등학교입니다. 저는 어디서나 우수하겠지만 경북과학고에서는 저 같은 수재를 놓친 걸 분명 후회하게 될 겁니다."

사실이야 어떻든 아들이 신체적으로 여리고, 덜 다듬어진 어린 마음일 것으로 짐작했던 아빠는 적이 안심했다. 내 아들이 건전할 뿐만 아니라 심지도 굳은 것을 알았다. 훌륭하게 성장한 아들이 자랑스러웠다.

2021. 9. 19.(일)

안동고등학교

누구보다도 뛰어난 수학 실력이기에 명문대에 진학하려는 청운의 꿈을 안고 일반고에서는 경북에서 제일 센 안동고에 진학하였다. 집에서 멀지 않은 거리지만 태어나서 처음으로 부모와 떨어져서 기숙사 생활을 하게 되었지. 못 먹는 음식이 많고, 비정상적으로 야윈 몸이라서 염려하였으나 무난히 적응하고 성적도 최상위권에 드는 등 기대에 충분히 부응하였다.

고등학교 2학년 때에는 KBS1에서 방송하는 '도전 골든벨' 「수학영재 편」에 안동고 대표 5인에 선정되어 출전하였다. 엄마에게 소식을 듣고 격려 겸 응원도 하고, 방송 구경도 하려고 엄마와 함께 골든벨 개최지인 대전에 갔다. 혹시 있을지 모르는 아들의 역사적인 순간을 기념하려고 휴가를 낸 거지. 카메라를 가져가 현장에서 참석한 친구와 기념촬영도 해주었지. 혹시나 하였지만, 결과는 역시였다. 전국 수학영재 100명에 선정된 것으로도 훌륭하지만, 네가 '수학 골든벨' 최후의 8인까지 남았다는 것도 기억할 만한 청춘의 추억이 되리라.

영어를 제외한 전 과목 성적이 우수하였고, 특히 네가 선택한 논술형 내신에서 워낙 두각을 보였으므로 명문대 진학을 의심하는 선생님은 없었다. 특히 경북지역 우수학생에게 논술을 가르친 '퇴계 학당'에 특별 논술지도를 위해 온 대치동 유명 논술 강사가 아들의 논술실력은 서울에서 제일 뛰어난 학생에게 뒤지지 않는다고 칭찬할 정도였다. 자식 잘한다고 칭찬하는 데 기분 좋지 않을 부모 있을 것인가? 당장 합격이라도 한 것처럼 기분이 좋았다.

대입 원서를 쓰는데 여러 선생님이 서로 써준다고 갈등하여 중간에서 어쩔 줄 모른다는 말에도 흐뭇하였다. 지도한 학생이 좋은 성과를 내게 하고 싶은 게 인지상정, 선생님은 그만큼 너를 믿은 것이다. 선생님과 학원 강사 말만 들으면 서울대라도 합격할 것 같았다.

결과는 기대만큼 좋지 않았다. 영어만 1등급이었다면 서울대와 카이스트에 내신으로 합격했을 것이라는 말에 영어학원에 보내지 않은 걸 잠시 후회하였다. 아들이 수학은 원하지만, 영어는 학원수업을 원하지 않는다기에 강제로 시키지 않았는데, 다른 부모처럼 강제로 시켰어야 했는가 하는 생각을 하였다.

성균관대학에 합격했지만 내심 성에 차지 않은 것 같아 안타까웠다. 성적도 논술실력도 떨어지는 친구가 연고대에 연거푸 합격하자 가슴 아파 우는 아들 모습에 가슴이 찢어지는 듯하였다. 아들을 그러안고 처음으로 함께 울면서 말했다.

"아들아, 아파하지 마라. 연고대에 합격한 친구는 수학과가 아니지 않으냐? 수학과를 지망한 사람은 가장 뛰어난 논술실력을 가진 사람 아니냐? 네가 만약 수학과가 아닌 다른 과였다면 너도 합격했을 것이다. 너는 대학보다 수학을 선택하지 않았느냐? 너와 경쟁한 학생이 모두 논술에 뛰어나서 그런 것이니 어쩔 수 없다. 지금 다시 선택하더라도 너는 수학 아니냐? 운명이다. 네가 합격한 성균관대학이 수학에서 일류대에 뒤처지지 않는다. 그걸 위안으로 삼아라."

두서없이 위로의 말을 했지만, 기분이 바뀔 만큼 충분하지 않다는 걸 알았으므로 여전히 가슴이 아팠다. 목표한 걸 이루지 못한 사람은 실망이 크다. 몇 마디 말로 해소될 성질이 아니지. 그래도 곧바로 마음을 다잡고 3학년 마지막 기말고사에 집중하여 차석 졸업의 영광을 안았다. 목표했던 서울대와 카이스트에는 합격하지 못했으나 누구에게도 뒤지지 않을 고등학교 성과요, 학창 시절 추억을 갖게 되었다.

2021. 9. 20.(월)

성균관대학교

최고 수준의 대학에 진학하였으나 초일류가 아니라는 데 일말의 아쉬움을 갖고 성균관대학교에 입학하였다. 타인과 비교가 불행의 시초라는 걸 대부분 사람이 알지만, 비교하지 않으면 보이지 않는 것이 너무 많기에 비교할 수밖에 없는 게 인간이기도 하다. 더 높은 데 위치한 사람이 적지 않기에 너는 이를 악물었다.

1년 장학생으로 합격하였지만, 즐기고 망설일 여유는 없었다. 먹고 대학이라는 말도, 낭만을 꿈꾸는 대학도 옛말이 되었지. 아빠가 대학생이던 80년대는 그야말로 먹고 노는 대학이었다. 봄 가을 축제가 끝나면 학기와 학년이 지나갔지. 유일한 관심은 야유회와 페스티벌, 여학생과 미팅이었다. 지금은 그런 시절이 아니지. 모두가 학점과 스펙 쌓기에 몰두한다. 물론 의미 있는 행위는 아니지만, 불확실한 미래에 대한 두려움을 그런 식으로 해소하고 위안하지.

모두가 자신의 미래를 위하여 가망 없는 가능성을 향해 고군분투하지만, 아들은 그중에서도 독보적이었다. 때가 되면 알게 되고 유혹을 느끼기 마련인 이성도 술도 담배도 가까이하지 않았지. 오직 공부, 공부뿐이었다. 아빠는 안타까웠다. 그러나 미래에 대한 확신도, 바르게 사는 방식에 대한 믿음도 없었기에 만류하지도 못하고, 새로운 길을 제시하지도 못했지. 노력의 성과로 4년 전액 장학생이 되었다. 그것이 네 인생에 어떤 의미인지, 미래에 어떤 영향을 끼칠지는 알 수 없었으나, 등록금 자체도 서민에 엄청난 부담이었기에 아빠는 진심으로 기뻤다. 목표를 향하여 우직하기 나아가는 아들이 믿음직하고 자랑스러웠다. 조자룡의 아들다웠다.

아들은 어려서부터 책임감이 강했다. 출장이 잦은 아빠가 어려서부터 세뇌한 탓인지도 모른다. 장기 출장을 갈 때마다 아들에게 당부했지.

"남자의 주 임무는 지키는 것이다. 나라를 지키는 것이 가장 큰 사명이지만, 그전에 가정과 가족을 지켜야 하는 것이 남자의 임무다. 역사에서 보듯 남자가 역할을 다하지 않을 때 백성과 가족은 불행해진다. 나라의 멸망도 가문의 몰락도 모두 남자 탓이다. 아빠가 출장 가면 집에 남자는 아들뿐이다. 무슨 일이 생기면 네가 나서서 엄마와 누나와 여동생을 지켜야 한다. 알았지?"

아빠의 말에 그 큰 두 눈에 두려움을 가득 담고 고개를 끄덕였지. 또래보다 몸무게가 절반에 불과할 정도로 몸이 허약했던 아들의 두려워하는 심정이 이해가 되었다. 그래도 남자의 사명을 거부하지 못하고 큰 소리로 대답하진 않았어도 고개를 끄덕였다. 아마 스스로 하는 다짐이었으리라.

'내 가족은 내가 지킨다. 나이 어린 것도, 체력이 약한 것도 핑계가 안 된다. 하지 않으면 안 되는 일은 해야 할 뿐이다. 어떤 어려움이라도 주어진 임무라면 마다하지 않으리라. 완수하고야 말리라.'

그런 아들의 의지가 삶의 곳곳에 녹아 있다. 몸무게로는 자기보다 더 무거운 여동생을 보살피느라 제대로 놀지도 못하면서 감시의 눈길을 떼지 않았고, 심지어 손위 누나에게도 관심과 염려를 보냈지. 아빠가 너무 무거운 이야기를 자주 했었나 봐. 그렇게 아들이 심각하게 받아들일 것은 생각하지 못하고 단순하게 아빠의 마음을 표현했을 뿐인데 아들은 확실한 수호자가 되었다. 나중에 대학생이 된 여동생에게 밥도 사주고 대학 생활을 알려주는 노력을 했다는 걸 엄마에게 들었다.

공부만으로 4년을 보내고 목표인 '수학 대학교수'를 위해 대학원 진학을 하였다. 천만뜻밖에도 코로나바이러스 창궐로 대면 수업이 사라지고 온라인 수업만으로 대학원 과정이 진행되었다. 1년 반을 버티다 마침내 생각을 바꾸었다. 한 번도 지도교수를 보지 못하면서 조교 생활로 대학원 용돈을 버는 것이 무슨 의미가 있는가? 대학교수의 문도 너무 좁고 멀기만 하다.

고민 끝에 휴학을 결심하고 엄마와 상의하였다. 지도교수에게 지도받지 못하는 대학원 졸업이 학위 외 어떤 의미가 있겠는가? 석박사 학위가 사회생활에 엄청난 영향을 끼치는 것도 아니다.

있으면 좋으나 없어서 문제될 게 없다. 아빠도 환영이었다. 그렇게 길고 길었던 학업은 중단되었다.

2021. 9. 21.(화)

젊어서 해야 할 일

젊어서 해야 할 일에 대하여 생각해 본다. 인류의 출현 이후 삶의 형태는 큰 틀에서 단순했다. 어려서는 생존하는 것이요, 젊어서는 효과적으로 생존할 방법을 배우는 것이다. 선사시대에는 스승이 주로 부모였다면 문자가 만들어진 역사 사대에는 전문적인 교육자, 사부(師傅)가 스승이었다. 시대를 막론하고 젊어서 할 일은 배우는 것이다.

젊어서 배워야 하는 건 바뀌지 않았지만 배워야 하는 내용과 방식은 완전히 바뀌었다. 수명이 두 배로 늘어 백 세를 바라보고, 기계와 인공지능이 발달하여 인간을 대신하는 시대다. 현재까지 인간이 직업에서 소득과 정신적 위안을 얻었지만, 미래에도 소득을 직업에서 올릴지는 불투명하다. 피로를 느끼지 않는 로봇과 생산성 경쟁은 인간의 패배가 확실하다. 인간이 생산에서 배제되는 미래를 위해 무엇을 배울 것인가?

대학교가 무용지물임은 이미 증명되었다. 사실 이제까지 대학 입시에 몰두했던 것은 명문대에서 잘 가르치거나 배울 게 많아서가 아니었다. 좋은 간판으로 취직하거나 선후배의 도움을 받을 목적이었다. 명문대는 입학하는 학생이 우수해서지 학교가 우수한 자원을 만든 건 아니다. 간판으로 취업할 수 없는 오늘날 대학 진학의 의미는 반감하였다. 대학에서 얻을 게 없다면 대학입시를 위하여 모든 걸 바치는 중고등학교 과정도 낭비인 셈이다. 현재 젊어서 배우는 데 투자하는 시간과 비용은 대부분 낭비다. 소중한 시간을 허송세월하는 셈이다.

언젠가는 누군가의 주창에 따라 교육체계가 바뀔 것이다. 현재의 교육체계는 산업혁명 이후 유럽에서 제시한 모델이 정착한 것이다. 지금까지는 유효했다. 앞으로 효과가 없다면 정부에서 교육제도를 바꾸기 전에 각자 더 좋은 방법을 찾아야 한다. 아빠가 보기에는 젊어서 해야 할 일은 세 가지다.

첫째, 운동이다. 동물의 첫 번째 생존 조건은 속도다. 인간끼리 경쟁하는 현재 속도가 중요한 요소는 아니지만, 건강은 여전히 최상의 가치다. 오래 사는 것도 신체 모든 부위가 제 기능을 할 때 의미 있다. 이동을 기계에 의존하는 인간의 운동량은 극적으로 줄었다. 성인병 대부분은 운동 부족이다. 모든 선진국에서 먹는 것보다 살찌는 게 더 걱정이다. 살찌는 이유는 단 하나 운동 부족이다. 몸매를 자랑하기 위해서가 아니라 행복하기 위해서, 정신이나 신체가 제 기능을 발휘하도록 매일 적당한 운동을 해야 한다.

둘째, 독서다. 운동이 태어나서 죽을 때까지 쉬지 않고 해야 하는 것이라면, 독서는 글을 읽기 시작한 후 죽을 때까지 해야 할 일이다. 가능한 한 인류가 남긴 위대한 인문학 저서를 탐독해야 한다. 인류가 현재에 이른 가장 중요한 이유가 문자와 서적이라면 독서가 중요한 이유를 따로 설명할 필요가 없을 터다. 독서는 생존 기술뿐만 아니라 과거에 살았던 주요 인물 관찰을 통하여 인간의 심리까지 꿰뚫어 보게 한다. 인간이 살아가는 데 중요한 것이 환경과 인간이라면, 세상과 인간 심리를 통찰하게 하는 독서보다 중요한 일은 없을 것이다.

셋째, 여행이다. 인간은 지식을 책과 경험에서 얻는다. 어려서 독서로 세상과 인간을 이해하였다면 젊어서는 체험해야 한다. 책에서 얻은 지식을 최대한 실험해야 한다. 책에서 얻은 지식을 실험할 방법이 무엇인가? 낯선 곳에 여행이다. 편안과 편리는 타성이다. 인간이 원하는 상황이지만 배울 게 없다. 인간은 불편해야 최대한의 사고를 한다. 역경·시련·불편·부당을 해소하기 위하여 모색하는 것이다. 그 과정에서 모든 지식이 동원되고 새로운 지식을 터득한다. 소득 여부를 떠나서 미래에 어떤 직업을 갖기 전에 해야 할 일은 세계 여행이다.

아무리 가까운 지구촌이 되었더라도 모든 곳을 가 볼 수는 없다. 어쨌든 경험하지 않은 낯선 곳에서 좌충우돌해야 한다. 아메리카 종주나 아시아 횡단이 적절할 것이다. 오천 킬로미터나 일만 킬로미터를 걸어서 여행한다면 그 자체로 하나의 역사다. 과정에서 겪을 위기나 희로애락은 몇 단계 인간 성장을 이끌 것이다.

학교에서 배워서 훌륭한 인간으로 성장하는 시대는 지났다. 바

야흐로 경험하지 못한 새로운 시대가 박두했다. 지금까지의 가치가 완전히 바뀌는 미래는 새로운 방식을 배워야 한다. 전혀 다른 방식의 삶을 살아가기 위해서 젊어서 해야 할 일은 운동과 독서와 여행이다.

2021. 9. 22.(수)

취업에 대하여

현재 젊은이는 비록 문이 확연히 좁아졌지만, 전통적인 방식의 마지막 취업 세대다. 십 년 전만 해도 상상할 수 없었던 일이 발생하고 있다. 이세돌이 알파고와 바둑대결에서 완패하고 난 후 인공지능에 관한 생각이 바뀌었다. 이제는 누구도 인공지능과 바둑대결에서 인간이 이길 것으로 생각하지 않는다. 바둑 프로기사도 인공지능으로 연구한다. 현재 바둑 세계 일인자인 신진서의 별명이 신공지능이다. 인공지능이 지목한 수와 거의 유사하게 둔다고 하여 붙여진 별명이다. 인공지능 로봇이 거의 모든 일을 장악하기 전 취업은 타인에 우월한 위치에서 살아갈 좋은 기회다. 현재 취업에는 세 가지 길이 있다.

첫째, 대부분 젊은이가 원하는 공무원이나 대기업 취업이다. 무척 어려운 길이지만 가능하다면 가장 좋은 선택이다. 현재 일자리를 늘리기 위하여 정부에서 공무원을 늘리고 있지만, 지속

가능한 정책이 아니다. 인구가 줄어드는 마당에 얼마나 공무원을 늘릴 것인가? 전 국민을 공무원으로 만들 수는 없다. 현재 많이 뽑고 있다면 얼마 후엔 취업 문이 닫힐 거라는 신호다. 대기업도 말썽 많은 인간 직원보다 초기 투자비용이 더 들더라도 로봇을 선호한다. 채용인원이 점점 줄어들 수밖에 없다. 현재 대기업과 공무원으로 채용되는 비율은 십 퍼센트 정도다. 가까운 미래에 일 퍼센트로 떨어질 것이다. 십 퍼센트에 도전은 도박이지만 일 퍼센트에 매달리는 건 기적을 바라는 것과 마찬가지다. 현재가 젊은이에게는 마지막 기회다. 도박이 두려워도 기적을 바라는 것보다는 낫다.

둘째, 보통 기성세대가 살아가는 길을 답습하는 것이다. 남보다 우월한 삶은 아니지만 어렵게나마 살아갈 수 있다. 중소기업 자영업 건축노무자 농림어업 종사자다. 원하는 배우자를 얻어 남부럽지 않게 살기에는 어려워도 비참하지 않은 삶이 가능하다. 원하든 원하지 않든 대부분 사람의 운명이기도 하다. 서민의 일자리도 결국에는 로봇에게 잠식될 운명이다. 소득이 많은 공장보다 우선순위가 밀릴 뿐이다. 당장 취업하더라도 평생직장이 되기는 어려우리라.

셋째, 소득을 포기하고 자기만족을 위한 직업을 갖는 것이다. 예술·봉사·시민단체 활동이나 여행(수행)하는 것이다. 미래 구십구 퍼센트 인간의 직업형태이기도 하다. 미래학자는 당장은 일자리가 있지만, 점차 줄어들어 어느 순간이 되면 일 퍼센트 외에는 일자리가 사라질 것으로 예측한다. 후손이 살아갈 길을 앞장서서 개척하는 것이다. 어쩌면 평범한 서민의 길이 불만이라면 오히려 만족한 삶이 될 수도 있다. 다만 젊은이의 결혼관이 이상이나 사랑이 아니라 조건이기에 결혼은 미루어야 한다. 원하는 배우자와 자식 낳고 사는 건 하늘에 맡겨야 한다. 결혼정보회사에서 제공한 남성 대상자 중 소득 없는 남성을 선택할 여자는 없다. 우연히 동종업계에 일하는 여성과 의기투합하기를 바랄 수밖에 없다.

아토피 피부병으로 현역 입대가 불가능한 네가 공익근무를 마칠 때까지 젊어서 해야 할 일은 운동 독서 여행과 더불어 취업 준비다. 공무원이나 대기업 입사 자격요건을 갖추고 시험준비에 몰두해야 한다. 일어나서 잘 때까지 하는 컴퓨터게임이 당장 편하고 마음의 위안이 될지언정 목표하는 인생 설계에는 도움 되지 않는다.

이제 결정해야 한다. 마지막 취업의 문에 들어설 것인가, 미래 후손이 걸어야 할 길을 선도하여 개척할 것인가? 선택할 수 있는 너는 오히려 행복하다. 얼마 후 후배는 자신의 의지와 무관하게, 과거 586세대가 아무것도 모르는 상태에서 자동으로 취업한 것처럼, 도매금으로 실업자 신세가 될지도 모른다. 남은 아들의 인생 70년은 앞으로 3년이 결정한다. 모두가 선호하는 삶, 애환이 담뿍 담긴 서민의 삶, 낭만적이지만 가난한 예술가의 삶 중에서 선택해야 한다. 어떤 삶을 살아갈 것인가?

2021. 9. 23.(목)

배우자에 대하여

남자는 여자에 관심이 많다. 물론 여자도 남자에게 관심이 있지만 남자만큼은 아니지. 동물의 세계를 잘 관찰해 보라. 암컷은 받아들이기는 하지만 굳이 수컷을 쫓아다니지 않는다. 수컷은 암컷을 차지하기 위해 목숨을 건 투쟁을 하지. 그래서 동물은 수컷이 암컷에 비교하여 수명이 짧다. 사람도 예외는 아니지. 어느 나라든 남자보다 여자가 더 오래 산다. 조물주나 우주의 섭리요 자연법칙이 수컷에게 번식 욕망을 크게 하였다. 새끼를 키울 책임이 주로 암컷에게 주어져서 그런 것인지도 모른다.

어쨌든 남자는 평생 독신으로 살려고 하지 않는다. 아주 드문 예외가 있지만, 그의 성격이 특이한 것이고 대부분 노총각은 의도한 게 아니라 짝을 찾지 못해서다. 아니 원하는 사람이 있어도 여성의 허락을 받지 못한 게지.

여성에게 권한이 없고 경제생활이 불가능하던 해방 이전에는 모든 여성이 결혼을 당연하게 여겼으나, 혼자 벌어 먹고사는 데 지장이 없는 오늘날에는 마음에 꼭 드는 남자가 아닌 한 결혼할 의사가 없다. 현대를 살아가는 남자에게는 비극이지. 남자라면 누구나 원하는 여우 같은 마누라를 얻어 떡두꺼비 같은 자식 낳고 오손도손 사는 것이 쉽지 않다.

쉽지 않지만 포기할 수도 없다. 포기할 수 없는 이유는 유전자의 강력한 번식 명령 탓이지만, 그게 아니라도 생리적 욕구 해소와 평생 함께할 전우가 필요하고, 다른 남자에게 자존심을 세우는 데도 필요하다. 배우자 없이 사는 남자의 마음은 비참하다. 남자라면 취업 후 서른 무렵부터 본격적으로 여자를 사로잡아야 한다. 원하는 여성을 골라잡을 수 없는 처지라고 하더라도 평생을 좌우하는 결혼이기에 몇 가지 고려사항이 있다.

첫째, 외모가 중요한 게 아니다. 남자가 여자를 보는 첫째 조건이 아름다운 외모지만 경험자 의견을 경청하는 게 신상에 이로울 것이다. 남자는 여자 얼굴과 몸매만 보고, 여자는 남자 직업과 재산을 보는 것이 전통적인 이성관이지만 옳지도 바람직하지도 않다. 예쁘고 날씬한 여자도 애 낳고 고생하다 보면 몸과 종아리가 굵어지게 마련이다. 아리따운 외모는 연애할 동안만 유효하지. 외모는 건강하고 밉지 않으면 된다.

절세미녀가 평생 너만 사랑하고 헌신한다면 최상의 배우자감이지만 그럴 리가 없다. 여자는 인물값을 한다는 말이 있지. 여자가 엉큼하거나 음란해서가 아니라 주변 남성의 집요한 관심과 유혹으로 망가질 가능성이 있다. 수컷 본능은 자식 있는 여자라고 예외로 생각하지 않는다. 미녀를 아내로 둔 남성은 자식과 불행에 빠질 가능성이 상당하지. 효과적으로 지킨다 해도 많은 에너지가 소모된다. 미인박명이란 말이 생긴 이유다. 역사에서 말썽이 생기는 건 미녀뿐이다. 백년해로를 꿈꾼다면 외모가 아니라 마음을 살펴야 한다.

둘째, 취미나 종교가 같은 사람을 선택하라. 내가 살아보니 부부가 같은 취미를 갖는다면 유리한 부분이 많다. 서른에 결혼하여 백 살까지 산다면 함께해야 할 기간이 무려 70년이다. 취미가 다르면 서로 다른 활동을 해야 하는데 경제적 손실이 크고, 가장 중요한 건 사랑이 흔들릴 수 있다는 점이다. 눈에서 멀어지면 마음도 멀어진다는 말이 있다. 인간의 심리를 정확히 지적한 말이다. 멀리 있는 친척보다 이웃사촌이 낫다는 말도 같은 말이다. 부부는 최대한 가깝게 생활하는 게 좋다. 독서든 음악이든 영화감상이든 등산이든 함께하는 게 많을수록 좋다.

종교는 같아야 한다. 결혼 후 설득해서 자신이 원하는 종교를 갖게 하려는 생각은 무지하거나 멍청한 정도가 아니라 과대망상이다. 형언할 수 없을 정도의 오만이다. 역사에 종교적 신념에 따라 순교한 사람이 얼마나 많은가? 종교는 국가나 민족보다 더한 자기 정체성이다. 아무리 교언영색과 미사여구를 현란하게 사용하는 사람도 배우자 종교를 바꿀 수는 없다. 종교가 달라도 연애할 때는 성적 매력으로 넘어갈 수 있으나 결혼 후 얼마 되지 않아 심각한 문제가 생긴다. 한 사람이 종교가 없다면 무방하나 둘이 다른 종교를 가졌다면 결혼은 고려하지 않는 게 낫다.

셋째, 당사자 외 조건을 까다롭게 따지지 마라. 결혼은 둘이서 새로운 역사를 창조하는 거다. 모든 게 준비된 상태에서 조건에 맞는 사람끼리 사는 게 아니라, 서로 다르고 부족한 사람끼리 만나서 채워가는 것이다. 혼자서는 할 수 없는 일도 둘이 힘을 합치면 가능한 게 많다. 어렵지만 부족한 시작에서 성취하는 것이 큰 보람이다. 서로 믿고 의지하게 하는 힘이 생긴다.

특히 학력이나 재산은 따질 것이 못 된다. 학력 높다고 똑똑한 자식 나는 거 아니다. 서울대 교수 부부 자식이 대학 진학 제대로 못 하는 사람이 부지기수다. 재산이 많은 게 흠이 되지는 않겠지만, 재산이 없다고 트집 잡을 생각은 아예 하지 마라. 평생 노총각 신세를 벗기 어려우리라.

넷째, 자식에 관한 생각을 공유하라. 결혼하면 당연히 자식을 가질 것으로 짐작하였다가 아내가 반대한다면 난감할 것이다. 결혼을 취소할 수도 없는 일이니 진퇴유곡이다. 결혼 전에 몇 명의 자식을 둘 것인지, 언제쯤 가질 것인지 논의하는 게 좋다. 아빠 마음으로는 인구가 줄어드는 나라를 생각해서라도 셋 이상의 자녀를 두는 걸 권하고 싶다마는 중요한 건 네 배우자 될 사람의 생각이지.

애 하나 키우는 것보다 둘 키운다고 두 배로 힘든 게 아니다. 애를 키운다는 건 무척이나 어려운 일이긴 하다. 훌륭하게 키우는 건 고사하고 건강하게 키우는 것조차 만만치 않다. 고도의 관심집중이 필요하다. 그러나 첫째를 키우다 보면 깨닫는 게 많고 요령이 생긴다. 셋째나 넷째는 더 수월하겠지. 자식을 키우는 게 어려운 일임은 분명하지만, 반대급부가 크다. 자식의 성장을 지켜보는 건 그 무엇보다도 보람 있는 일이다.

다섯째, 건전하고 보편적으로 사고하는 사람이어야 한다. 명품을 고집하는 사치가 심한 사람은 경제적 문제보다 더 큰 문제가 정신적으로 빈곤한 사람이라는 것이다. 자존감이 강한 사람은 옷이나 장신구에 크게 신경 쓰지 않는다. 자신감이 결여된 사람이 비싼 물품으로 자신을 채우려고 한다.

형제 없이 자란 사람은 지나치게 이기적일 수 있다. 대인관계가 무난한 사람이 결혼생활도 원만하다. 타인을 비난하거나 말을 쉽게 옮기는 사람도 곤란하다. 세 살 적 버릇 여든 간다는 말처럼 좀처럼 고치기 어려운 게 나쁜 습관이다. 연애하는 동안은 드라마를 촬영하고 결혼생활은 다큐멘터리를 찍는 거라는 말이 있다. 연애할 때는 남녀가 모두 최대한으로 치장하고 좋지 않은 버릇은 숨긴다. 몸매와 종아리만 유심히 들여다볼 게 아니라 보이지 않는 내면과 본질을 꿰뚫어야 한다. 결혼 후 본연의 모습에 실망하는 건 위장과 가식을 식별하지 못한 본인 탓이다.

부부는 일심동체라고 하지만, 둘 다 독립된 영혼을 소유한 사람이다. 모든 사물에 공간이 필요하듯 부부도 항상 밀착상태가 아니라 때로는 적당한 거리가 필요하다. 뜨거울 때는 밀착에 문제가 없으나 지속하면 불편해진다. 불편하다는 걸 말로 표현하기도 쉽지 않다. 서로 심리나 감정을 배려하여 거리를 조절해야 한다.

중요한 건 아니지만 처가나 본가와도 적당히 떨어져 있는 것이 좋다. 가까이 있으면 좋을 거란 건 착각이다. 우월한 위치에 있는 사람의 관여는 배려가 아니라 갑질로 받아들여질 가능성이 농후하다. 최소한 차로 30분 이상 떨어져 사는 것이 충분한 자유를 누릴 것이다.

이런저런 고려사항을 얘기했지만 배부를 때 하는 말이다. 취업해서 전셋집이라도 마련한 사람이 취할 수 있는 태도다. 집도 절도 없고, 직업도 시원치 않아 물불 가리지 못할 상황이라면 일단 결혼하고 모든 시련과 역경을 헤쳐 나가야 한다. 지금 한가하게 컴퓨터게임이나 하고 있을 처지가 아니다.

2021. 9. 24.(금)

주택에 대하여

인간이 생존을 위해 필수적인 것이 의식주다. 옷과 음식과 집 없이 버틸 수 있는 시간은 불과 며칠뿐이리라. 다른 동물은 음식만으로 버티지만, 두뇌 외에는 우월한 게 없는 육체를 가진 인간은 옷과 집 없이는 자연에 적응할 수 없다. 인간에게 필수품은 명예와 권력 이전에 의식주다.

의식주를 해결하려면 자본이 필요하다. 유사 이래 언제나 필요한 게 자본이었지만 모든 기준이 화폐인 자본주의 사회에서 더 말할 나위 없을 것이다. 돈 벌기에 가장 쉬운 것이 모두에게 필요한 물건을 생산하거나 거래하는 것이다. 의식주는 가장 효과적인 재산증식 수단이었다.

산업혁명 이후 대량 생산이 가능한 옷과 음식은 공급 초과로 돈벌이가 되지 못한다. 정해진 토지에 급증하는 인구 탓에 부동산이 매력적인 투자 대상이 되었다. 역사적으로 토지는 변함없이 가장 큰 생산수단이었다. 근대 이전 영주나 지주는 토지만으로 지배계층이 되었다. 부동산은 놀고먹으려는 사람이 노리는 제일 좋은 먹잇감이다.

재산증식에 재능이 남다른 사람은 일찍부터 땅과 주택을 사들였다. 인구가 급속하게 감소하지 않는 한 부동산 불패 신화는 맞다. 남녀노소 가장 좋은 돈벌이가 부동산이라는 걸 깨달은 현대인은 부동산 가격폭등과 폭락으로 부침을 경험했다. 세계적으로 유이(唯二)하게 오십 퍼센트 이상 부동산 가격폭락이 없었던 나라는 한국과 중국뿐이라고 한다. 언젠가는 한국과 중국도 거품이 꺼질 거라고 하지만, 이십 년 동안이나 듣던 말이라 반신반의하다. 여전히 알 수가 없다. 그래서 코로나 시국에 저금리로 돈이 풀리자 전문가의 폭락 경고에도 집값과 주가는 고공행진이다.

젊은이가 결혼을 위한 최대 걸림돌은 보금자리다. 아무리 연봉이 높아도 돈 모아서 집 사는 건 불가능하다. 이삼억 원 하는 지방에서도 불가능하므로 몇십 억 원을 호가하는 서울 경기에서는 꿈도 꾸지 못한다. 그저 적은 평수나마 전세라도 감지덕지다. 전세와 월세는 매월 고정경비 지출 규모가 달라지므로 그 차이는 천양지차다. 월급 이백만 원으로 전세로는 살아갈 수 있으나 월백만 원짜리 월세로는 불가능하다.

남자는 훌륭한 직업보다도 자택을 갖는 것이 여성에게 더 매력적이다. 호불호를 떠나서 적응이 적자생존이라면 현 상황에 적응해야 한다. 마음에 드는 배우자를 골라 결혼에 성공하려면 첫 번째 선결과제가 살아갈 집이다. 젊어서 주거용 집 마련을 위해서 최선을 다해야 한다. 주택 보유 여부는 사회적 생존에 직결된다.

비록 재산증식에 가장 유리하고 훌륭한 배우자를 얻기 위해서도, 단란한 가정생활을 위해서도 꼭 필요한 집이지만, 주거 용도가 아니라면 사지도 팔지도 마라. 합법을 명분으로 대부분 사람이 당당하게 하는 주택 투자가 사회적 약자에게 가하는 테러행위라면 참여해서는 안 된다. 남보다 가난하게 살더라도 타인의 눈에 피눈물을 흘리게 해서는 안 된다. 한번 뛰어들어 단맛을 알게 되면 양심을 잃게 되리라. 이후에는 아주 당연한 듯 탐욕에 몰두하리라. 천지신명과 모든 이에게 떳떳하려면 합법만으로 부족하다. 내면의 소리, 자기 양심에 따라야 한다. 살 집 외에는 거들떠보지도 않는 바보가 되어라.

부동산으로 거저 먹고사는 사람이 들으면 기절초풍할 일이지만, 살아서 할 수 있는 가장 큰 선의는 대규모 주택단지를 조성해서 무산자에게 월세 반값이나 반의반 값으로 제공하는 것이다. 돈벌이 목적으로 부동산 투자는 양심에 꺼리는 부도덕한 짓이지만, 가난한 사람을 구제할 목적이라면 찬양받아 마땅하리라. 볕 잘 들고 환기 좋은 저택에서 살아간다면 옥탑방이나 지하실에서 거주하는 사람을 연민해야 한다. 주택이 돈이 아닌 사람으로 보일 때 위대한 인간으로 기억되리라.

2021. 9. 25.(토)

자녀 교육

'백문이 불여일견'이라는 속담이 있다. 백 번 듣는 것보다 한 번

보는 게 낫다는 뜻이다. 말로 아무리 설명하고 설득해도 이해하지 못하는 것도 보는 순간 절로 깨닫는 것이 많다. 경험이 최고라는 말로 직접 한 체험은 그대로 산 지식이 되지.

자녀 일이 까마득한 미래로 여겨지겠지만 세월은 순식간에 흐른다. 당장은 취업과 결혼만 해도 골머리가 당기겠지만, 산 넘어 산으로 큰 고개를 넘으면 다시 태산준령이 나타나는 게 인생이다. 취업과 보금자리 마련과 결혼에 성공하면 아름다운 꽃길만 펼쳐지길 기대 하겠으나, 자녀 교육이라는 인생 최대의 과제를 맞는다.

어떻게 하면 자녀를 훌륭하게 성장시킬 것인가? 자녀에게 무엇을 가르칠 것인가? 그것은 정확히 앞으로 아들이 살아가야 할 방식이다. 자녀가 살아가게 하고 싶은 삶이 있다면 스스로 실천해야 한다. 아이가 다섯 살 이후 기억하기 시작할 때 아빠의 말과 행동을 그대로 따라 해도 부끄럽거나 후회하지 않도록 말과 행동 습관을 아이가 태어나기 전에 완성해야 한다.

아이가 서른 이전에 해야 할 일은 아빠가 쓴 글이나 네 경험을 바탕으로 정리해서 아이에게 설명하거나 삶을 유도해야 한다. 이제까지 살아오면서 메모한 게 있다면 시기별로 기억을 되살려 기록해 두는 게 좋을 것이다. 기억에는 한계가 있고 왜곡하기 일쑤이므로 일기든 블로그든 기록하는 게 확실하다.

아이에게 서른 이후 바라는 삶이 있다면 이제부터 아들이 살아가야 할 창조적 삶이다. 너 자신에게 가장 중요한 인생이지만, 그걸 보고 배워 모방할 자식을 염두에 둬야 한다. 네 아이가 지켜보고 있다면 취업과 연애와 보금자리 마련과 결혼하기 위하여 지금부터 무엇을 준비하고 어떻게 노력할 것인가?

아이에게 모범이 되는 사람이란 어떤 사람인가? 아이가 태어난 이후 죽을 때까지 항상 머릿속에 간직해야 할 명제다. 생각대로 전부 실천할 수는 없을 테지만 할 수 없다고 생각하는 일에는 용기를 낼 것이고, 하고 싶은 일도 애가 알게 될까 두려워 타오르는 욕망을 억제하게 되리라.

아이에게 모범이 되는 아빠란 사회에서 훌륭한 사람이다. 공동체에 헌신하고 부모에게 효도하며 아내에게 사랑받고 자식에게 존경받는 사람이다. 쉽지 않은 일이지만 네 가지 과업을 완수한다면 자식에게 모범이 되리라. 아빠의 자격이 충분하리라.

부모는 자식에게 끝까지 훌륭한 선생님이어야 한다. 자식이 성장할 때까지 혹은 결혼하거나 은퇴할 때까지로 한정해서는 안 된다. 삼사십 년 후 은퇴하면 어떤 노후를 보낼 것인가? 무엇을 하고 어떻게 즐기며 자식에게 부정적인 면으로 가르침을 주는 반면교사로 보이지 않을 것인가? 네가 앞으로 살아가는 인생은 그대로 자식에게 산 교육이 된다. 자녀에게 어떤 삶을 원하는가? 원하는 삶의 형태가 있다면 우선 네가 실천하라. 타인에게는 타산지석이 되고 자식에게는 반면교사가 되지 않아야 한다.

2021. 9. 26.(일)

죽어서 남길 것

사랑하는 아들아, 스물다섯 생일을 축하한다. 성장을 마치고 본격적인 사회생활을 앞둔 시점에서 생일을 맞아 10부작 편지를 기획하였다. 매년 10월 1일 국군의 날 생일에 편지를 보내왔으나 여러 번에 걸쳐서 나누어 보낸 적은 없었는데 아빠에게도 첫 경험이다.

1부에서 5부까지는 이제까지의 네 삶을 돌아보았고, 6부부터 10부까지는 살아가야 할 남은 인생에 대하여 말하였다. 처음에는 10부에서 끝낼 계획이었으나, 쓰다 보니 꼭 추가해야 할 말이 있어 11부를 쓴다.

11부는 '죽어서 남길 것'이다. 아빠가 어릴 때만 해도 공자님 말씀이 세상을 지배할 때였다. 지금은 공자가 훌륭한 사람이라고 생각하지 않는다. 그의 정신세계가 혼란한 세상에서 살아서 인간에게 가장 필요한 게 사회 안정과 질서유지라는 생각에서라고는 하지만, 신분제와 남녀차별을 인정하는 기득권만을 위한 논리라는 점에서다. 바로 그런 점으로 동아시아에서 지배자의 통치 이념이 되었다. 공자 이후 동아시아 세계의 이념은 유학이었다. 유교라고 할 정도로 다른 사상을 배타적으로 억누른 교조였지.

유학이 지배하던 육칠십 년대에 아빠는 공자 말대로, 살아서는 국가와 민족에 헌신하고 죽어서는 명예로운 이름을 남기는 게 꿈이었고, 남자의 이상향이라고 믿었다. 역사에 기록된 뭇 영웅처럼 조국 수호를 위하여 싸우다가 장렬히 전사하는 걸 꿈꾸며 직업군인이 된 바 있다.

지금 생각은 다르다. 공동체의 안녕과 번영을 위하여 헌신하는 것은 훌륭한 일이다. 그렇더라도 싸우다 죽는 것이 가장 훌륭한 삶이라는 생각은 바뀌었다. 어쩔 수 없는 전쟁 상황에서는 최선일 수 있으나, 싸우다 죽는 것보다는 살아서 전쟁을 방지하는 것이 더 훌륭하고, 죽어서 아름다운 이름을 남기는 것보다는 살아서 행복한 것이 더 중요하다고 생각한다. 물론 다른 사람에게 손가락질 받아서는 행복할 수 없으므로 명예로운 삶은 중요하지. 아빠는 살아서 행복한 것을 목표로 살아간다. 아들도 살아서 행복하길 바란다.

행복을 위해서는 의식주를 해결해야 한다. 삶에 필수 요소를 걱정하지 않을 때 행복할 수 있다. 삶에는 기본적인 비용이 필요하다. 모든 사람이 돈벌이에 혈안인 이유이기도 하다. 젊어서 좋은 직장을 구하려고 치열하게 경쟁하는 근본 원인이지. 자기 적성에 맞는 직업을 구하는 일은 중요하다. 자본이 삶에서 가장 중요한 요소이기는 하지만 딱 먹고살 수 있는 정도면 된다.

다다익선은 진리가 아니라 탐욕이다. 진리는 과유불급이다. 지나침도 모자람도 없는 적당히 긴장할 수준이 중용이요 진리다. 다른 사람보다 많은 부와 높은 명예와 큰 권력을 누리려는 건 부질없는 욕심이다. 일찍 죽게 하는 원인이 될 뿐 아니라 살아가는 동안 많은 걸 가졌으면서도 부족하다고 생각하는 데서 궁핍하게 살아갈 수밖에 없지. 재산이 많은 사람이 부유한 게 아니다. 충분하다고 생각하는 사람이 부유하다. 재벌이나 왕이라도 뭔가 부족하다고 여겨 더 많은 걸 얻으려고 획책한다면 가난한 사람이다. 빈부는 재산이 결정하는 게 아니라 그 사람의 마음에 달려 있다. 아들은 재산에 무관하게 항상 부유한 사람으로 살아가길 바란다.

매사에 만족하고 감사하는 사람이 행복하다. 모든 사람이 행복을 추구한다고 한다. 말은 행복을 추구한다고 하지만 현재에 만족하고 즐기려는 사람은 드물다. 더 높은 곳을 향하여 끊임없이 오르려고 하고, 더 많은 것을 차지하려고 한없이 경쟁한다. 목숨을 건 경쟁이 행복할 리 없다. 남보다 더 차지하기보다는 평균적인 수준에서 만족하길 바란다. 자신과 주어진 환경에 만족하여 살아서 행복하기를 바란다. 결코, 죽어서 위대한 이름을 남기려고 가장 높은 곳에 이르기 위하여 경쟁하다가 삶을 마쳐서는 안 된다. 스물다섯 아들에게 주는 아빠 생일 선물은 '살아서 행복하라!'라는 당부다.

2021. 9. 27.(월)

딸에게 쓰는 편지

회상

어느새 연말이네. 세월 참 빠르다. 사람은 이런저런 핑계로 쉬기도 하고 딴짓도 하며 게으름 피우기 일쑤지만 시간이란 놈은 쉬는 법이 없다. 사람이 희로애락에 취해 있든 깊이 잠들어 있든 무심하게 지나치지. 연초가 엊그제 같은데……. 날이 추워지고 12월에 접어들었다는 건 큰딸이 한 살 더 먹을 시기가 되었다는 뜻일 테지. 한 해가 지나기 불과 보름 전에 큰딸이 태어났으니 말이야.

서른에 결혼했는데도 아무것도 모르던 철부지 아빠 시절에 큰딸을 보고 얼마나 놀랐는지 모른다. 생명의 경이로움은 차라리 기적이었다. 세상 이치 대부분을 이해한다고 자부하였으나 수박 겉핥기였다. 지나치는 풍경으로만 세상을 관조한 거지. 내 감정을 대입하자 세상이 달라졌다. 다른 아이는 풍경이었으나 첫 아이인 너는 기적이었다. 너는 세상이 달리 보이도록 아빠의 정신세계를 180도 바꾸었다. 사람을 다시 보고 사랑을 깨닫게 하였지. 그 기적을 본 것도 벌써 26년이 지나가고 있다.

12월에 태어나 한 달이 채 가기 전에 두 살이 된 내 딸아, 철없던 아빠는 할아버지 나이가 되고, 영문 모르고 눈을 껌벅이며 세상을 주시하던 딸은 낼모레면 서른이네. 어려운 과정을 슬기롭게 넘긴 점은 다행이지만 너무 빠른 세월의 속도에 당황스러워. 차분히 해야 할 일을 정리하는 게 좋을 것 같다. 세상을 떠날 때 후회를 덜 하기 위해서 말이야.

남다르게 영리한 큰딸로 자랑스러웠고 기대가 컸었다. 유치원 다닐 때 아빠가 읽던 삼국지나 육도삼략을 읽는 걸 보고 얼마나 놀랐는지 모른다. 유치원 선생님과 종일 이야기를 나누는 모습에 사람들이 물었다지.

"아니 조그만 꼬마하고 무슨 말을 그렇게 오래 해요?"

"애가 아니에요, 하연이가 얼마나 많이 아는데요. 역사를 나보다 더 잘 알아요. 조금도 지루하지 않다니까요."

유치원 선생님의 답변에 듣는 사람이 반신반의했다지만 아빠는 혼자서 웃음 지었다. 내 딸을 모르는 사람은 그렇게 생각할 수 있을 것으로 생각했지.

세상을 독차지하는 행운은 얼마 가지 않았다. 밑으로 동생이 둘이나 생겨 엄마의 사랑이 줄어들었지. 엄마 혼자서 셋을 상대하려니 큰딸은 스스로 모든 걸 처리하길 바랐을 거야. 키는 작았어도 대화가 되었기에 엄마는 큰딸을 믿고 기대했겠지? 어린 나이에도 도움 없이 잘 적응하는 걸 다행이라고만 생각했는데 지나고 돌아보니 너에게는 큰 스트레스였을 것으로 여겨진다. 동생 때문에 어른스러워졌으나 신나는 아이 시절을 잃은 것이라고 할 수 있지. 고의는 아니었지만 돌이켜 살펴보니 딸에게 조금 미안하네.

초등학교부터 고등학교까지 공부 1등을 놓치는 일이 별로 없어 아빠는 딸에 대해서 걱정하지 않았다. 중고등학교 사춘기 때 조금 까칠해졌지만 그건 오히려 정상이었지. 사춘기라는 게 영혼의 독립을 위하여 부모와 차별화하는 시기이기에 반항과 대립이 정상이다. 사춘기 때 순종하는 사람은 평범한 사람으로 성장이 어렵다고 한다. 독립적인 성인이 되지 못하는 거지. 세상만사가 그렇듯이 사람도 때를 따라야 해. 어릴 때는 아이처럼 뛰놀고, 사춘기에는 질풍노도 감정의 등락을 경험하고, 어른이 되어서는 세상에서 얻어야 할 것과 스스로 베풀어야 할 것을 고민해야 하지.

일류대학에 진학한 큰딸 하연이가 아빠에겐 자랑이었다. 스스로 자랑하기엔 멋쩍었지만, 누군가 진학한 대학을 물으면 뿌듯한 마음으로 대답했지. 의외로 딸이 어렵게 대학 생활한 것은 나중에야 알았다. 아빠가 군 생활에 바빴던 탓이기도 하지만 기본적으로 딸을 믿었고 관심이 적었던 게지.

사실 요즘 같아서야 어렵지 않은 청춘이 어디 있겠니? 누구나 알아야 하는 거지만, 프리랜서 작가랍시고 글을 쓰는 아빠는 세상과 세상 사람 마음을 잘 파악해야 해. 그들의 마음을 사로잡는 글로 울리거나 웃기거나 흔들어야 하지. 그래서 다른 사람보다 고뇌하는 청춘을 더 많이 이해한다고 생각한다. 물론 세 자녀의 고민을 탐구하려는 목적도 있겠지.

아빠는 매일 세상을 자세히 들여다본다. 대부분 인터넷을 통해서지. 아이부터 노인까지 그가 상상하고 걱정하는 게 무엇인지 알려고 노력해. 세상 사람은 걱정이 많다. 대부분 기우지만 생존과 번식을 목적으로 하는 생명체의 숙명이기도 하다. 아빠는 근심이 거의 없다. 다만 다른 사람의 고민을 분석하여 원인을 알고 싶어 하지. 그래야 글로 해답을 알려줄 테니까. 오지랖 넓은 아빠는 세상에 도움이 되는 사람이 되길 원한다. 내 글이 다른 사람에게 기쁘거나 즐거워하거나 조금이라도 도움이 되기를 바라.

사랑하는 큰딸 하연이의 쉽지 않은 유아기와 청소년기 무사통과를 축하한다. 어른은 그 시기를 가장 행복하다고 말하지만, 확률적으로 가장 위험한 시기이기도 하다. 역사에서 대부분 사람은 성인이 되기 전에 죽었다. 현재 인간을 제외한 모든 생명의 운명이기도 하다. 그런 위험한 시기를 건전한 정신과 건강한 몸으로 통과했다는 건 축하받아 마땅하다. 사랑하는 내 딸 하연아, 건강하게 어른이 된 걸 축하한다. 생일 미리 축하해! 사랑한다.

2021. 12. 1.(수)

취업에 대하여

정신과 육체 모두 완전한 성인으로 성장하였음에도 제자리를 찾기 위해 오늘도 고군분투하는 사랑하는 딸 하연아, 비록 쉽게 정착을 허락하지 않는 세상이 마음에 들지 않더라도 미워하지 말고 세상의 중심을 향하여 다가가라.

세상을 살아가는 것은 어렵다. 오늘만의 문제가 아니라 인류가 생긴 이래, 아니 모든 생명의 숙명이라고 할 수 있지. 살기 위해서는 매일 먹어야 한다는 것, 살아 있는 동안 번식에 성공해야 한다는 것, 그것이 생명체에 주어진 천명이다. 자원이 충분하다면 어렵지 않은 일이지만 자원과 공간은 언제나 부족하다. 경쟁하지 않을 수 없지. 경쟁은 피곤하다. 경쟁이 치열할수록 스트레스가 쌓인다. 현재 치열한 경쟁 사회에서 고통받는 젊은이가 안타깝지만 그건 역사에서 일상이었다. 전 세계적으로 경제 호황을 누린 최근 삼사십 년이 오히려 예외였다. 아빠 세대는 무엇을 할 것인지 고민은 했어도 취업 걱정은 없었다. 어디에도 일자리는 있었지. 위대한 영웅이나 훌륭한 업적을 남기기 위해서가 아니라 단지 취직에 목매야 하는 젊은이가 안타까움을 넘어 슬프다. 해결해주지 못하는 부모로서 아프다.

대한민국 젊은이뿐만 아니라 전 인류에게 실업은 제일 먼저 해결해야 할 당면과제다. 영원히 해결할 수 없는 문제이기도 하지. 산업이 발전할수록 인공지능이 발달할수록 일자리는 사라진다. 생산은 늘지만, 일자리는 줄어들지. 시간을 되돌릴 수 없듯이 문명의 진보를 막거나 되돌릴 수는 없다. 세상의 흐름에 어떻게 자신을 실어 뒤처지지 않고 나아갈 것인지를 고민해야 한다.

내 딸 하연이가 지금까지는 잘 살아왔다. 건전한 정신과 건강한 몸으로 성인이 된 것 자체로 일단 성공이다. 당장 일이 원하는 대로 풀리지 않는다고 실망할 일은 아니다. 차근차근 한 가지씩

풀어가다 보면 어느 순간 앞을 가로막던 문제는 모두 사라진다. 모든 사람이 살아가는 방식이기도 하지. 한 번에 한 가지씩, 한 번에 한 사람만, 첫 시작은 언제나 한 발짝이다. 한 걸음 한 걸음 나아가는 것이다.

변화를 시도하려는 사람이 가장 먼저 하는 게 운동이다. 나른하고 활력이 떨어질 때 신체에 압력을 가하면 생명의 기본 단위인 세포는 긴장한다. 위기임을 직감하지. 세포는 살기 위하여 최대한 에너지를 생산하는 비상체계에 돌입한다. 국가에 비유하면 전쟁상태가 된다. 100조 개 체세포가 살기 위해 경쟁하며 협력할 때 인간은 활력을 느낀다. 절로 힘이 나지.

운동해서 몸무게가 줄거나 몸매가 보기 좋아지는 건 부수적인 이익이다. 그건 겉으로 보이는 하나의 현상에 불과하고 본질은 육체가 정상으로 작동한다는 것이다. 몸이 제대로 기능하면 정신도 맑아진다. 정신이 무엇인가? 세포 간의 교신체계다. 두뇌를 매개로 뉴런과 호르몬으로 교신하지. 세포가 살아남기 위해 필사적으로 다른 세포와 협력하는 시스템이 두뇌의 정신작용이다. 몸이 활성화해야 정신이 제대로 작동한다. 삶에 대한 동기를 부여하고 무언가를 욕망하고 하고 싶은 일에 달려들게 한다.

취직은 중요하다. 아빠가 보기에 지금 젊은이는 힘들어도 취직할 수 있는 거의 마지막 세대다. 아마 이삼십 년 뒤만 하더라도 대부분 취업이 아니라 보수 없는 취미생활로 만족해야 할 것이다. 쉬운 일이든 힘든 일이든 로봇이 처리하겠지. 마지막 기회를 잡기 위해서 취직시험 준비를 하는 건 당연하다.

아빠가 보기에는 운동이 먼저다. 운동으로 몸매가 아름다워지는 것보다도 몸과 마음에 활력을 불어넣는 게 중요하다. 머리가 맑은 상태에서 의욕이 충만해야 취직 공부에 효과가 크다. 운동으로 몸이 최상의 상태로 오를 때 정신도 최고조가 된다. 최상의 몸 상태에서 의욕적으로 준비할 때 취직은 절로 될 것이다.

대학 입학이 학업의 끝이 아니라 새로운 시작이듯 취업을 하더라도 그 자체로 완성이 아니라 새로운 시작이다. 지금 고민하지 않는 일이 줄줄이 앞을 가로막아 서지. 쉽지 않은 과제지만 해결 불가능한 건 없다. 그건 그때 생각하면 되고 오늘 할 일은 열심히 운동해서 몸과 마음에 활력을 주는 것이다. 기분이 좋고 마음이 개운하다면 취직시험 준비도 하고 좋아하는 책을 읽으면 된다. 그걸로 오늘 할 일은 다 한 것이다. 오늘 할 일에 집중하자. 내일 일은 내일 고민하자. 사랑하는 딸의 오늘 하루도 목적한 바를 모두 이루는 행복한 시간이 되기를 바란다.

2021. 12. 3.(금)

사랑과 결혼

인류 역사는 여성 잔혹사였다. 모파상의 『여자의 일생』이 아니라도 비참하게 살았던 여자의 기록은 비일비재하며 현재도 여자의 삶이 녹록하지 않은 건 마찬가지다. 여자가 남자보다 단지 약간의 근육이 부족할 뿐이지만 그 작은 차이가 거대한 차별을 만들었다. 여자에게 남자는 위기이자 기회요, 천사이자 악마다.

생존 경쟁은 종간의 문제만이 아니다. 종간의 집단 투쟁이 마무리되면 개체 간 경쟁이 이어진다. 주로 동성 간에 이루어지지만, 위기에서는 이성과도 경쟁한다. 굶주림 앞에 적이 따로 없다. 모든 동물과 사람이 경쟁자일 뿐이다.

여자도 생존을 추구하는 생명이다. 여자에게 생명을 위협하는 가장 큰 적은 굶주림과 야생 동물과 남자였다. 남자보다 근육량이 적은 여자는 먹이활동에서 불리하다. 과일을 확보하기 위한 다른 동물과의 경쟁도, 초식동물을 포획하는 능력도 떨어진다. 거대한 포식동물의 추격을 따돌릴 속도도 없다. 여자보다 번식을 갈망하는 뭇 남성은 한 명을 제외한 모두가 위협이다. 여자는 조물주의 뜻이건 우주의 섭리건 자연법칙이건 간에 생존에 불리하게 태어났다.

남자보다 약간 부족한 근육량이 여자의 생존 전략을 결정하였다. 먹이를 구하는 것도, 자식과 포식동물로부터 달아나는 것도, 뭇 남성의 짝짓기 대상에서 벗어나는 것도 가장 강한 남자 곁을 지키는 것으로 가능했다. 강한 남자의 마음을 사로잡고 떠나지 않게 하는 것이 생존과 번식을 위한 최선의 전략이었다.

남자의 마음을 사로잡을 방법이 무엇인가? 남자가 원하는 것을 주는 것이다. 남자가 원하는 것이 무엇인가? 자식을 낳아줄 젊고 건강한 여자다. 여자가 화장하는 건 본능이다. 젊고 건강하게 보여야 우월한 남자에게 선택받을 수 있었다. 근육이 조금 많은 덕분에 남자는 배우자를 선택할 권한이 있었고 여자는 선택받아야 하는 처지가 되었다. 그 과정이 결혼에 이르기까지 러브스토리다. 사랑은 생명의 원천이기도 하지만 여자에게는 생존 전략이기도 하다.

모든 여자가 생존을 욕망하므로 우월한 남자를 배우자로 삼기를 원한다. 훌륭한 남편을 얻는 건 목숨 건 치열한 경쟁이다. 사냥 잘하고 외적을 막아 낼 남편을 구하느냐 여부는 자신의 생명이 걸린 일이었다. 결혼한다고 끝나는 건 아니다. 아내가 있다고 우월한 남자의 매력이 사라지는 건 아니다. 여전히 미혼 여성은 잘생긴 총각이 아니라 삶을 책임질 힘 있는 남자를 원한다. 역사에서 왕이나 유력자가 많은 여자를 거느린 건 남자의 욕심뿐만 아니라 여자의 생존 전략이 어우러진 결과다. 최선의 남편을 구하기도 지키기도 어렵다. 호시탐탐 몸을 노리는 남자뿐만 아니라 같은 여성도 잠재적 위협이라는 점에서는 다를 바 없다.

인류 역사에서 여자의 처지는 비참하였다. 많은 여자가 아버지나 남편에게 인간 이하로 취급받는 수모를 겪어야 했다. 남자와 여자는 아주 적은 차이였지만 오랜 시간 쌓인 사회적 관습은 여자를 구속하였다. 동양의 유교가 대표적이지만 오늘날 이슬람이나 힌두 사회에서 차별받는 여성을 보면 인종이나 민족에 차이가 없는 듯하다.

네가 대한민국에서 태어난 건 우연이었으나 행운이다. 얼마 전까지만 해도 여자가 억압과 핍박의 대상이었으나 현재는 문화가 완전히 바뀌었다. 아직도 여자가 살아가는 데 더 유리하다고 할 수는 없으나 남녀차별이 존재한다고 할 수 없다. 1960년대 이전에 태어난 여자는 불쌍하였다. 가난을 핑계로 학교에 가지 못한 사람이 다수였다. 직업을 구하기도 어려웠지만, 직장에서 남녀차별도 심했다. 가정에서는 가사노동을 전담해야 했다. 더 많은 일을 하면서도 정당하게 대우받지 못한 게 현재 모든 할머니다.

요즘은 남녀차별이 거의 없다. 여자도 혼자서 충분히 살 수 있는 사회다. 남자에게 의지할 필요가 줄었다는 데서 결혼의 당위성도 사라졌다. 자식을 가지려는 번식 본능이 없는 한 생존을 목적으로 결혼할 필요성은 사라졌다. 출산과 육아는 여성에게 더 큰 부담이다. 당연히 남자보다 자녀를 가지려는 욕심이 적다. 이것이 오늘날 여자가 사랑과 결혼을 회피하는 하나의 이유다.

아빠를 인간으로 일깨웠던 사랑하는 큰딸 하연아, 깊이 생각해라. 네가 사랑과 결혼을 원하지 않는다면 강요할 사람은 없다. 다만 안타까운 건 인간이 진정한 성인(成人)이 되려면 상상뿐만 아니라 경험해야 한다는 사실이다. 책이나 영화로 이해해도 자신이 경험하는 것과는 천양지차다. 그것은 마치 동물의 왕국을 아름다운 풍경으로 구경하는 것과 약육강식 현실에서 목숨 걸고 투쟁하는 것의 차이다. 완전히 다르다. 자연의 섭리로 우연히 만들어진 생명이지만 주어진 모든 기능을 효과적으로 사용하는 것이 즐거움이요 보람이며 행복일 것이다.

사랑은 충격이다. 전율적인 쾌감이 있는가 하면 견딜 수 없는 고통이 따르지. 그건 운명이다. 음양의 법칙이다. 빛이 있는 곳에 어둠이 있는 것이다. 슬픔과 분노가 두려워 기쁨과 즐거움을 포기해서는 안 된다. 희로애락 없는 삶이 삶이라고 하겠느냐? 아무것도 느끼고 싶지 않다면 죽는 방법밖에 없다. 오래 살고 싶다는 것은 오랫동안 더 많이 희로애락을 경험하고 싶다는 말과 같다. 지겹도록 오래 사는 것보다는 행복한 삶을 원할 것이다. 행복을 원한다면 사랑해라. 행복은 사랑으로부터 온다. 행복의 원천은 사랑이다.

아빠는 매사에 도전적으로 살아왔지만, 현재는 아니다. 인간으로서 경지를 넘어서는 깨달음을 얻으려는 개인적 욕망은 있으나 최우선은 엄마다. 엄마와 함께 행복한 삶을 만들어가는 것이지. 행복은 혼자서 할 수 있는 게 아니다. 사랑하는 사람이 있어야 가능하다. 사랑하는 사람의 행복이 무엇인지 아느냐? 세상 그 무엇보다도 자신의 가치를 인정하는 것, 누구보다도 자신을 믿고 지지하고 의지하는 것, 세상에 유일한 대상이라는 걸 절실하게 깨달을 때다. 자신이 누군가에게 가장 소중한 존재라는 사실, 그걸 느낄 때 전율한다. 감동적인 환희가 찾아온다.

사랑하는 딸아, 아빠는 엄마나 아빠보다 네가 더 사랑하는 사람이 생기기를 바란다. 우리가 살아 있는 한 너를 사랑하겠지만, 시간적으로도 한계가 있고 그 농도에서도 남녀 간의 사랑과는 차이가 크다. 오직 너만을 원하는 사람이 있을 때, 오직 그만을 원하는 네 마음이 될 때 세상은 설레고 떨리고 두근거리게 될 것이다. 아빠는 딸이 슬픔과 아픔을 겪더라도 두근거리는 삶을 원한다. 사랑의 환희와 분노와 슬픔과 즐거움으로 성장하기를 바란다.

미래 어느 날 결혼식장에서 아빠가 딸의 손을 어떤 남자에게 건넬 때 눈물을 떨군다면 이제까지 살았던 여자의 일생이 떠올라서겠지만, 미래는 과거와 다를 것이다. 미래는 여자 세상이다. 결혼으로 행복해지는 건 사위보다 딸이 될 것으로 믿는다. 사랑과 결혼을 꿈꾸는 하연이를 희망한다. 지금은 아니더라도 미래에는 바뀌기를 바란다.

2021. 12. 5.(일)

배우자에 대하여

연인과 배우자는 사랑하는 사람이라는 데서 동일시하는 사람이 있지만, 관점을 달리해야 한다. 연인은 단순히 사랑하는 사람이다. 사랑하는 사람에게는 그 대상이 전부이므로 이성적 판단이 불가능하지만, 사랑에 빠지기 전에 연인과 결혼할 배우자의 차이에 대하여 알아둘 필요가 있다.

연인은 자신이 그를 진정으로 사랑하는가와 그가 자신을 사랑하는지가 중요하다. 서로 사랑한다면 훌륭한 한 쌍의 연인이다. 누군가 먼저 사랑이 식을 때까지 세상을 독차지한 것 같은 행복을 누리리라. 연인 사이에 다른 조건은 필요 없다. 사랑하는 마음과 사랑할 시간이 있는 것으로 충분하다.

배우자는 다르다. 연인은 보통 몇 달에서 길어야 이삼 년이면 끝이다. 눈에 콩깍지 씌는 기간은 짧다. 환상에서 벗어나 진면목

(眞面目)을 보는 순간 현실로 돌아온다. 사랑이 끝나면 새로운 대상을 찾으면 그만이다. 배우자는 사랑이 식는다고 멀리할 수 있는 사람이 아니다. 거의 평생을 간다. 둘만의 사랑이 전부가 아니라 주변 사람과의 우호 관계가 필수다. 배우자는 세 관점에서 바라보아야 한다.

첫째 본인의 관점이다. 연인과 큰 차이가 없으나 약간의 부대조건을 살펴야 한다. 자신이 사랑하는가와 상대가 사랑하는가 하는 점 외에 종교 취미 직업 등이 고려 대상이 될 수 있다. 당장 짜릿하고 황홀한 감정도 중요하지만 긴 시간을 함께하려면 의식주 문제에서 자유로워야 하며 함께 공감해야 한다. 현재 사랑하는가와 오래 공감하며 살 수 있는 사람인가를 살펴야 한다.

둘째는 자식의 관점이다. 요즘은 자식을 원하지 않는 사람이 많으므로 고려요소가 아닐 수도 있으나, 결혼의 첫째 이유가 번식이므로 나중에 생각이 바뀔 수도 있다. 자신의 남편이나 아내로서 부족함이 없어야 할 뿐 아니라 자식이 볼 때 부족하지 않은 엄마 아빠인지를 살펴야 한다. 자신이 볼 때는 배우자 외모와 학력과 재산이 더 중요할 수도 있으나 자식에게는 무용지물이다. 자식에게는 끊임없이 사랑하고 성인이 될 때까지 보살필 의지가 있는가가 중요하다. 배우자가 자식을 사랑하지 않는다면 육아와 교육을 홀로 책임져야 할지도 모른다. 사람의 마음을 읽는 건 매우 어려운 일이지만 그의 말과 태도에서 자식에 대한 가치관을 읽어내야 한다. 부부가 아무리 사랑해도 자식이 불행해지면 행복하기 어렵다. 자식에게 가장 큰 행운은 사랑하는 부모의 헌신적

보살핌이다. 과연 그에게 자신뿐만 아니라 자식까지 책임질 능력과 의지가 있는지가 중요하다.

셋째는 그가 주변인에게 괜찮은 사람으로 보이는가 하는 점이다. 인간은 사회적 동물이다. 주변 사람의 관계와 평가가 행복에 영향을 준다. 부모 형제 친척 친구에게 자랑할 만한 사람이라면 더할 나위 없으나 최소한 배우자로 인하여 부끄럽거나 수치스럽지 않아야 한다. 모든 사람이 싫어하는 사람과 사랑하고 결혼할 수 있으나, 사랑이 식은 후에는 재앙이 된다. 주변 사람 누구도 도와주지 않고 파경을 원한다면 절대로 행복한 결혼생활을 지속할 수 없다. 아무리 예쁘고 멋있고 사랑스럽더라도 정신질환이나 특이한 성격으로 주위 사람과 어울리지 못한다면 앞날은 밝지 않다. 주변 사람 생각보다 자기 생각이 더 중요하지만, 주변 사람이 싫어하는 이유를 자세히 살펴야 한다. 이해관계가 아니라 배우자 성격이나 가치관 문제라면 생각을 달리하는 게 좋다.

연인이든 배우자든 자신의 사랑이 가장 중요하다. 강렬히 사랑한다면 온갖 난관을 뚫고 행복한 결혼생활이 가능하다. 그러나 사랑의 강도를 인위적으로 유지하는 건 불가능에 가깝다. 인간 속성 일반을 이해하고 받아들여야 한다. 배우자가 될 사람을 자신의 시각과 자식의 시각과 주변인의 시선으로 면밀하게 살펴야 한다.

보통 이성을 처음 만날 때 외모 학력 재산 직업 등 겉으로 드러나는 것에 관심을 둔다. 마음을 볼 수 없으므로 객관적 조건을 보는 건 당연하다. 다만 교제 기간에 깊이 살펴야 할 것은 겉으로 드러난 조건의 사실 여부보다는 성격 종교 취미 같은 삶에 대한

가치관이다. 집이나 직업은 삶의 질을 결정하는 중요한 요소다. 그러나 부나 명예보다 중요한 것은 함께할 때 즐거운가 하는 점이다. 아무리 부유하고 유명하더라도 함께하는 게 불편하다면 행복할 수 없다. 같이 다니고 함께할수록 행복한 사람이 최고 배우자다. 종교와 취미가 다른 부부가 많지만, 갈등 요소가 많은 만큼 행복을 기대하기 어렵다. 행복하더라도 그 과정이 험난하다. 세상을 보는 눈, 가치관이 비슷하다면 금상첨화이겠으나 최소한 확인 가능한 종교와 취미는 일치해야 한다. 사랑하는 마음에 모든 게 용서될 거 같아도 이미 말했듯이 사랑의 기간은 짧다. 뜨거운 사랑이 편안한 우정 정도로 바뀌었을 때를 가정해야 한다.

결혼해도 후회하고 안 해도 후회한다는 말이 있다. 인생이 결혼 여부와 무관하게 지난(至難)하다는 말이다. 아빠는 그 말에 반대한다. 결혼하지 않으면 상당한 희로애락이 사라진다. 기쁨과 즐거움이 줄어든 대신 화와 슬픔도 줄어든다. 즐거움과 고통이 동시에 사라지는 걸 원한다면 삶의 의미가 없을 것이다. 사랑하는 이성을 만나 새로운 생명을 창조하고 그에게서 더 많은 것을 배우고 깨닫는 것, 그것이 인생이다. 사람이라면 마땅히 인생을 살아야 한다. 어떠한 이유에서라도 포기해서는 안 된다.

사랑하는 내 딸 하연아, 과거 수많은 역사 속 여인과 힘들게 살아가는 현대 여성의 어두운 모습만을 보아서는 안 된다. 겉으로 보이는 게 전부가 아니다. 고통 못지않게 더 큰 희열을 선사하는 게 배우자요 자식이다. 가족이 없다면 무슨 재미가 있겠는가? 내게 엄마와 너희가 없다면 무슨 보람이 있겠느냐? 아빠의 최우선

관심사는 엄마 행복이다. 엄마가 과거 너희를 키우느라 무진장 고생하였으나 그 대가로 네 엄마를 세상에서 가장 믿고 지지하고 사랑하는 아빠가 존재하지 않느냐? 아빠는 네게도 그런 사람이 생기기를 바란다. 어느 날 홀연히 엄마와 사라진다 해도 행복을 보장할 그런 사람과 살아가길 바란다. 내가 근심 걱정 없이 편안하게 세상을 떠날 수 있기를 바란다.

2021. 12. 6.(월)

자녀에 대하여

여자는 존중받아 마땅하다. 왜냐하면, 그녀는 현재 어머니이거나 언젠가 어머니가 될 테니까. 여자는 단지 어머니가 될 가능성만으로도 충분히 존중받아야 한다. 여자는 나이 들어도 아름답다. 왜냐하면, 아이의 엄마이기 때문이다. 자식이 불명예스러운 처지에 빠지지 않고 건전하고 건강하게 살아가는 한 엄마의 얼굴은 항상 밝게 빛난다. 자식의 존재만으로 아름다움이 유지된다.

아이 낳는 게 두려워 결혼을 주저하는 여자가 있다. 자식 키우기가 힘들다고 출산을 포기하는 여자도 있다. 아빠가 사랑하는 딸 하연이는 그러지 않기를 바란다. 아이 낳는 건 쉬운 일이 아니다. 여자의 일생에서 일대 위기고 젊어서 죽는 가장 큰 원인이었다. 그건 옛날이야기다. 요즘은 혼자 집에서 애를 낳는 사람은 없다. 산부인과에서 산모가 생명이 위급한 경우는 마른하늘에 벼락 맞을 확률만큼이나 낮다. 애 낳는 게 두려운 건 인간이 신석기 시대에서 크게 진화하지 않은 신체와 사고 때문이다. 세상은 변했어도 우리 몸과 유전자는 큰 차이가 없다. 밤에 대형 포식자의 습격을 받을 위험이 전혀 없는데도 경계하고 공포를 느끼는 것과 같다. 애 낳는 게 두려운 건 현실을 반영한 게 아니라 본능에 따른 심리 현상일 뿐이다. 애 낳는 건 위험한 일이 아니다.

자식을 낳는 것보다 키우는 게 어려운 건 사실이다. 육체 성장만을 목표로 했던 과거와는 다르게 또래보다 좀 더 낫거나 뒤떨어지지 않게 하려는 부모의 욕망은 같다. 모든 부모 마음이 같으므로 어느 분야든 경쟁이 치열하다. 자식을 두드러지게 키우는 일은 보통 일이 아니다. 그러나 자녀가 평범하다고 하여 절망하거나 미워하는 부모는 없다. 인간은 적응의 동물이다. 간절하게 바라던 일이라도 가능성이 없으면 쉽게 포기하고 다음을 노린다. 아무리 자식이 무능하고 불구일지라도 사랑이 줄어드는 일은 일어나지 않는다. 부모가 정신병자가 아니라면 자기 자식을 누구보다 사랑하고 헌신한다. 키우는 데 돈과 시간과 육체를 바쳐야 하지만 그 모든 걸 합친 것보다 더 많이 깨닫고 더 큰 보람과 희열을 얻는다. 자라나는 자식을 보는 것보다 큰 기쁨은 없다.

가정에서 가장 힘든 건 엄마다. 모든 일에 관여하고 모두가 찾으며 모든 걸 결정해야 한다. 세상은 의외로 공평하다. 세상은 대체로 열심히 일하고 많은 실적이 있는 사람이 큰소리치고 주도한다. 바쁘게 일을 많이 하는 만큼 가족에게 절대적인 신뢰를 얻는다. 사람이 위기에 처하면 외치는 소리가 무엇인가? 엄마, 엄니, 엄마야, 어머니, 어머나, 오마니, 옴마야, 에구머니, 아이고머니, 어이구머니 아닌가? 어린아이만 엄마를 찾는 게 아니다. 엄마도 놀라면 엄마를 찾는다. 할머니도 두려우면 엄마를 찾는다. 할아버지도 당황하면 자기도 모르게 엄마를 찾는다. 엄마는 아이를 낳은 사람이기도 하지만 신의 다른 이름이다. 모두가 믿고 의지하는 게 무엇이겠는가? 신(神)이다. 엄마는 인간 능력을 초월하는 희생과 봉사로 신이 되었다. 여자는 누구나 신이 될 가능성이 있는 셈이다.

엄마를 이해할 방법이 무엇인가? 엄마가 되는 것 외에는 방법이 없다. 아빠는 여자를 사랑하고 존중할 수는 있어도 엄마의 마음을 이해할 방법이 없다. 그래서 옆에서 훈수하고 잔소리하다가도 그만둔다. 엄마 마음도 모르면서 조언이라니 가당키나 한 말인가? 엄마는 엄마가 되어야 비로소 이해할 수 있는 개념이다.

부모의 의미, 자식의 의미를 제대로 이해하려면 부모가 되는 수밖에 없다. 나이 들어 정의감이 약해지는 것은 속세에 물들거나 현실과 타협하는 비겁 때문이기도 하지만, 가족의 의미를 새롭게 깨달아서다. 미혼 청년은 거칠 게 없지만, 가족을 거느린 사람은 생명을 건 모험이 쉽지 않다. 자기 혼자 죽는 게 아니라 여러 사람의 목숨이 걸렸다면 쉽게 결정할 수 있겠는가? 늙어가면서 용기가 줄어드는 건 혈기가 잦아들어서이기도 하지만 모르던 걸 깨달아서다.

부모가 되면 사업에는 신중해지지만, 위기에서는 더 강하다.

처녀와 아기 업은 엄마를 비교해 보라. 처녀는 얌전하고 다소곳해서 웬만하면 다투지 않지만, 엄마는 거칠 게 없다. 혼자 목숨이 아니라 자식의 생명까지 걸렸다면 망설일 이유가 무엇이란 말인가? 조폭이든 선생님이든 경찰이든 자식을 해코지하는 걸 도저히 참을 수 없다. 새끼 딸린 야생 동물을 조심하라는 이유가 무엇인가? 자식의 일에는 사소한 게 없다. 가족의 일이라면 때론 사자가 되고 때로는 멧돼지가 된다. 돼지가 달려드는 모습을 저돌적(豬突的)이라고 한다. 가족의 위기에서 부모는 누구나 저돌적이다.

사랑은 상상으로 깨달을 수 있는 개념이 아니다. 사랑과 실연은 경험하지 않은 사람은 알 수 없다. 부모나 자식도 자식을 낳아 키워보지 않은 사람은 알 수 없다. 몸 안에 두 개의 심장이 뛰고 있는 느낌, 몸 밖에 또 다른 자신이 존재하는 느낌, 자기 신체에 어떠한 충격이 없음에도 심장이 터지거나 간장이 찢어지는 듯한 느낌을 어떻게 알 것인가?

자식은 어떤 미사여구로도 제대로 설명할 수 없다. 자식을 불의의 사고로 잃은 사람에게는 어떤 위로도 무의미하다. 단지 그러안고 함께 눈물 흘리는 공감만이 가능할 뿐이다. 자식 가진 부모만이 가능한 공감이다.

압도적인 자연경관에 감동하여 전화로 장황하게 설명하는 것보다는 한 장의 사진이나 동영상이 효과적이다. 이성을 만나 사랑하고 새로운 생명을 창조하여, 그 자식에게서 깨닫고 배우고 감동하는 것이 인생이다. 말이나 글이나 영화로 알 수 있는 게 아니다. 그 엄청난 아픔, 그 뜨거운 열망, 그 거대한 희열을 경험하지 않는다면 살아도 산 것이 아니다.

아직도 세상을 티 없는 맑은 세상으로 들여다보는 순진무구한 사랑하는 딸 하연아, 아빠는 딸이 인간의 삶을 살기를 바란다. 사람이 살아가면서 느끼는 모든 감정을 경험하길 바란다. 가능하면 적게 아프면서 최대한의 감동과 희열을 맛보기를 바란다. 남자는 불가능한 신적인 존재, 엄마를 경험하여 그 실체를 깨닫기를 바란다.

2021. 12. 8.(수)

엄마는 에고이스트

엄마는 공평하지 않다. 공정하지도 않다. 세상에서 가장 불공평한 에고이스트다. 자식 일이라면 물불을 가리지 않고, 자식을 위한 일이라면 편법도 불법도 가리지 않는다. 자식이 없는 사람의 관점에서는 불쾌할 정도다. 모든 기준은 자기 자식에 유리한 방향으로다.

시인 김수영은 시 「여자」에서 자식에 대한 끝없는 집착과 편애를 '이것은 죄에서 우러나오는 것이다. 여자의 본성은 에고이스트, 뱀과 같은 에고이스트'라고 노래했다. 지나친 자식 사랑이 과당경쟁을 불러 좋지 않은 교육 풍토를 조성하는 걸 개탄하였다.

시인 김수영의 말대로 엄마의 자식에 대한 집착은 지나치다.

결과적으로 좋지 않은 관습이나 문화가 만들어지는 것도 맞다. 그래도 아빠는 엄마의 역할을 나무랄 수 없다. 그 지나친 사랑이 엄마를 신의 위치에 이르게 한 것이다. 신이란 무엇인가? 조건 없이 믿고 따르는 존재 아니던가? 엄마가 만약 사랑에 조건을 걸었다면, 공부 1등 한다면, 나쁜 짓 하지 않는다면, 엄마 말 잘 듣는다는 조건으로 사랑하였다면 자식은 그렇게 완전한 신뢰를 보내지 않았을 것이다. 엄마는 자식의 조건과 상태와 결과와 무관하게 초지일관 지지한다.

대부분 사람이 비난하고 규탄하는 나쁜 짓을 하였어도 그러안는다. 딸이 사창가에서 창녀로 지내도, 아들이 사람 여럿 죽인 흉악범이라도 용서하고 품는다. 세상 사람 모두 돌을 던지더라도 대신 돌을 맞는다. 자식 잘못이 아니라 자식 잘못 기른 어머니 탓이라고 자책한다. 세상의 처벌을 달게 감수한다. 흉악범에게도 마음의 안식처는 있다. 세상 모든 사람이 적대하는데도 따뜻하게 품어주는 엄마는 그래서 신의 다른 이름이다.

그런 엄마도 비 오는 날 쓸쓸하고, 오월의 꽃향기에 발랄해지는 소녀 시절이 있었다. 정장에 하이힐 신고 얌전하게 행동했던 처녀 시절도 있었다. 엄마라고 다른 사람이 아니다. 다만 몰랐던 사실을 깨달았을 뿐이다. 스스로 키운 생명보다 소중한 존재는 없다는 사실 말이다. 그래서 엄마는 용감하다. 눈 딱 감고 자식을 위하여 모욕과 수치를 감수한다. 그런 세상 엄마들이 안타깝기는 해도 아빠는 도저히 비난할 수 없다. 그 엄마로 세상 사람이 존재하는 것이다. 엄마의 헌신적인 보살핌 없이 살아남을 사람은 거의 없다.

자식 관련해서는 전혀 공평하지도 공정하지도 않은 에고이스트이자 신성불가침 성역인 엄마의 권리를 포기해서는 안 된다. 홀로 살아가는 사십 대 여성 기자가 친구가 애 없다고 애 취급하는 데 분노한다는 기사를 읽은 적이 있다. 그 여성 기자의 오판이다. 친구의 말은 전적으로 옳다. 애를 키우지 않은 여성은 나이가 할머니라도 여전히 애다. 논리적인 말로는 어른임을 증명하더라도 그녀는 엄마의 본질을 모른다. 자식과 부모가 서로에게 어떤 의미인지 제대로 모른다. 자식 키워봐야 자식이란 개념을 이해하지만, 부모의 마음을 비로소 알게 된다. 자식 없이 사는 사람은 사람을 제대로 이해할 수 없다. 아무리 오래 살아도 아이로 살다 죽는다.

아빠가 사랑하는 딸 하연아, 네가 엄마의 사랑을 의심하지 않고 무슨 말이라도 믿고 따르듯이 너도 자식에게 그런 존재가 될 수 있다. 부부가 서로에게 유일한 사람이듯 엄마는 자식에게 유일한 존재다. 존재하는 모든 사물이나 개념보다 소중한 게 엄마다. 여자보다 우월하고 아내보다 위대한 존재, 엄마의 길을 포기하지 말기를 바란다.

2021. 12. 9.(목)

이상적인 삶

무엇이든 잘하라고 한다. 한 번밖에 살 수 없는 삶이기에 당연히 잘 살아야 한다. 잘 산다는 건 어떻게 사는 것일까? 훌륭한 삶은 무엇인가? 인간이 살아야 할 이상적인 삶이란 무엇일까?

사람은 다 다른 삶을 살아간다. 추구하는 것도 다르다. 공자는 살아서 입신양명하고 죽어서 명예로운 이름을 남기라고 했다. 붓다는 생로병사 희로애락을 느끼는 자아는 실체가 없는 허상이므로 고통에 시달리지 말고 윤회의 사슬을 끊고 해탈하라고 했다. 예수는 사랑과 봉사로 내세에서 영원한 삶을 구하라고 했다. 성현에 이르지 못한 숱한 영웅호걸은 자신의 존재감을 마음껏 드러내고 죽었다. 역사에 이름을 남기지 못한 민중도 자기 삶에 충실하였다. 각자 자기만의 목적과 현생에서의 안락을 위하여 고군분투하였다. 이제까지 살았던 사람도, 앞으로 살아갈 사람에게도 이상적인 삶 따위는 없다. 삶에 정답은 없다. 주어진 환경에 최대한 적응하며 우주의 섭리나 자연법칙에 따를 뿐이다.

성인이나 철학자가 제시한 삶이 그릇된 것은 아니더라도 정답은 아니다. 사람이든 동물이든 정해진 훌륭한 삶 따위는 없다. 생명체의 본성에 따라 어떤 조건에서도 살아남고 후손을 남겨야 할 뿐이다. 그것이 우주가 부여한 생명의 근본원리요, 작동 체계이자, 본성이다.

정답 없는 삶을 어떻게 살아갈 것인가? 자신이 아는 지식 범위 안에서 가장 훌륭하다고 생각하는 삶의 방식을 따르면 된다.

그것을 쉽게 알 수 없다면 자신의 자식이 살기 원하는 삶을 상상하라. 자식에게 원하는 삶의 방식이 곧 자신이 살아가야 하는 삶이다.

자식이 세상 사람에게 손가락질받고 비난받길 원하는가? 자식이 굶주림도 면치 못하는 비참한 삶을 원하는가? 자식이 의지할 데 없이 쓸쓸한 최후를 맞기를 원하는가? 그렇지 않다면 그런 상황을 맞지 않도록 평소에 노력하는 것, 그것이 살아가야 할 방식, 이상적인 삶이다.

지탄받지 않고 욕먹지 않는 삶을 살려면 분수에 맞지 않는 옷을 입어서는 안 된다. 인격이 고결하지 않고 재능이 평범한 사람이 높은 자리를 차지하면 일시적으로 호의호식하고 영광을 얻을 것이나 말로가 비참하리라. 모든 사람이 원하는 자리를 얻거나 지키기는 쉽지 않다. 자신을 완벽하게 통제하여 청렴결백하고 공명정대할 자신이 없다면 평범한 삶이 좋다. 수많은 역사적 사실을 반면교사로 활용하지 못하고 불에 뛰어드는 불나방처럼 살아가는 사람이야말로 가장 어리석으리라. 은인자중 숨어서 세상을 관조하는 것보다 못하리라.

최고 권력이나 찬란한 명예나 거대한 부는 누구나 부러워하며 추앙한다. 훌륭한 사람, 화려한 삶은 모든 이의 찬사를 받지만, 양날의 칼이다. 부러움은 시샘과 같다. 박수와 환호 뒤에는 나락으로 떨굴 기회를 호시탐탐 노리는 악마의 본성이 숨어 있다. 사람은 타인이 자신보다 우월한 것을 원치 않는다. 화려한 위치는 나락으로 떨구기 위한 대중의 감시를 받는 위태로운 자리다. 결코, 그곳에 이르기 위해 이전투구 할 일이 아니다.

최고 권력이나 찬란한 명예나 거대한 부는 아니더라도 생존에 고통받아서는 안 된다. 생존을 위협받는 생명보다 불행한 것은 없다. 전쟁터의 군인이나 부모 없는 고아나 거리의 노숙자가 불행한 이유는 오늘 하루 살아가기가 힘들기 때문이다. 삶이 확실하다면 나머지 문제는 모두 부차적이다. 심각한 문제가 아니다. 인간은 의식주 해결이 최우선 과제다. 의식주 해결이 쉬운 일은 아니지만 엄청나게 어려운 일도 아니다. 탐욕을 버린다면 의식주 해결이 큰일은 아니다. 의식주를 해결하였다면 붓다의 말대로 일체유심조다. 모든 건 마음먹기 달렸다. 스스로 확실히 행복을 원한다면 행복할 수 있다. 행복은 조건이나 상황이 아니라 자기 마음의 상태다. 행복하다고 생각하고 사소한 것에 행복을 느끼는 태도를 견지하면 언제나 행복하다.

평생을 원하는 대로 살고 늘 행복했어도 기력이 떨어져 몸과 마음이 정상적으로 작동하지 않는 노년에 홀로 살아간다는 것은 불행이다. 시간과 육체와 금전적 자유가 충분할 때는 덜 외롭다. 외로움을 떨칠 의지와 방법이 있기 때문이다. 타인의 도움으로 생존해야 하는 말년은 다르다. 늙은이가 괴로운 이유가 무엇인가? 호의호식하지 못해서가 아니다. 소통할 사람이 없어서다. 타인에게 도움이 되지 않는 사람은 공감과 교감이 어렵다. 아무도 함께하려 하지 않는다. 누가 공감하고 교감하는가? 가족이다. 행복할 때는 가족이 큰 도움이 되지 못하나 불행할 때는 최상의 가치가 된다. 가족도 멀리 떨어지거나 헤어지면 남과 다를 바 없으나 최소한의 끈만 유지하더라도 의지할 수 있다. 사랑과 결혼은 살아가면서 행복하기 위한 필수조건이기도 하지만 쓸쓸하게 죽어가지 않기 위한 수단이기도 하다.

늙어서 배우자가 먼저 떠나면 행복하기 어렵다고 한다. 자식이 효도하더라도 자식은 함께한 시간의 길이에서 배우자와 차이가 난다. 공감할 사물과 개념이 적다. 누가 행복한가? 자신의 마음을 가장 잘 아는 사람과 함께하는 사람이다. 자기 마음을 가장 잘 아는 사람이 누구이겠는가? 배우자다. 수명이 늘어난 요즘은 결혼 후 70년을 함께 산다. 얼마나 많은 사연이 쌓였겠는가? 행복의 필수 요소에 배우자와 친구가 빠지지 않는 이유다.

올바른 삶에 대한 정답은 없다. 자신에게 주어진 환경에 잘 적응하여 스스로 건강하고 단란한 가정을 꾸려 사는 게 훌륭한 삶이다. 자식이 살아가길 원하는 삶이 본인이 살아야 하는 삶이다. 주위 사람과 조화를 이루며 궁핍하여 비참하지 않은 정도의 경제 수준으로 살다가 늙어서 외롭지 않다면 훌륭한 삶이다. 거창한 업적을 남기고 위대하다는 이름을 남기지 않아도 행복하게 살아갈 수 있다.

아빠는 내 사랑하는 딸이 죽을 때까지 안락하고 행복하길 바란다. 젊어서는 의식주에 구애됨이 없을 정도의 직장 생활을 하고, 모든 이가 부러워할 완벽한 사람은 아니더라도 내 딸을 끔찍하게 아끼는 남자를 만나 행복하게 살며 다산하고, 먼 훗날 꼬부랑 할머니가 되어서도 주변에 사람이 우글댈 정도로 외롭지 않기를 바란다. 젊어서나 늙어서 주변에 미워하는 사람 대신 사랑하는 사람이 함께하길 바란다. 몸은 늙어가더라도 마음만은 늘 밝고 맑은 청춘으로 살아가길 바란다.

2021. 12. 11.(토)

아빠가 살아가는 방식

아빠는 행복하다. 단순하게 살아가는 데 만족한다. 실컷 자고, 잘 먹고, 음악 감상과 시 낭송, 독서와 글쓰기, 점심 식사 후 산책, 일주일에 두세 차례 등산이 전부다. 가끔 친척이나 친구를 만나 술 마시는 것 외에는 거의 변함 없는 일상이다. 어떤 사람은 지루하거나 외롭지 않으냐고 묻지만, 전혀 그렇지 않다. 운동하고 읽고 상상하고 쓰는 단조로운 생활이 좋다.

대인관계에 따른 스트레스 받지 않는 프리랜서 작가는 스스로 원해서 하는 것이라서 만족하고 행복하지만, 단점은 있다. 소득이 충분치 않다는 것이다. 연금이 나온다고 하지만 다섯 식구 생활비로 충분하지 않다. 더 벌 기회가 있음에도 전업 작가를 고집하는 건 첫째 길지 않은 인생 아빠가 하고 싶은 일을 하고 싶은 열망이고, 둘째 의식주에 큰 문제가 없는데도 더 소득을 올리는 건 다른 사람 몫을 빼앗는다는 죄책감 때문이다.

다다익선은 옳지 않은 말이다. 누군가 거부를 쌓는다는 건 빈곤한 사람이 늘어난다는 의미다. 선진국에서 의식주에 곤란하지 않다면 인류 측면에서 살피면 상위 일 퍼센트에 속할 것이다. 상위 일 퍼센트에서 더 높은 곳을 지향하는 건 탐욕이다. 더 큰 부를 원하지만 탐욕스러운 사람이라는 말을 듣지 않는 수준이다. 다소 부족하더라도 현재에 만족하는 게 인류나 자연에 좋으리라 생각한다.

현재는 작가로 수입이 없지만, 훗날 다소라도 기대하는 희망이 있다. 내 글 읽는 사람을 감동하게 할 수 없는 게 슬프지만, 노력하면 더 나아질 것으로 생각한다. 설령 위대한 작가로 기억되지 않더라도 글은 반성과 성찰을 유도한다. 매일 글을 쓴다는 건 매일 반성하고 성찰한다는 의미다. 그 자체로 늘어가는 주름살과 나이에 비례하여 더 나은 인간이 된다. 김치가 시간이 지난 후 발효하여 깊은 맛을 내듯 늙은이가 매력적이려면 그 정신이 성숙해야 한다. 음악 감상과 시 낭송, 명상과 산책, 독서와 글쓰기, 등산과 여행은 좋은 늙은이가 되는 전제조건이다.

아빠는 하나의 목적으로 하는 행동을 좋아하지 않는다. 일거양득(一擧兩得)이나 일석삼조(一石三鳥), 일타오피(一打五皮)를 원하지. 내가 하는 모든 행위는 좋은 글쓰기와 인자한 할아버지가 되기 위한 노력이다. 일이 년 안에 바뀌는 건 거의 없을 테지만 십 년이나 이십 년 후에는 바뀔 것이다. 독서나 글쓰기는 시간이 말을 한다. 좋은 습관은 인생을 바꿀 뿐만 아니라 그 자신을 환골탈태하게 한다. 젊어서부터 독서와 글쓰기를 게을리하지 않는다면 아빠 나이가 되는 삼십 년 후에는 누구나 괄목상대해야 하리라. 좋은 습관이 인생을 바꾸고 위인을 만든다.

사랑하는 딸 하연아, 아빠는 소득 없는 프리랜서 작가를 기꺼이 만족한 마음으로 즐긴다. 그건 내가 진정으로 원해서 하는 일이기도 하지만, 세 자식에게 삶의 방식을 알리려는 목적이기도 하다. 엄마와 결혼할 때부터 돌아가신 할아버지처럼 살지 않으려고 다짐했다. 조언이나 충고는 좋은 것이지만 행동 없는 말은 효과가 없다는 걸 안다. 아무리 잔소리해도 결과가 따르지 않지. 가장 좋은 건 스스로 보이는 모범이다. 좋은 습관을 들이는 건 괴로운 일이지만, 일단 만들어 놓으면 평생 좋은 결과가 따른다. 타인에게 비난받지 않고 신뢰를 얻는 방법이 좋은 습관에서 나온다면 아무리 힘들어도 만들어야 하지 않겠느냐? 비가 오나 눈이 오나 악천후에도 산책하려고 하고 실내 운동이라도 고집하는 건 건강과 몸매 관리만을 위한 것이 아니다. 바로 너희 세 자식이 두 눈 시퍼렇게 뜨고 주목하기 때문이다. 귀찮고, 어떤 때는 다소 괴로워도 내 자식에게 살아가는 방식을 가르치기 위하여 운동한다.

아빠가 하는 모든 행위는 한 가지 목적이 아니다. 스스로 인생을 잘 살고, 엄마 인생을 행복하게 하는 데 도움이 되며, 자식에게 살아가는 방식을 알려주고, 세상 사람에게 만족한 삶의 형식을 알려 주는 것, 그것이 아빠가 살아가는 방식이다. 아빠가 사랑하는 큰딸 하연이도 하나의 목적이 아닌 여러 가지 좋은 영향과 결과가 따르는 말과 행동을 하기 바란다. 어렵더라도 좋은 습관을 만들어 주변 사람에게 귀감(龜鑑)이 되는 아름다운 삶을 살아가기 바란다. 늘 즐겁고 행복한 하루하루로 인생을 채워가길 바란다.

2021. 12. 12.(일)

생일의 의미

벌써 내일이 아빠가 사랑하는 딸 하연이 생일이네. 12월 15일, 하연이 생일 2주 전부터 쓰기 시작한 '딸에게 쓰는 편지' 시리즈가 9편에 이르렀네. 그 잠깐 사이에 2주가 흘렀다니 세월이 무상하다는 생각이 절로 든다. 어릴 때는 그만큼 성장한 것이나 성인이 되었으니 그만큼 죽어가고 있는 것이겠지. 오늘 하루를 허투루 보내지 말아야겠다는 생각이 든다.

여러 복잡한 이야기를 아빠의 경험에 비추어 말하였지만, 뼛속 깊이 새겨질 만큼 감동하지는 않았을 것이다. 첫째는 아빠 글재주가 다른 사람 마음을 흔들 정도로 빼어나지 않은 탓이요, 둘째로 아빠의 경험이나 주장에 공감하지 않거나, 셋째로 딸과 아빠는 독립한 영혼인 만큼 세상을 보는 시야가 전혀 달라서일 것이다. 이유가 무엇이든 울림이 없었다면 당장 도움은 안 될 터, 아빠가 번지수를 잘못 찾은 것이겠지. 지금 당장 도움이 되지 않는다면 먼 훗날에라도 도움이 되었으면 하는 바람이다.

내일은 하연이 생일이다. 생일의 의미는 특별할 게 없다. 생명체에게 생명이 가장 소중하다면 태어나서 죽는 날까지의 첫날을 기념하는 날이라는 데서 당사자에게만 유일하게 의미 있는 날이다. 주변 사람에게는 전혀 특별할 게 없지. 다만 무수하게 많은 날이지만 자신만을 위한 날이 없다는 걸 슬퍼하는 게 사람이기에 사랑하는 사람이 챙겨주게 마련이다. 가정에서는 주로 엄마가 그 일을 하지. 엄마나 사랑하는 사람이 없는 사람에게 생일은 절대 행복하지 않다. 자기가 세상에 온 날이라고 하여도 축하하는 사람이 없는 생일은 즐거운 게 아니라 서글퍼질 거야. 그런 의미에서 의도하지 않았지만, 가족 모두가 모여 축하해주는 내일 하연이 생일은 정말 특별한 거야. 충분히 감사하고 행복해야 하지.

사실 생일 당사자에게 특별한 날이 생일이지만 어떻게 보면 엄마에게 더 특별한 날이기도 하다. 하연이가 세상에 나온 날은 엄마가 새로 태어난 날이기도 하지. 아이에서 소녀로, 소녀에서 처녀로, 처녀에서 엄마가 되는 순간이었다. 여자가 엄마가 되었다는 건 세상 전체가 바뀌었다는 말과 같다. 가장 소중한 게 자기 생명에서 아기로 바뀌었다는 것, 자기 자신보다 더 중요한 생명이 세상이 존재한다는 것보다 경천동지할 일이 또 있겠느냐? 여자는 태어난 자체로 완성되는 게 아니다. 엄마가 되어야 신과도 견줄 완전한 존재가 된다.

다른 사람에게는 특별할 게 없지만, 우리 가족에게는 특별한 내일은 하연이 생일이다. 매일 그래야 하지만 내일만이라도 즐겁고 행복하게 보내자. 하연이가 좋아하는 소고기 샤부샤부도 먹고 삼겹살도 먹자. 뭐니 뭐니 해도 사람에게 먹는 즐거움은 빼놓을 수 없다. 하연이 덕분에 가족 모두 포식하며 즐겁게 보내자.

인생은 길다면 길고 짧다면 짧다. 감지하고 사고하는 삶이 불교에서 말하듯 고해라고 느낀다면 인생이 너무나 길 것이요, 순간순간 교차하는 희로애락을 즐겁고 행복하게 받아들인다면 우리에게 주어진 삶이 너무 짧다. 총 수명은 같더라도 마음가짐에 따라 느끼는 시간의 길이는 차이가 크다. 아빠가 사랑하는 딸, 태어나자마자 아빠에게 인간이 무엇인지 고민하게 하여 생각을 바꾸게 한 하연이는 인생이 너무 짧다고 느꼈으면 좋겠다. 하루하루가 너무 즐겁고 행복하여 시간 가는 줄 모르는 삶이기를 바란다.

젊은이에게 펼쳐진 앞날이 청년실업과 주택난에 절망스럽고, 연애와 결혼과 출산을 망설일 만큼 불확실한 미래가 두렵겠지만, 떨치고 일어나 주어진 삶에서 최소한의 보람과 행복을 얻는 현명한 방식을 찾아내길 바란다. 살아가면서 만나는 사람에게 사랑과 감동을 선사하여 너뿐만 아니라 네 주변 사람 모두가 행복을 감사하며 살길 바란다. 부모 형제 친구뿐만 아니라 온 민족, 아니 일본인 중국인 미국인 러시아인까지 차별 없이 사랑하길 바란다. 무언가 후세에 남긴다면 가족뿐만 아니라 인류 전체에 도움이 되는 것이기를 바란다. 네 아이뿐만 아니라 인류에게 훌륭한 엄마로 기억되기를 바란다. 이것이 욕심 많은 아빠가 사랑하는 큰딸 하연이에게 바라는 소망이다. 내일 행복한 생일을 보내고 다가오는 새해에는 희망하는 모든 게 이루어지는 벅찬 나날로 채워가길 바란다.

2021. 12. 14.(화)

아, 아버지

떠나는 길에

미안하다. 너무 원망하지 마라. 누구 못지않게 화려한 삶을 꿈꾸었으나 환경이 갖춰지지 않았고, 상황이 따라주지 않았고, 능력이 부족하였으며, 의지마저도 모자랐다. 특별한 행운을 기대하였으나 그마저도 내 차지가 아니었다.

세상을 몰랐다. 제대로 이해할 수 없었고, 그럴 기회조차도 없었다. 1929년 동짓달 엄동설한, 온 백성이 핍박받는 망국의 설움으로 떨던 시절 태어나, 가난하게 사는 것도 모자라 일찍 아버지를 여의고 홀로 세상을 견뎌야 했다. 어머니는 만리타국에 있었고, 작은어머니는 배다른 누이동생을 데리고 만주로 떠났다.

부모 형제 없는 천애고아(天涯孤兒), 동네의 천덕꾸러기 신세에 배울 기회가 있을 리 없었다. 동네 아이들 다니는 서당을 기웃거려 한글을 읽을 수 있었던 게 배움의 전부였다.

열서너 살이 되어서야 일본으로 떠났던 어머니가 돌아왔으나 힘든 세월을 고스란히 홀로 견딘 서러움에 제대로 마음이 가지 않았다. 아버지가 첩을 얻는 등 어머니에게도 사정이 있었을 것이나, 어린 나이에 이해할 수 없었다. 버림받은 아이가 받을 수밖에 없는 온갖 수모만 기억할 뿐이다.

해방이 되었으나 달라질 건 없었다. 나라 이름이 바뀌었다고 먹을 게 생기는 건 아니다. 시골에서 변한 건 없었다. 지주는 그대로 지주고, 머슴은 그대로 머슴이었다. 몸밖에 가진 게 없던 나는 어려서는 비렁뱅이 자라서는 부잣집 머슴이었다.

전쟁이 터졌다는 소문이 돌았다. 좌익과 우익의 의미를 모르는 시골 사람은 다만 두려울 뿐이었다. 난리 통에 불귀의 객이 되지 않는 것만이 솔직한 바람이었다. 영장이 나왔지만 입대한 청년은 없었다. 경찰과 인민군이 교대로 잡으러 왔지만, 산속에 숨어서 잡혀가지 않아 입대하지 않았다. 전쟁의 원인과 실상을 모르는 터에 까닭 없이 휘말리지 않고 생존하려는 목적은 달성한 셈이다.

가진 것이라곤 몸뚱어리가 전부인 것도 이유지만, 하필 결혼 시기에 난리가 터져서 스물넷 늦은 결혼을 하였다. 없는 집에서 자라 더 없는 집으로 시집온 아내가 불쌍하지 않은 건 아니지만, 당시 관습대로 약간의 못마땅한 일에도 매정하게 대하였다. 지나고 나니 잘못이었고 해서는 안 될 행동이었으나, 당시에는 처자식 구타는 오히려 당연하였다. 그렇더라도 모자란 남편을 마다하지 않고 열심히 살려는 아내에게 모질게 대한 것도, 엄마가 무지막지하게 매 맞는 모습을 자식에게 보인 것도 미안하다.

살아오면서 한 잘못이야 손으로 꼽을 수 없을 정도지만, 일확

천금을 노리고 손댄 도박과 가족도 제대로 건사하지 못하는 처지에 뭇 여성과 스캔들에 아내가 더 힘들었을 것이다. 말로는 성인의 말을 읊었으면서도 행위는 평범하였던 안팎이 조화롭지 않았던 지난날이었다. 지금은 후회한다. 생존본능은 강렬하였으나 현명하지 못했고, 물질적 가난 못지않게 메마른 영혼이었다. 욕망과 비교하면 초자아는 보잘것없었다.

아무것도 내세울 게 없던 터에 자식 많은 걸 자랑하였으나, 일찍 자살로 삶을 마감한 큰딸과 남부럽지 않게 살지 못하는 자식이 계속 자랑일 수는 없었다. 무지몽매한 탓에 나이만 들면 알아서 돈 벌어 올 것으로 믿었고, 자식 처지는 생각하지 않고 돈만 가져오라고 다그쳤던 내가 죄인이다. 아버지를 이유로 딸이 자살하였다면 그 무슨 말이 필요하리오, 이제 죽어 아무것도 모른다면 모르거니와 혹여라도 죽은 딸을 만나게 된다면 무슨 변명을 하리오!

늦게라도 잘살아 보려는 마음에 맞벌이 막일을 하였으나 결과는 굶주림을 면하는 수준이었다. 처형댁 더부살이 수모를 참으면서 몸부림쳤으나 한 번도 본 적 없는 행운이 돌아오진 않았다.

제대로 가르친 자식은 없으나 일할 수 없는 나이에 용돈이라도 추렴해주는 자식에게 면목이 없었다. 호의호식은 아니었어도 일하지 않고 편하게 생활한 시기는 분에 넘치는 호사였다.

아내가 기독교에 귀의한 이후 부부간 형세가 역전되었고, 자식 중 누구도 내 편이 아니었어도 불행하지는 않았다. 평생 먹여 살렸어도 늙어서 딴 살림 차리는 여자나 부모 알기를 지나가는 똥

개 정도로도 여기지 않는 자식이 얼마나 많던가? 나의 많은 허물에도 남편이나 아버지로 인정하는 것만으로도 황송해야 하리라.

평생을 즐겁게 보낸 적이 드물었으나, 느지막이 자식 용돈 받으며 편안하게 사는가 하였다. 그 시간은 오래가지 않았다. 나이 여든이 되자 이곳저곳 이상이 생기기 시작한 터에 아내의 뇌졸중은 삶의 급격한 내리막이었다. 어쩔 수 없이 셋째와 합쳤으나 낯선 부대 생활과 며느리 수발은 아내와 둘이 살 때와 같을 수 없었다. 며느리는 최선을 다한다지만 하는 일 없이 스물네 시간 시중받는 일이 마음 편할 수 없었다.

그래도 얼마나 좋았던가? 끼니마다 고기반찬이 빠지지 않았고 철마다 꽃구경, 단풍 구경시켜주지 않았던가? 셋째네는 힘들고 고통스러웠을 것이나, 우리는 마음만 불편하고 모든 게 좋았다. 그러나 좋은 건 끝나가고 있었다. 멀쩡한 육체와 달리 영혼은 급격히 늙어가고 있었다. 기억도 사고도 할 수 없어진 것이다.

벌써 요양병원에 온 것이 몇 해째든가? 기억할 수 없고 사물을 식별하지 못한 것이 얼마나 되었는지 모른다. 걷거나 움직이는 건 고사하고 숨쉬기도 힘들다. 이제 때가 된 것이다. 뜻대로 태어난 세상은 아니지만 언제 어떤 형식으로 이 세상을 떠날지 궁금하였다. 이제 대충 짐작할 만하다. 의식이 멀어지고 숨 쉬는 게 힘든 것으로 보아 머지않아 처음 왔던 그곳으로 돌아가리라.

미안하다. 나도 사는 것이 힘들었지만, 나로 하여 세상에 오게 된 자식과 평생 고생만 시킨 아내에게 미안하다. 원망하지 마라. 원망하지 않을 수 없겠지만 아버지에게 주어진 환경과 상황은 가진 능력과 의지만으로 헤쳐 나가기에 과중하였다. 변명하는 아버지가 밉겠지만 너무 미워하진 말아라. 결과는 좋지 않았으나 의도마저 그런 것은 아니었으니…….

아흔셋이니 살 만큼 살았다. 억울하지도 분하지도 슬프지도 않다. 누구나 때가 되면 가야 할 곳, 그곳으로 돌아가는 것뿐이다. 슬퍼하지 마라. 오래 기억할 필요도 없다. 다만 아버지를 반면교사로 삼아 살아서는 보람차고 행복하게 살고 떠날 때 후회하지 마라. 떠날 때 회한을 남기지 말고 살아서 모든 에너지를 사용해라. 제대로 살지 못했고, 가장으로서 가족을 행복하게 하지 못한 못난 아비의 마지막 부탁이다. 죽어서 이름을 남기려 말고 살아서 행복하라.

아버지의 마음으로

* * *

아버지는 움직이지도 혼자서 먹지도 못하신다. 몸은 앙상하고 숨쉬기에도 힘들어하신다. 생물학적 의식은 있으나 인간 의식은 사라진 지 오래다. 당연히 말씀도 할 수 없다. 아버지의 유언을 본 적은 없다. 개인적으로 남긴 말씀도 없다. 이 글은 누워 계신 아버지를 바라보면서 아버지의 인생을 내가 그려본 것이다. 아마 아버지가 말할 수 있고 할 말이 있다면 이런 말이리라.

어떤 도움도 줄 수 없고 홀로 마지막 떠나는 길에 사투하고 계실 아버지께 용서받고 싶다.

'살면서 원망하고 미워했던 아들을 용서해주십시오. 누구의 인생도 찬란하지만은 않습니다. 주어진 형편대로 최선을 다한 아버지 죄는 없습니다. 혹시 내세가 있다면 영원한 안락을 기도합니다.'

2021. 6. 24.

아빠

나는 아버지를 아빠라고 불러본 기억이 없다. 아버지는 언제나 집안의 절대 권력자, 말이 곧 법이었다. 물론 아버지가 왕은 아니다. 대한민국 농촌 최빈곤 가장이었다. 대외적으로는 약자였을지도 모르지만, 집안에서는 할머니를 능가하는 왕이었다.

아버지를 아빠라고 부르지 못한 이유는 내가 서자나 양자라서가 아니었다. 아버지가 무서웠다. 내가 태어났던 1966년에는 분유나 우유가 없었다. 모유가 없으면 아사하는 게 당시 어린이의 운명이었다. 어머니가 임신하면 모유가 중단한다고 한다. 이미 태어난 아이보다 태내 아이의 생존이 더 중요해서일지도 모른다. 두 돌이 되기 전에 어머니는 동생을 임신하셨다고 한다. 아직 밥을 먹을 수 없는 시기에 모유를 먹을 수 없는 나는 무척 울었다고 한다. 그래서 어려서 별명이 '우내미'였다. 울어서 미워하는 아기라는 뜻이다.

애가 운다고 미워해서는 안 된다. 애는 배고프거나 아프거나 똥을 싸서 불편할 때 운다. 말로 표현할 수 없어서 소리로 신호하는 것이다. 밥 줘라, 아프다, 기저귀 갈아 달라는 신호가 우는 것이다. 어른은 경험으로 그 사실을 잘 안다. 알면서도 바쁜 와중에 처리해야 하는 '우내미'가 밉다. 원인이 무엇이라도 우는 아이는 밉다. 가능하다면 방긋방긋 웃어야 한다. 그것이 생존에 유리하다. 불행하게도 그때 나는 그 사실을 몰랐다. 알았다고 해도 실천하지는 못했을 것이다.

형과 동생에 비하면 너무 자주 우는 나를 아버지는 미워하셨다고 한다. 아버지가 어렸을 때 할머니가 혼자 멀리 떠난 적이 있어 아버지는 할머니를 미워하셨다. 할머니도 본인 잘못을 알면서도 할머니 사정을 이해하지 못하는 아버지를 미워하셨다. 아버지와 할머니는 세상에서 둘도 없는 모자간이었으나 사이가 좋지 않았다. 미워하는 이유의 타당성을 떠나서 아버지가 나를 미워한다는 사실로 할머니는 나를 편애하셨다. 형이나 동생 몰래 박하사탕을 주머니에서 꺼내 나에게 주시곤 했다.

사실 할머니와는 더 큰 인연이 있다. 어머니가 젖이 안 나와 하도 우니, 할머니께서 우는 나에게 젖을 물리셨다고 한다. 엄마 젖을 못 먹어 우는 아이가 나오지 않는 할머니 젖을 빤다고 배부를 리 없었다. 안타까우셔서 물린 젖이지만, 아무리 빨아도 나오지 않는 젖을 깨물어 젖꼭지가 떨어졌다고 한다. 실제로 초등학교 때 할머니 젖을 보니 왼쪽 젖꼭지가 없었다. 젖꼭지를 잃었지만,

할머니 사랑은 변함이 없었다. 나중에 잘살게 되면 맛있는 걸 사드리고 싶었으나 공군소위로 막 임관한 어느 날 세상을 뜨셨다. 받은 사랑의 만분의 일도 보답할 수 없었다.

아버지가 아들을 미워하는데 아들이 아버지를 사랑할 수 있겠는가? 나는 아버지가 무서웠다. 그래서 동생들은 아빠라고 불러도 아빠라고 부를 수 없었다. 현재 내 아이들은 스무 살이 넘었어도 나를 아빠라고 부른다. 나는 싫지 않다. 아버지라고 부르면 거리감이 느껴져서 싫다. 반말해도 괜찮다. 남이 봐서 싸가지 없는 자식이라고 할까 봐 두려울 뿐이다.

아빠라고 부르는 아이들이 사랑스럽다. 나이 스물이 넘어 체력으로는 나를 능가하더라도 내가 보기에는 형편없는 어린애일 뿐이다. 모든 게 확실한 믿음이 가는 성인이 아니다. 지나친 걱정일 것이다. 아마도 아이들은 내가 걱정하는 것, 또는 생각하지 못하는 미래를 염려하리라. 그래도 아빠라고 부르는 아이들은 내가 보기에는 여전히 어리다. 남자가 얼마나 무섭고 험악한 존재라는 걸 안다면 이쯤이면 아버지라고 할 텐데, 아이들은 아직 세상을 모른다. 딸들도 아들도 남자의 본질을 제대로 모르는 눈치다.

우리 아버지는 나를 몰라보신다. 치매 중증이 되신 지 오래다. 내가 어려서 기억하지 못할 때는 미워하셨는지 몰라도 내가 기억하는 다섯 살 이후에는 특별히 미워하신 적이 없다. 오히려 나를 빗대어 형이나 동생을 나무라신 적이 많다. 그래도 동생은 아빠라고 불렀어도 나는 아버지를 아빠라고 부른 적이 없다. 아무리 이성으로 가까이해도 각인된 의식을 바꿀 수는 없다. 내가 기억할 수 없는 기억으로 아버지를 아빠라고 부르지 못한 것이 아프다. 그래서 아빠라고 부르는 이미 성인인 세 아이가 귀엽다.

2021. 10. 4.(월)

아버지

아버지는 거대한 벽이었다. 글에서는 흔히 큰 느티나무로 표현되지만, 내게 아버지는 뛰어넘어야 할 거대한 벽이었다. 어려서 아버지보다 우월한 힘은 없었다. 아버지의 엄마 할머니도 우리의 엄마도 그냥 예속된 신민일 뿐이었다. 아버지는 무소불위 권력자였다. 보호자라기보다는 지배자였다. 폭력적인 지배자 앞에서 생존이 중요했다. 생존방식은 간단하였다. 복종이다. 폭력을 일삼는 권력자에게 살 수 있는 유일한 방법은 복종이다. 힘으로 반항할 수 없는 이상 일단은 몸을 굽혀야 했다. 맞는 것도 쫓겨나는 것도 생존에 도움되지 않는다.

가수 강진이 '막걸리 한 잔' 노래에서 말한 것처럼 아버지와 같은 삶을 살지 않기로 작정했고 아버지한테는 죄송하지만, 그 덕택에 어느 정도 성공하였다. 초등학교 5학년 열두 살 때 무지막지하게 맞는 엄마를 보면서도 아무것도 할 수 없는 무기력에 절망하면서 다짐하였다. '사나이 조자룡은 장가가지 않는다. 만약 가더라도 아내에게 욕하거나 때리지 않는다.'

결혼은 했고, 아내는 최선을 다했으며 누구보다도 집안일을 잘 처리하였으나 간혹 마음에 차지 않을 때도 있었다. 마음으로는 욕도 했고 주먹질도 했다. 다짐이나 맹세는 상황이 변했다고 어겨서는 안 된다. 어기는 순간 다른 사람이 된다. 화가 나서 화장실에서 수돗물 틀어놓고 엉엉 울면서도 아내에게 욕하지 않고 손찌검하지 않으려고 참았다. 물론 참지 않았다면 내 아내 성격상 같이 살지 않았을 것이다. 위기는 있었으나 아버지를 반면교사로 하여 넘겼다.

어려서 꿈꾸던 대통령도 장군도 되지 못했다. 그래도 실패한 인생이라고 생각하지는 않는다. 현재 행복하기 때문이다. 삶은 마음먹은 대로 되지 않는다. 작가랍시고 글을 열심히 쓰지만, 세상 사람에게 도움이 되지는 않는 것 같다. 글은 많이 쓰는 게 중요한 게 아니라 단 한 줄이라도 읽는 사람에게 울림을 줘야 한다. 그게 안 된다. 글을 잘 쓰지 못해 슬프지만 그래도 행복하다. 완전한 목적은 이루지 못했으나 하고 싶은 일을 하고 있기 때문이다.

결과가 중요하지만, 결과만 중요한 건 아니다. 칸트의 말대로 해야 하는 건 해야 하고, 해서는 안 될 일은 하면 안 된다. 기준은 법이 아니라 양심이다. 양심대로 살고 있어서 행복하다. 모든 이의 추앙을 받으면 더 행복하겠으나 능력이 안 되므로 어쩔 수 없다. 다른 사람에게 피해가 없다면 하고 싶은 일을 계속할 뿐이다.

아버지는 언제나 반면교사였다. 반면교사란 좋은 말이 아니다. 누군가의 좋지 않은 행위를 교훈 삼아 따라 하지 않는 게 반면교사다. 늘 어머니의 그늘에 있던 아버지는 이제 대화가 불가능하다. 돌아가시지 않았으나 의식으로는 돌아가신 것과 마찬가지다. 아무도 몰라보고 어머니마저도 못 알아보신다. 갑자기 눈물이 났다. 아버지는 자식인 나를 사랑했을 것이다. 나는 복종했으나 사랑하지 않았다. 엄마를 때리는 아버지가 미웠다. 가난하여 모든 게 부족한 것이 싫었다. 가난이 여러 이유와 원인이 있겠지만 가장 큰 이유는 아버지에게 있을 것이다. 세상이 어수선하고 아버지에게 불리한 상황이었더라도 불굴의 의지가 있었다면 가족을 굶주리게 하고, 자식이 중고등학교 진학도 할 수 없는 상황에 부닥치지 않았을 것이다.

나는 판단이 쉬웠다. 해답은 간단했다. 아버지가 해서 싫었던 행동을 하지 않으면 됐다. 남보다 탁월한 지능이나 재능이 없었음에도 이 정도의 평범한 삶을 살 수 있었던 건 전적으로 아버지를 반면교사로 삼은 덕분이다.

이제 모두 성장한 자식을 마음대로 할 수 없다. 한편으로는 내가 아버지께 가졌던 생각을 자식이 가질까 봐 두렵다. 세상에서 가장 무서운 건 핵이나 북한이 아니라 자식이다. 자식에게 세상에 불필요한 사람이나 무능한 아버지로 보이는 게 두렵다. 자식이 지적하면 옴짝달싹할 수 없다. 윤리나 법에 어긋나는 행위를 지적하면 거역할 수 없다. 때로 융통성이 없고 지나치게 고지식한 게 오히려 걱정이지만 그걸 따지긴 어렵다. 자식에게 이론적으로 불합리한 걸 주장할 수는 없지 않은가?

아버지는 고통스러웠을 것이다. 초등학교 때부터 감히 입바른

말을 지껄이는 자식이 밉고 두려웠을 것이다. 그러나 어찌할 것인가? 자식이 하는 말이 옳은 말이라면 부모는 거부할 수 없다. 스스로 부조리한 말과 행위를 한다면 나중에 자식을 가르칠 자격이 없다. 자식이 잘못된 길을 가는 걸 어쩌지 못하는 사람이 부모이겠는가?

아버지가 나 때문에 괴로웠을 걸 오늘에야 깨달았다. 아프다. 눈물이 난다. 자식에게 사랑받지 못하는 아버지 마음이란 무엇일까? 갑자기 통곡하고 싶어졌다. 내색하지 않았어도 아버지는 내가 미웠으리라. 때려주고 싶었으리라. 누구나 자식에게 자랑스러운 부모가 되고 싶다. 상황이 그렇게 되지 않았을 뿐이다. 자랑스러운 아버지가 되고 싶었어도 실천하지 못한 자신을 비웃는 자칭 똑똑한 자식을 대하기가 괴로웠으리라.

내가 어려서 아버지 때문에 힘든 것 이상으로 내가 장성한 이후에는 아버지가 힘들었으리라. 반면교사로 삼았을지언정 아버지를 따뜻하게 대할 수도 있었는데 그러지 못했다. 돌아보니 아버지는 장성한 나를 사랑한 게 아니라 두려워하신 거다. 내 마음을 읽고 앞에 서기가 떳떳하지 않았던 거다.

이제 어떤 말을 해도 아버지는 알아듣지 못하신다. 그럴 가능성은 없지만 내가 아무리 위대한 성취를 이루어도 기뻐하지 못하신다. 아프다. 이제야 불효가 무엇인지 알 것 같다. 아버지에게 불효한 자식이란, 자식이 아버지처럼 살지 않은 걸 자랑스러워하는 것이다. 물론 돌이킬 수는 없다. 나는 왜 자식이 두려우면서 부모가 나를 두려워할 것을 생각하지 못했을까? 사랑하지 않는 아들의 눈초리가 괴로울 것이라는 걸 깨닫지 못했을까?

마음속 깊이 아버지를 사랑하지 않는 걸 드러낸 옹졸했던 내가 싫다. 반면교사로 삼은 건 내 자유였으나 아버지는 아버지다. 기억하지 못하는 순간까지 아버지를 불편하게 했던 나는 아직도 어리다. 불혹과 지천명을 지나 이순에 닿아도 배워야 할 게 있다면 어린이일 뿐이다.

2021. 10. 12.(화)

아버지 떠나신 날

아버지가 세상을 떠난 날 세상은 잿빛으로 물들고 겨울을 재촉하는 차가운 비가 내렸다. 딸 공무원 시험이 있던 2021년 10월 16일 요양병원에서 아버지 위급을 알리는 연락이 왔다. 요양병원 생활 칠팔 년 피골이 상접(相接)한 외형에도 아버지는 끝까지 저승을 거부하고 죽음과 사투하셨다. 삶이 무엇인지는 몰라도 산 자에게 삶은 거부할 수 없는 운명이다.

딸 공무원 시험을 위해 아내가 자가용으로 출발한 후 아버지 임종 소식이 들렸다. 오래전부터 예견했음에도 준비된 절차는 없었다. 내가 해야 할 일은 없었다. 시험장에 딸을 내려놓고 아내가 부리나케 돌아왔다. 나와는 달리 황망한 가운데도 아내는 바쁘게 움직였다. 내 아버지 임종이고 내가 해야 할 일이 많아야 했으나 그렇지 않았다. 그저 망연자실한 사이에 2박 3일 장례 짐을 꾸린 아내를 따라나섰다. 나이 아흔셋 아버지가 떠날 날을 번연히 짐작하면서도 나는 보내드릴 준비가 되지 않았다.

모든 게 처음이었다. 나이 쉰이 넘었으나 상주 경험도 없었고, 세상을 통찰한 것처럼 말하고 글을 쓰면서도 장례절차에 아는 게 없었다. 장례식장 관계자의 말도, 상조회사 직원의 말도 낯설었다. 정확히 의미를 파악하기 힘들었다. 산 자의 세상을 살고, 산 자의 고민만 거듭하던 나에게 저승을 향하는 길은 생소하였다.

긴가민가 얼떨결에 장례절차를 계약하고 진영전문장례식장 201호실에 들어섰다. 아무것도 준비되지 않은 분향소는 을씨년스러웠다. 초유의 때 이른 한파 때문이 아니라 갈피를 잡지 못하는 마음 탓이리라. 예견된 죽음이었음에도 아버지의 죽음은 마음에 한파를 불렀다. 쓸쓸했다. 온몸으로 한기를 느끼면서도 슬프지 않았다. 내 삶의 한 축이 무너져 내렸음에도 슬프지 않은 내가 미웠고, 그 점이 슬펐다. 아버지 인생의 공과를 떠나서 이승을 하직하는 때 마땅히 자식이 슬퍼야 할 터였다. 눈물을 찔끔거리기는 했으나, 안타까움에 대성통곡하지 못하는 자신에 서글펴졌다.

감성이 풍부하고 부모를 끔찍하게 사랑하는 자식이었다면 주체하지 못할 정도의 슬픔으로 오열해야 마땅할 터였다. 그렇지 않은 나는 효자가 아니다. 충성과 효도가 인간 세상 최상의 가치가 아닐지라도 나는 국가에 충성하고 부모에게 효도하는 자로 남고 싶었으나 불행하게도 겉으로 드러난 태도에서 꿈꾸던 사람이 아니라는 게 증명되었다.

코로나 상황임에도 몇몇 지인이 찾아와 애도하였고, 괴로울 정도의 슬픔은 아니었으나 내 쓸쓸함을 위로하였다. 부모 잃은 자의 슬픔이 일지 않는 서글픔을 달래주었다.

아버지의 소천(召天)은 작은 기쁨도 주었다. 중학교 졸업 이후 한 번도 볼 수 없었던 어려서 어울려 놀았던 동네 형이 조문 왔다. 손님이 없을 것으로 지레짐작하여 쓰러져 자는 형제를 깨웠다. 한밤중에 벌어진 말 잔치로 시간 가는 줄 모르던 사이, 곧이어 어려서 가장 친하게 지낸 외숙모님과 사촌이 들어왔다. 칠대 독자인 아버지 친척이 없는 터에 십 리 거리에 있는 외가는 어린 시절 유일한 새로운 세계였다.

산을 두셋 넘어야 하기에 우리는 외갓집에 가는 걸 '산 넘어' 간다고 표현하였다. 산을 넘어간다는 뜻이 아니라 '산넘어'가 동네 이름으로 알았다. 그런데 외가 사촌도 우리 집에 놀러 오는 걸 '산넘어' 간다고 하는 걸 알았다. '산넘어'는 동네 이름이 아니라 산을 넘어서 우리는 외갓집에 가는 것이었고 사촌은 산을 넘어서 고모 집에 간다는 말이었다.

일 년에 두세 차례 왕복했던 외삼촌 내외와 사촌은 가족과도 진배없었다. 외삼촌이 일찍 돌아가셔서 너무나 가슴 아팠던 추억이 있다. 물론 외숙모님과 외사촌 형제들의 슬픔과는 비교할 수가 없을 터였다.

외삼촌은 무면허 운전 차량에 예순 젊은 나이에 비명횡사했다. 내가 그렇게 슬펐던 이유는 외삼촌이 유독 장교를 추앙하고, 공군 장교였던 나를 자랑스러워 하셨기 때문이었다. 동네에 자랑하려고 장교 정복을 입고 방문하길 원하셨으나 나는 외삼촌의 꿈을 이루어 드리지 못했다. 그렇게 떠날 줄 알았다면 다소 불편하더라도 공군 장교 정복 차림을 보여주었을 텐데……. 때늦은 후회는 무의미하다. 나는 힘들지 않은 외삼촌의 소망을 외면하였다. 내 앞날에만 골몰한 젊은 날의 나는 지독한 에고이스트였다.

그런 외숙모님과 사촌과 만나니 절로 술이 넘어갔다. 이미 여러 차례 전작이 있던 나는 만취하였다. 오늘 온종일 숙취에 괴로웠다. 이열치열, 숙취에 의지해 슬퍼야 마땅함에도 슬프지 않은 슬픔을 잊을 수 있었다.

오전 11시 30분에 입관식이 있었다. 몇 년 동안 제대로 먹지도 활동하지도 못한 아버지는 왜소하였다. 문자 그대로 피골이 상접(相接)하여 끝까지 죽음을 거부한 생명체에 대한 연민이 일었다. 젊어서는 자신과 가족의 생존을 위해 투쟁하였으나 치매로 판단력을 상실한 뒤로는 어떤 목적이 아니라 본능에 따른 삶이었다. 기억력과 판단력을 상실한 최근 몇 년은 사실상 삶이라기보다는 연명이었다. 가족이 오래 살기를 바라지만 그건 건강한 상태로다. 아버지의 삶은 본인과 가족 모두에게 고통이었다. 장수가 좋고 인간 생명이 무엇보다도 소중한 것이지만 이런 식의 연명이 인생이라고 표현해야 하는지는 의문이다.

오후에 아버지와 같은 요양병원에 입원 중이신 어머니께서 외출 나오셨다. 코로나 시국에 외출 금지지만 남편 사망에 따른 특별 허가였다. 분향소에 눈물을 글썽이며 들어서시는 어머니 모습이 애달팠다. 젊어서 열렬히 사랑해서 한 결혼이 아니었고, 찢어지게 가난한 농사꾼이면서도 강력한 가부장이었던 아버지께 많은 고초를 겪었으며, 다시 가고 싶지 않은 모진 세월이었으나 함께한 70년은 길었다. 숱한 애증의 결과는 단지 추억일 뿐이다. 힘들었던 긴 세월 유일한 전우이자 동지였다. 강력한 독재자이자 유일한 남편이며 삶의 벗이었던 사람이 다른 세상으로 떠나는 마당에 소회가 없을 리 없었다. 아무리 자식을 사랑하고, 자식이 부모를 사랑해도 평생을 함께한 부부와 같을 수는 없다. 어머니는 만감이 교차하는 표정으로 서글퍼하셨다.

아버지가 돌아가신 처음 이틀은 뜻밖의 때 이른 한파로 몸과 마음을 떨게 하였으나, 화장(火葬)하는 오늘은 맑고 따뜻하였다. 오랜 병원 생활과 많은 연세 탓에 드라마와 같은 슬픈 이별 장면은 없었다. 세상을 지탱하던 한 축이 무너짐을 자식 각자 마음에 새길 뿐이었다. 어떤 소란이나 이변 없이 아버지의 지상에서 마지막 날은 흘러갔다. 파란만장했던 지난 삶과 비교하면 너무나 단출하였다.

장지인 고향 부여 선산까지는 네 시간 거리다. 각자 자가용으로 아버지와 어머니 고향 사이에 있는 선산으로 모였다. 유골함을 나무 밑에 묻고 기도하거나 재배하였다. 그것이 아버지가 세상을 떠나는 마지막 의례였다. 살아서는 복잡다단하였으나 떠나신 후 이승에서 할 일은 간단하였다.

아버지의 삶이 타인에게 모범이 된 건 아니다. 그러나 부모 형제 재산 없이 해방 전후 험난한 세월을 홀로 견디면서 세상에 남긴 육 남매다. 남긴 자식이 모두 훌륭하게 살아간다고 자부할 수 없더라도 아버지가 처한 상황에서 남긴 업적이라면 흠잡을 수 없으리라.

장지에서 하산하여 대로에 이르자 눈부시게 푸른 가을 하늘에 한 무더기 뭉게구름이 일었다. 가운데가 하트모양으로 뚫린 구름이었다. 구름을 통하여 아버지께서 우리에게 말하는 것 같았다.

"힘들었으나 행복한 삶이었다. 이젠 어떤 욕망이나 고민 없이 편안하다. 언젠가 마주할 삶의 끝까지 사랑하고 행복하라. 사랑이 생명의 본분이고 사랑이 곧 삶이리라. 사랑으로 행복하라!"

갑자기 눈물이 흘러내렸다. 내 삶의 한 축이 무너져 내린 안타까움 때문이 아니라 자식에게 무척 듣고 싶었을 말 한마디를 하지 못했다는 죄책감이었다. 가끔 연민하고 아파하였으나 아버지는 내게 존경과 사랑의 대상이기보다는 반면교사였다. 아버지의 말과 행동을 유심히 관찰하였다면 그건 보고 배우기 위해서가 아니라 잘못을 따라 하지 않으려는 마음의 다짐이었다. 단 한 번도 아버지께 존경한다거나 사랑한다는 말을 한 적이 없었다. 많은 자식이 있어도 누구도 자신을 존경하지도 사랑하지도 않았다면 내색하지 않으셨어도 얼마나 가슴 아팠을 것인가? 갑자기 눈시울이 뜨거워지고 가슴이 쓰라렸다.

"아버지, 죄송합니다. 살아생전에 단 한 번도 말씀드리지 못해 정말 죄송합니다. 사랑합니다. 존경합니다. 더는 아파하지 마시고 편안히 영면하십시오."

2021. 10. 18.(월)

제3부

자아 탐색

사람에게 존중받고 싶은가?
대중이 환호하는 인기 있는 사람이 되기를 원하는가?
길조가 돼라.
타인의 비난에는 침묵하고
칭찬에는 의기투합하는 사람이 돼라.
오늘 길조를 보기를 원한다면
그대가 타인에게 길조가 돼라.

본문 '길조'에서

늙어서 조심할 것

나이 들면 흔히 양기가 입으로 오른다는 말이 있다. 다른 신체 부위 노쇠화와는 다르게 입만은 혈기왕성하다는 말이다. 그럴 만한 이유가 있다. 모든 신체가 노화하여 활기가 떨어지나 경험이 쌓이는 만큼 할 말은 줄지 않는다. 전문적인 연구나 깊은 사유가 아니더라도 들은풍월만으로도 그럴듯한 논리 전개가 가능하다. 진짜 전문가가 아닌 이상 깊이를 알 수 없다. 대부분 젊은이에게 어른인 체할 수 있는 이유다.

늙어서 무엇을 조심해야 하는가?

첫째는 말하지 않는 것이다. 침묵하는 것이다. 침묵이란 함구하는 것이 아니다. 경험이 많은 만큼 대부분 언어는 소음에 불과하다는 사실을 잘 안다. 열심히 떠들어도 결과적으로 무의미하다. 알면서도 지껄이는 것은 버릇이다. 빈약한 지식임에도 타인의 조그마한 무지에 참을 수 없는 것이다.

침묵은 말을 하지 않는 것이 아니라 해야 할 말만 하는 것이다.

누군가의 질문이나, 참견하지 않아 위기에 처할 상황이라면 말해야 한다. 말은 자신의 필요나 버릇에서가 아니라 상대의 요구나 필요한 상황에서 해야 한다. 할 말만 하는 노인의 말에는 무게가 실린다. 누구도 무시할 수 없다. 지식과 경험이 풍부한 노인의 침묵은 모든 이의 외경을 부른다.

둘째, 현재 자기 기준으로 말하지 않는다. 노인이 보기에 세상은 특별할 게 없다. 때로는 두렵고 신비하거나 놀랍도록 아름다운 경관에 감탄하지만, 세월이 흐를수록 무덤덤해진다. 요즘은 TV를 통해 보는 다양한 견문으로 새로울 게 없다. 아무것도 아닌 일로 호들갑을 떠는 젊은이를 보며 짧은 식견을 비웃는다. 너무나 쉽고 하찮은 일에 놀라는 젊은이의 얕은 견문과 사고에 절로 웃음이 나온다.

웃을 일이 아니다. 칠팔십 년을 살아온 사람과 십여 년을 산 사람 세월의 차이지 재능이나 지혜와는 무관하다. 늙은이도 젊어서는 마찬가지였다. 현재 더 많이 알고 우월적 지위라고 하여 함부로 평가하거나 무시해서는 안 된다. 불과 몇 년 후에는 완전히 역전된다. 핸드폰이 마음대로 작동하지 않거나 어떤 오류가 생기면 어쩔 줄 모르다가 손주를 찾으리라. 나이나 경험 많은 게 자랑거리는 아니다. 늙어서 겸손할 때 젊은이와 교류할 수 있다.

셋째, 자기가 경험한 기준으로 말해서는 안 된다. 연륜이 말하듯 젊은이에 비교하면 지식과 경험이 풍부한 건 당연하다. 그걸 생각 없이 내뱉어서는 안 된다. 젊은이의 상황은 노인이 경험한 상황과 다르다. 오십 년 전에 컴퓨터가 세상을 지배할 것으로 예측하였는가? 개인이 휴대용 컴퓨터를 지참하고 24시간 상호 교류할 것을 상상한 사람이 있는가? 단지 노인이 어렸을 적 경험으로 젊은이를 지도한다면 시대착오다. 노인이 말하는 게 사실일지라도 절대 젊은이가 수용하지 않으리라.

말하기 전 고민해야 한다. 과거와 현재의 차이를 숙고해야 한다. 자신의 경험을 현재에 대비하여 젊은이의 처지에서 설명해야 한다. 경험이 무의미한 건 아니지만 현재 상황을 고려하지 않은 가르침은 설득력이 없다. 어려서 경험할 때 느낌을 현재 젊은이가 겪는 상황으로 전환하여 설명할 때 비로소 훌륭한 가르침이 되리라. 뭇사람이 공경하리라.

넷째, 함부로 예측하지 않는다. 세상은 빠르게 변한다. 전문가나 미래학자도 세상의 변화를 따라잡지 못하여 쩔쩔매는 실정이다. 코로나바이러스로 전 세계의 경기가 후퇴해도 주가는 폭등하고, 주택보급률이 백 퍼센트를 넘는 상태에서 부동산 안정을 위한 온갖 정부의 정책에도 집값은 나 몰라라 상승한다. 예측이 무의미하다.

타 생명체에 비교해 유일하게 우월한 게 사고력인 인간으로서 앞날을 예측하지 않을 수 없고, 나름대로 예상하여 준비해야 하겠지만 어설프게 속단해서는 안 된다. 빈약한 지식과 불확실한 경험으로 예단한 미래는 절대 뜻대로 흘러가지 않는다.

젊은이가 묻는다면 심사숙고하여 답변하되 절대로 자신의 견해를 확신해서는 안 된다. 담백하게 자신의 의견만 개진하면 된다. 마치 선지자나 예언자라도 되는 양 허풍을 떨어서는 안 된다.

얼마 가지 않아 밑천이 드러난다. 큰소리친 말이 맞지도 않는 허풍쟁이를 누구도 상대하지 않으리라.

행동으로 증명하고 업적을 남기는 것보다 말은 비교적 쉽다. 지식이 풍부하지 않고 지혜가 탁월하지 않더라도 젊은이에게는 우월할 수 있다. 쉽다고 해서 함부로 말해서는 안 된다. 늙어가면서 주의할 것은 여러 가지지만 가장 중요한 건 침묵이다. 침묵은 무조건 함구하는 게 아니라 필요할 때 해야 할 말만 하는 것이다. 결코, 타인이 원하지 않는 말을 장황하게 늘어놓아 신뢰를 잃어서는 안 된다.

젊은이에게 모든 게 뒤처지는 현실에서 조금 앞서는 지식과 경험마저 무시당한다면 사는 게 괴로우리라. 삶이 행복하지 않으리라. 뻔한 사실을 말하지 않는 게 괴롭더라도 참아야 한다. 상대가 질문할 때까지 심사숙고를 거듭해야 한다. 위기 상황에서 다급한 젊은이의 질문에 일목요연하게 원인과 과정과 예상되는 결과를 설명한다면 존중받을 것이다. 모든 이가 외경하리라. 늙어서 슬프거나 외롭지 않으리라.

2021. 8. 20.(금)

길조

사람은 길조(吉鳥)를 좋아한다. 길조는 행운을 부르는 새다. 불운한 미래를 원하는 사람은 없다. 불길한 앞날을 예견하는 흉조는 살아서 보지 않기를 바란다. 모든 사람이 원하는 길조(吉兆)는 무엇인가?

한국에서는 까치를 길조(吉鳥)라고 한다. 까치가 시끄럽게 울면 반가운 손님이 올 징조라는 것이다. 길조는 좋은 소식을 알리는 새다.

사람이 길조를 좋아하면서도 스스로 길조가 되기를 마다한다. 살다 보면 길흉화복과 희로애락은 번갈아 오게 마련이다. 좋은 소식만 전하는 사람이 있는가 하면 어떤 사람은 좋지 않은 소식 전하는 걸 즐기는 사람이 있다. 누가 사람에게 사랑받겠는가? 좋은 소식을 전하는 사람은 언제라도 반가워할 것이다. 기분 나쁜 소식을 전하는 사람은 만나는 자체로 불쾌해진다.

어떤 사람이 될 것인가? 타인에게 환영받는 사람과 괄시받는 기준은 지위나 외모와는 무관하다. 그 입에서 나오는 말에 달려 있다.

주로 타인의 비난에 집중하는 사람이 있다. 칭찬거리를 찾는 건 쉽지 않지만, 비난거리는 비교적 쉽게 보인다. 타인의 동의를 구하기도 쉽다. 술자리에서 정치인을 안주로 삼는 이유이기도 하다. 사실 정치인을 안주로 씹는 사람의 수준을 분석해 보면 욕하는 정치인 발밑도 따라가지 못할 사람이 허다하다. 정치인에 비교하여 주목받지 않는 위치에 있기에 잘못이 드러나지 않았을 뿐이다.

타인을 칭찬하는 건 쉽지 않다. 타인의 비난에는 쉽게 동의하는 사람도 칭찬에는 얼른 호응하지 않는다. 확실한 근거를 제시해야 마지못해 동의한다. 타인이 자신보다 우월한 걸 바라지 않는 게 인간의 본성이다. 비난은 쉬우나 칭찬은 쉽지 않다. 타인이 자신보다 우월하다는 걸 인정하는 건 불쾌한 일이다. 그래도 욕하는 사람보다는 칭찬하는 사람 주변에 사람이 모인다.

단정하고 예의 바른 사람을 원한다면 자신도 타인에게 그러한 모습을 보여야 한다. 자연스러운 모습을 보인답시고 덥수룩한 수염과 냄새나는 몸과 체육복 차림으로 사람을 대하면서 상대는 말쑥한 정장 차림을 원한다면 제정신이 아니다.

사람에게 존중받고 싶은가? 대중이 환호하는 인기 있는 사람이 되기를 원하는가? 길조가 돼라. 타인의 비난에는 침묵하고 칭찬에는 의기투합하는 사람이 돼라. 오늘 길조를 보기를 원한다면 그대가 타인에게 길조가 돼라. 좋은 조짐(吉兆)도 좋고 좋은 소식을 전하는 새(吉鳥)도 좋다. 타인이 원치 않는 불길한 흉조(凶兆·凶

鳥)보다는 길조가 좋다.

2021. 8. 21.(토)

관조(觀照)

관조(觀照)란 감정의 동요 없이 사물을 바라보는 것이다. 자신을 포함한 사람이나 세상만사를 감정의 동요 없이 바라볼 수 있는가? 무언가를 바라보는 시선에서 자신을 제거하고 바라볼 수 있는가? 대부분 불가능할 것이다.

왜 흥분하는가? 왜 희로애락을 느끼는가? 자신과 관계있기 때문이다. 부모 형제나 처자식이 뜻하지 않은 사고로 불귀의 객이 된다면 태연할 수 없다. 가족은 가장 중요한 사람이다. 사람이 아무리 많다 한들 한 명 가족만 못하다. 슬퍼하지 않을 수 없다. 왜 관조하지 못하는가? 자신과 깊이 결부되기 때문이다. 부모 형제 처자식의 사고사를 보는 시각에서 자신을 제거하면 무덤덤하다. 타인의 사고는 늘 있는 일 아닌가? 전혀 새삼스럽지 않은 일에 왜 흥분한단 말인가?

가장 정의로운 사고는 자신을 제거한 상태에서 사물을 볼 때 발현한다. 누군가 다툴 때 자신과 친소관계를 배제할 때 공정하게 시비곡직을 가릴 수 있다. 이웃 국가 간 전쟁에서 어느 편이 부당한가는 자신을 배제한 시각에서 정확하게 판단할 수 있다.

내 시각으로는 독도가 자기 땅이라고 주장하는 일본은 엉터리다. 일본인 시각으로는 안중근 의사가 테러리스트로 보일 수 있다. 공정한 시각은 아니다. 정의나 공정 평등을 말할 때 온전히 자신을 제거해야 치우치지 않은 의견이 된다.

사람이 매사에 만인이 보기에도 틀림없는 판단을 하려면 대상에서 자신을 지워야 한다. 대상을 자신과 전혀 무관한 상태로 관찰할 때 실체가 적나라하게 보인다. 나와 우리의 이익을 초월할 때 공정해진다. 모든 이가 결정에 따를 것이다. 그것이 관조의 결과다.

관조란 인간의 시각으로는 지극히 어려운 일이다. 인간이 상상한 최고의 존재, 전지전능한 신이라야 가능할 것이다. 붓다가 말한 무아란 자아라는 실체가 없다는 뜻이 아니라, 사고에서 자신을 제거한 상태에서만 본질을 직시하고 진리를 볼 수 있다는 말인지도 모른다.

바라보는 세상에서 자신의 이해관계를 완전히 떨쳐내야 하는 관조란 어려운 일이다. 그래도 타인의 존중과 신뢰를 얻기 위해서는 모든 사물에서 자신을 제거하고 바라보는 시각을 훈련해야 한다. 관조해야 한다.

2021. 8. 26.(목)

왜 오늘 최선을 다해야 하는가

오늘 해야 할 일은 반드시 하라고 합니다. 내일로 미루지 말라고도 하지요. 주어진 일에 최선을 다하라는 말도 자주 합니다. 왜 오늘 최선을 다해야 할까요? 모든 생명체와 마찬가지로 사람도 단 한 번만 살기 때문이지요. 대충 산 오늘을 다시 살 방법은 없습니다. 대충 산 결과로 나타나는 내일을 바꿀 수도 없지요. 오늘 최선을 다해야 한다는 말은, 지나고 나서 후회하지 말라는 말입니다.

오늘 해야 할 일은 가장 행복하거나 즐거운 일입니다. 누구나 행복하기 위해 산다고 하지요. 오늘 해야 할 최우선 과제는 해서 행복한 일입니다. 해야 할 일이 산적하였더라도 즐기고 행복할 일이 우선이지요. 당장은 괴롭더라도 앞으로 1년이나 30년간 행복이 보장되는 일이라면 먼저 해야 할 수도 있습니다. 고민한다고 정답이 있는 건 아니지만 오늘 다소라도 행복할 것인지, 내일이나 미래의 더 큰 행복을 위한 일을 할 것인지 판단해야 합니다.

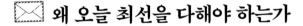

어쨌든 결단을 내려서 오늘 할 일을 해야 합니다.

게임이나 하고 수다나 떨면서 대충 사는 게 행복하다면 그렇게 사는 것이 좋습니다. 대신 나중에 후회하지 않아야 하지요. 후회하지 않는 삶, 이 말이 중요합니다. 어떤 사람도 세상을 하직할 때 느끼는 감정이 인생무상이라고 합니다. 하룻밤 꿈같다는 말도 종종 듣습니다. 실패한 사람이 아니라 자타가 공인하는 성공한 사람도 허무를 느낀다면 어떠한 삶도 완벽할 수는 없습니다. 허무를 덜 느끼기 위해서는 죽는 날까지 매일매일 살아가면서, 매일매일 죽어가는 걸 알아야 합니다. 아무 생각 없이 오늘 하루를 넘길 게 아니라 한 일에 대한 보람과 헛되이 보낸 시간에 아쉬움을 곱씹어야 합니다. 그 과정이 평생 쌓인다면 죽는 날 덜 아쉽지 않을까요?

누구에게도 삶은 가볍지 않습니다. 완벽하게 갖추어진 사람도 고민할 건 있게 마련입니다. 재벌이나 대통령 자녀도 가볍게 살 수는 없다는 말이지요. 태어나는 순간 각자에게는 짐이 있습니다. 그 짐을 짊어지고 떠나는 여행이 인생입니다. 인생이란 진리를 찾아 세상을 헤매는 것이지만, 자아를 찾는 것이기도 합니다. 불교에서는 세상과 자신이 하나라고도 합니다. 범아일여(梵我一如)라고 하지요. 어쨌든 세상을 헤매다 보면 자신이 보이기도 하고, 자신에 깊이 침잠하다 보면 세상의 이치를 깨닫기도 합니다. 세상 전부가 자기 마음속에 내재하고, 자신은 세상 일부이기도 합니다.

세상에 자신의 존재를 드러내고 삶의 흔적을 남기면서 참 자아를 찾아가는 과정이 인생이라 하겠습니다. 세상 사람에게 인정받기 위해서도 스스로 만족하기 위해서도 오늘 하기로 한 일은 마쳐야겠지요. 그것이 오늘 최선을 다한 겁니다.

일만 열심히 할 필요는 없습니다. 쉬지 않고 공부만 할 필요도 없어요. 오늘 하루도 소중한 인생의 일부인데 괴로움으로만 채워서는 안 되지요. 할 일은 하면서도 먹고 즐겨야 합니다. 내일과 미래를 위하여 오늘을 온전히 희생해야 한다는 말은 누가 했더라도 틀린 말입니다. 아무리 거창한 목적의 성공이라도 죽고 싶을 정도의 괴로움을 참을 필요는 없습니다. 차라리 목표를 낮추거나 목적을 바꾸는 한이 있더라도 말이지요.

그러나 스스로 할 일로 정했고, 더 낮출 수 없는 마지노선이라면 괴롭다는 생각을 바꿔야 합니다. 아름다운 삶과 품위 있는 생활을 위한 행복한 준비 기간이라고 말이지요. 성공한 정치인, 사업가, 운동선수뿐만 아니라 그다지 성공하지 못한 사람조차도 무시 못 할 준비과정이 있습니다. 겉으로 보이는 것은 대수롭지 않아도 아픔은 숨어 있게 마련이지요.

오늘 하는 공부나 힘든 일도 스스로 꿈꾸는 인생의 작은 과정이라는 점을 인식한다면 괴로움은 줄어듭니다. 가기 싫은 등산이나 하기 싫은 축구를 누군가 시켜서 한다면 고통스러운 사역이지만, 스스로 원해서 하는 등산이나 축구는 비 맞으며 해도 즐겁잖아요? 일체유심조지요. 모든 것은 마음먹기 달렸습니다. 남 보기에는 최선을 다하는 힘든 노력도 습관으로 하면 아무것도 아닌 일상입니다. 김연아나 손흥민이 보이지 않는 곳에서 하는 뼈를

깎는 노력도 그저 숨 쉬고 밥 먹는 정도의 일상일 뿐이지요.

누구나 위인을 상상하고 화려한 인생을 꿈꿉니다. 상상을 실현하기 위해 오늘 할 일을 정하고 실천하였다면 첫걸음은 뗀 셈입니다. 조금 지루하겠으나 오늘 해야 할 일을 반드시 하는 걸 이삼십 년 습관으로 지속한다면 자기가 원하던 삶의 모습이 현실로 바뀔 겁니다. 단지 오늘 하루 최선을 다했을 뿐인데 말입니다.

2021. 9. 11.(토)

아름다운 청춘

청춘은 아름답다. 민태원의 청춘 예찬이 아니더라도 젊은이는 척 봐도 아름답지 않은가? 뽀얀 피부와 반짝이는 눈동자, 날씬한 몸매, 상큼한 미소를 보면 저절로 마음이 밝아지고 꽃향기가 느껴지지 않는가? 청춘은 아름답다. 그러나 청춘의 한가운데를 지나고 있는 젊은이는 모른다. 경험한 사람만이 알 수 있는 것이 청춘의 아름다움이다. 지날 때는 몰랐으나 지나고 나니 가장 찬란하였음을 깨닫는다.

인생은 고해다. 누구에게도 편안한 삶이란 존재하지 않는다. 김난도는『아프니까 청춘이다』라는 책을 냈으나, 아파서 청춘은 아니다. 어린이든 젊은이든 늙은이든 아픈 건 마찬가지다. 다만 감수성이 예민하며, 경험하지 못한 게 많은 젊은이가 처음 겪는 고통이 더 아프게 느껴질 수는 있다. 강도나 횟수에서는 전 인생에 고루 퍼져 있는 아픔이라도 젊은이에겐 더 크게 다가올 수 있다. 청춘은 아프다.

시대도 청춘 편이 아니다. 시간이 천천히 흐르던 선사시대나 지난 역사와 달리 급변하는 시대에 젊은이가 배우고 대처해야 할 건 너무나 많고 힘들다. 변화 추세 예측도 어렵다. 삼사십 년 전에는 학교와 사회에서 처음 배운 지식으로 평생을 살았다. 한 우물을 파면 성공하거나 최소한 평범한 삶은 보장되었다. 현재는 아무리 스펙을 쌓아도 취직도 정년 보장도 되지 않는다. 아무리 노력해도 불확실한 미래는 해소되지 않는다. 이건 개인의 문제가 아니라 시대 상황의 문제다.

누구나 자기 주변에 영향을 받는다. 주변이란 곧 그 사람의 환경이다. 자연과 사람과 주어지는 상황이 포함된다. 한국의 젊은이는 헬조선이라고 표현하며 대한민국과 기득권을 원망한다. 영토가 작고 자원이 거의 없다시피 한 한국이 외국에 비교하여 더 경쟁이 치열한 것은 사실이지만, 현재 발생하는 문제가 한국만의 문제는 아니다. 저출산 고령화, 부의 양극화, 집값 폭등, 일자리 감소와 청년 실업은 세계적인 추세다. 모든 선진국이 안고 있는 문제다. 헬조선이란 말은 절반만 맞는 말이다.

아름다운 청춘이건만 아름다움을 느낄 수 없고, 비슷한 상황이라도 더 아픔을 느끼는 청춘을 어떻게 보낼 것인가? 젊을 때 느끼지 못하더라도 늙어서 청춘을 아름답게 살았노라고 추억하려면 어떻게 살아야 하는가? 현실에 만족하여 행복하라는 말도, 지속적인 노력과 경쟁으로 성공하라는 말도 정답이 아니다. 몇 가지 고정관념을 바꾸어야 한다.

첫째, 명문대 진학에 목매지 마라. 명문대 졸업이 취업과 진급을 보장하던 시대는 지났다. 일류대 나온 실업자가 수두룩하다. 명문대는 잘 가르쳐서 유명해진 게 아니라 우수한 학생이 모여서 만들어진 것이다. 간판으로 이익 얻으려는 얄팍한 이기주의로 만들어진 게 명문대다. 취업과 진급에 역할 하지 못한다면 명문대에 갈 이유가 무엇인가? 아니 명문대뿐만 아니라 대학 진학 자체가 무의미하다. 9급 공무원이 수행하는 일에 고졸과 대졸은 어떠한 차이도 없다.

대학에서 배우는 건 학문이나 기술보다도 교수나 학생 간 대화나 토론으로 소통능력 향상이다. 팔구십 년대 놀고먹는 대학이니 낭만이니 할 때는 동호회가 활발하였다. 학점은 제쳐두고 다른 일에 골몰하는 사람이 많았다. 그런 활동이 대학에 진학하지 못한 사람과의 차이다. 현재는 모두가 학점과 스펙 쌓기에 바빠 별다른 활동이 없다. 유일하게 도움이 되는 인간관계 능력, 소통능력 향상에도 도움이 되지 않는다.

현재 중고등학교 과정은 대학입시 준비가 전부다. 대학이 아무짝에도 소용없다면 소중한 청춘 6년을 무의미하게 허비하는 것이다. 유치원과 초등학교만 졸업해도 기본적인 건 다 배운다. 나머지는 학교에서 교과서나 선생으로부터 배우는 게 아니라 인터넷에서 배운다. 인터넷 사용 기술로만 말하면 선생이 초등학생보다 못하다. 과학자를 비롯한 순수학문 연구를 목적으로 하는 사람이 아니라면 중고등학교와 대학 졸업은 불필요하다.

현재 교육체계는 산업화의 산물이다. 대형 공장에 많은 인원이 효과적으로 협력하여 생산하려면 소통과 공동 작업이 가능한 균

등한 능력이 필요하였다. 대형 공장에서 대량 생산을 위하여 표준화한 다수 근로자가 필요하였다. 산업 생산을 극대화하여 부국강병을 이루려는 근대국가 욕망이 낳은 게 현 교육체계다. 인간을 국가자원으로 활용하기 위한 방식이었으나, 로봇이라는 새로운 노동력이 생긴 미래에는 국가에도 개인에게도 무의미하게 되었다.

둘째, 취업이 인생의 전부라는 생각을 버려라. 모든 생명체는 생존을 위한 노력이 필요하다. 경쟁 없이 살아가는 생명체는 없다. 어떤 생물도 풍요로운 삶을 누리지 못한다. 유전자 번식 명령에 따를 만큼 자원은 충분하지 않다. 열등한 존재의 낙오와 도태는 필연적이다. 인간에게 직업은 유일한 소득원으로 가족의 생존에 직결된다. 누구나 소득이 되는 직업을 가져야 하는 것이 이제까지 법칙이었다.

누구나 수입이 보장되는 직업을 갖는 시대는 지났다. 산업혁명 이후 기계화와 자동화에도 새로운 인간의 서비스 직종이 창출되어 일자리 자체가 감소하지는 않았다. 기계에 일자리를 넘겨주어도 기계를 만들거나 관리하는 직업이나 편리를 좇는 인간의 욕망에 따라 새로운 서비스 직종이 생겼다. 인간만큼 섬세하거나 다양한 감정을 느끼지 못해도 빠르고 정확하게 계산하고 판단하는 인공지능의 발달은 인간 활동영역을 극적으로 감소시켰다. 단순반복 작업뿐만 아니라 금융 회계 의사 판사 교사 운전기사 등 거의 모든 부분을 로봇이 대신하리라는 예측이다.

현재 실업률이 취업률보다 낮지만 머지않아 역전될 것이다. 취업이 가능하다면 취업하는 것이 좋다. 취업이 안 된다고 하여 좌절하거나 절망해서는 안 된다. 머지않은 미래 대부분 사람이 걸어야 할 길이다. 불가능한 취업에 매달려 불행한 삶에 빠질 게 아니라 눈높이를 낮춰 취업하거나 돈 안 되는 일이라도 하면 된다. 스스로 만족한다면 어떤 일이라도 무방하다.

셋째, 남자라면 여성을 의식한 취업을 고민하지 마라. 남자라면 누구나 마음에 드는 여성과 가정을 꾸리고, 눈에 넣어도 아프지 않을 자식과 오순도순 사는 행복을 꿈꿀 것이다. 그 꿈이 그릇된 것은 아니지만, 여성의 남성에 대한 기대치가 너무 높다. 아마 과거 어머니 세대가 불평등한 상황에서 너무 많이 고생하는 걸 보아서일 것이다. 결혼하지 않을지언정 집과 튼튼한 직장이 없는 남성과 결혼할 마음이 없다.

불행하게도 여성과 달리 결혼하지 않아도 좋다는 남성 비율은 압도적으로 낮다. 예쁘고 날씬하며 상냥한 아내와 살고 싶은 환상을 버리지 못한다. 환상을 버리지 못하든 버리든 결과는 마찬가지다. 평범한 여자와 결혼생활을 하거나 배우자를 찾지 못하여 노총각으로 늙는다.

평생을 노력해서 얻지 못할 걸 추구하는 건 현명하지 못한 생각이다. 마음을 편하게 먹어야 한다. 반드시 공무원이 되거나 대기업에 입사하여 마음에 드는 배우자를 얻으려는 생각을 버리면 된다. 욕심을 버리면 홀로 살아가는 게 어려운 세상도 아니고 즐길 수 있는 게 다양하다. 편한 마음으로 살다 보면 비슷한 처지의 여성을 만나 행복을 찾을 수도 있다. 취업도 힘든데, 있지도 않은 미래 배우자가 만족할 직업을 구한다는 건 어리석은 생각이다.

넷째, 자기를 찾는 여행을 떠나자. 사람은 세상뿐만 아니라 자기 자신도 모른다. 알 수 있는 건 이성의 범주다. 이성의 판단 없이 작용하는 무의식의 세계와 아직 경험하지 않은 잠재의식 세계는 전인미답의 신천지다. 사람과 사물과 상황을 마주해야 새로운 자아를 깨닫는다. 부정이나 불의나 불편부당을 경험하지 않으면 자신이 어떻게 반응할지 모른다. 위기 상황에 신체 반응과 마음에 드는 이성을 대했을 때의 두근거림은 경험하지 않고 알 수 없다.

독서로 지식을 넓혀야 한다. 글을 알고부터는 가장 중요한 일이 매일 독서하는 일이다. 인류의 모든 문화유산을 습득한 후 현실에서 확인하는 과정이 여행이다. 요즘은 여행이지만 과거에는 수행이라고 하였다. 홀로 세상을 두루 살피며 성찰하고 통찰하는 것이다. 초등학교 때까지 독서에 몰두하였다면 중학교 이후는 세계 여러 나라를 돌아다니며 다양한 경험을 해야 한다. 신체나 정신이 미성숙하여 두렵다면 고등학교 이후에 시도해도 좋다.

말이 통하지 않고 문화가 다른 사람과 생활은 쉽지 않다. 많은 시련과 역경이 정신을 성장하게 한다. 전혀 다른 관습과 환경에서 새로운 사업구상을 할 수도 있고, 의외로 자신의 적성에 맞는 직업을 찾을 수도 있다. 2년이나 3년의 세계 여행을 마치면 과거 자신과는 완전히 다른 새로운 정체성을 갖게 될 것이다. 홀로 세상을 관통하였다면 이후 생존 경쟁력은 타의 추종을 불허하리라.

다섯째, 여행을 마치고 인생을 설계하라. 40년 전에는 남자 절반의 꿈이 대통령이나 장군이었고 상당수 여자의 꿈이 미스코리아였다. 꿈같지도 않은 망상이었지만, 지금보다 느린 세상의 변화와 눈부신 국력의 신장에 힘입어 사는 데 어렵지 않았다. 현재 젊은이는 지극히 현실적이고 소박한 꿈을 가졌지만, 그마저도 과거에나 가능한 것이다. 현재 오십 대 이상이 누리는 소박한 삶도 불가능할 가능성이 크다.

이삼 년의 수행 같은 여행 중 닥치는 위기 극복, 새로운 견문, 여러 민족 삶의 방식 이해와 성찰은 자신의 모든 분야를 새롭게 인식하여 가장 잘하거나 좋아하는 분야, 진정 자신에 맞는 직업을 찾을 수 있다. 탁월한 재능을 가졌다면 모두가 선호하는 직장을 쉽게 구하여 정착하겠지만, 평범한 재능이라도 보람찬 일을 하게 되리라.

기초생활비를 국가에서 지급하는 미래에 소득 없는 직업이라고 좌절해서는 안 된다. 지금처럼 소수가 실업자라면 실업자 신세에 절망할 수 있지만, 극소수를 제외하고 대부분 무급 직업에 종사한다면 일 자체에서 만족해야 한다. 가장 중요한 건 돈을 얼마나 버는가가 아니라 진정 자신이 원하는 일이 무엇인가이다. 어려서 독서와 젊어서 여행이 그대 자신을 찾게 하리라. 살아서 해야 할 일과 죽어서 남길 걸 깨닫게 하리라.

2021. 9. 23.(목)

멋진 남자는 사기꾼이다

비주얼이 최고다. 현재는 외모 지상주의 시대다. 가장 큰 확신은 '내 두 눈으로 직접 보았다.'이다. 뉴스나 다른 사람의 전하는 말보다 직접 본 걸 더 믿는다. 물론 그것이 진리나 진실은 아니다. 직접 본 사실도 오래되면 왜곡되어 착각하고, 착시나 환상도 있다. 사람의 심리 상태에 따라 사물은 달리 보인다. 논리적으로는 그렇더라도 사람은 자신의 두 눈을 신뢰한다. 멋진 이성(異性)을 보면 가슴이 설레고 심장은 요동친다.

여자는 멋있는 남자를 좋아한다. 눈으로 보이는 것보다 확실한 게 있는가? 학식이나 재산은 눈에 보이지 않는다. 이것저것 자세히 관찰하여 추정해야 한다. 외모는 거짓말을 하지 않는다. 당장 눈앞에 보이지 않는가? 확인 가능한 현실을 부정할 수는 없다. 잘생긴 남자가 말쑥하게 차려입으면 현혹하지 않을 수 없다. 문제는 '멋진 남자는 사기꾼'이라는 설이다. 과연 멋진 남자는 사기꾼인가?

물론 멋진 남자가 사기꾼일 수도 있다. 멋진 남자라서 사기꾼이라기보다는 보통 수준의 비율이라도 멋진 남자에 투사한 자신의 기대에 못 미쳐서 그렇다. 사람은 자신의 두 눈을 확신하는 만큼 외모에 따른 선입견이 있다. 보아서 느끼는 분위기가 사실일 때가 많다. 마음에 드는 이성을 보았을 때의 상기된 표정, 위기에서의 긴장한 모습, 나쁜 일을 획책할 때의 살기, 반가워하거나 감동하는 모습은 확연히 구분된다. 그러니 마음에 쏙 드는 남자를 만나면 가슴이 두방망이질하는 것이다.

서로 마음에 드는 이성이란 일단 외모에서 합격한 것이다. 왕자나 공주 같은 접하기 힘든 신분이나 부잣집 자식이 아니라면 평범에 못 미치는 외모를 가진 이성에 호감 갖기 어렵다. 멋진 남자는 외모만 멋진 게 아니다. 말이나 태도 행동도 겸손하면서도 박력이 있다. 사귈 때 연인의 모습은 드라마다. 가장 멋진 모습으로 좋은 면만 보여준다. 이성에게 잘 보이는 것도, 유혹하여 결혼에 성공하기도 쉬운 일이 아니다. 철저히 준비하여 완벽하게 보여야 한다. 연애할 때 장면은 완전한 연출이다. 철저한 위장과 준비된 연기다.

결혼생활은 드라마가 아니라 다큐멘터리다. 모든 사실이 적나라하게 보인다. 상상도 하지 못할 말과 행동을 태연히 한다. 속옷 차림으로 거실을 다니는 건 기본이고 외출하기 전까지 세수를 안 할 수도 있다. 마트에 갈 때는 후줄근한 체육복 차림이다. 연애할 때 말쑥한 외모와 다정한 미소와 겸손한 태도와 박력 있던 행동은 온데간데없다. 이럴 수가, 속았다. 완전히 사기당한 꼴이다.

외모가 그럴듯한 남자는 다 사기꾼이라더니 그 말이 딱 맞았다. 잘생긴 남자는 모두 사기꾼일까? 그렇다. 모두에게 호감이

갈 만한 남자라면 결혼 후에 사기꾼이 된다. 물론 실제로 사기를 쳐서 그런 건 아니다. 잘생긴 남자에게 여자가 이상적인 남성상을 덧씌워 투사한 기대에 못 미치는 것이다. 거짓말을 해서가 아니라 여성의 환상에 미치지 못하는 잘생긴 남자는 여자의 판단에 따라 사기꾼이 된다.

잘생긴 남자는 사기꾼이다. 예쁜 여자가 골 빈 사람이라는 말과 정확히 같다. 예쁜 여자라고 특별하게 멍청하거나 어리석을 리는 없다. 예쁜 여자는 완벽하다. 두 눈으로 보기에 자신의 마음에 꼭 드는데 그보다 완벽할 수 있는가? 예쁜 여자는 순결하고 얌전하며 다소곳하고 언제나 청결을 유지할 것으로 상상한다. 혼자 집에 있을 때도 예쁜 원피스 차림일 것이다. 결혼하니 딴판이다. 일요일에는 민낯으로 돌아다니고 실내에서는 체육복이나 파자마 바람이다. 멍청하기까지 하다. 꿈은 사라졌다. 남자가 본 것은 환상이었다.

잘생긴 남자는 사기꾼이 아니다. 그냥 평범한 남자일 뿐이다. 예쁜 여자도 골 빈 여자가 아니다. 다른 여자처럼 명품과 사치를 좋아할 뿐이다. 왜 남자는 사기꾼이 되고 여자가 골 빈 여자가 되었는가? 당사자와 무관하게 스스로 덧씌운 환상이 사실이 아닐 뿐이다. 잘생기거나 예쁘다고 하여 지식 재능 성격까지 완벽해지는 건 아니다. 그럴 것이라고 지레짐작하는 자신의 무지나 착각일 따름이다. 스스로 만든 환상이 사기꾼과 골 빈 여자를 만든다.

2021. 10. 9.(토)

직업

오늘은 아내와 농협엘 갔다. 인터넷 뱅킹을 위한 공인인증서가 필요한데 내 명의의 핸드폰 번호가 바뀌어 공인인증서 발급이 안 돼서 농협에 새 전화번호를 등록해야 한다고 했다. 인터넷 뱅킹도 하지 않고 공인인증서 사용도 하지 않기에 무슨 말인지 제대로 알아들을 수는 없었으나 본인이 직접 해야 한다고 해서 따라갔다.

창구 안내원이 아내와 이런저런 얘기를 나누는데 나는 중앙농협에 가입되어 있다는 것이었다. 전화번호를 등록하려면 지방농협에 새로 가입해야 한다고 했다. 아내는 나에게 안내원이 시키는 대로 하라면서 자기 볼일을 보러 갔다. 안내원이 준 서류를 준비해 간 돋보기를 쓰고 작성하여 제출하였다. 돋보기 없으면 눈 뜬 장님 신세다. 세상의 사물은 분간이 되나 책이나 서류를 볼 수 없다. 돋보기 가져가기를 잘했다고 생각하는 차에 안내원이 물었다.

"혹시 하시는 일이?"

그런 질문을 받은 적이 없어 순간적으로 멍하였다. 현역 군인 생활만 30년, 복장은 언제나 군복이었다. 누구도 직업이 무엇인지 질문하지 않았다. 전역 후 2년이 지났지만, 직업 관련 질문은 처음이었다. 얼떨결에 답변하였다.

"작가요."

"작……? 뭐라고요?"

"수필갑니다."

"수필?"

안내원도 나도 당황하긴 마찬가지였다. 나도 내 직업을 뭐라고 해야 하는지 직업란에 기술한 적이 없었다. 안내원은 컴퓨터 모니터를 보고 있었는데 내가 말한 작가나 수필가라는 항목이 없었는가 보다. 적이 당황하는 안내원에게 생각나는 대로 말하였다.

"문학 작가요."

"문학 작가라…… 없는데……"

"프리랜서요."

"프리랜서? 저기요, 문학 작가는 어느 직업 항목으로 해야 하나요?"

급기야 옆 직원에게 도움을 청하는 것이었다. 작가, 수필가, 문학 작가, 프리랜서 모두 항목에 없는 모양이었다. 옆 직원이 와서 유심히 모니터를 들여다보았으나 역시 찾지 못하였다. 답답한 내가 다시 한마디 하였다.

"기타, 기타 없어요?"

두 사람이 머리를 갸웃거리며 모니터를 들여다보는 모습이 우습기도 하고 당황스럽기도 하였다. 직업란에 선택할 항목이 없다니 스스로 프리랜서 작가라고 하지만 세상은 그 말을 곧이듣지 않는 모양이다. 한참 만에 옆자리에서 온 직원이 손가락으로 가리키며 말했다.

"이거 아니야? 예술가……."

"맞아요, 예술가!"

나도 모르게 먼저 대답했다. 내가 봤으면 의사 변호사 공무원 군인 회사원……. 많은 직업군 중에서 수필가가 들어갈 만한 직업으로 예술가를 단박에 알아봤을 것이다. 아마도 농협 직원은 소위 예술가를 직업으로 가진 사람을 만나지 못한듯하다. 꽤 시간이 걸려 새 전화번호 등록을 마치며 자조(自嘲)하였다.

'인생은 짧고 예술은 길다지만, 예술가는 직업다운 직업이 아니다. 뭇 사람이 쉽게 알아볼 수 없는 직업이 직업일 리 있는가?'

2021. 11. 2.(화)

어떻게 살 것인가

어떻게 살 것인가? 문득 삶이 무의미하게 느껴질 때 스스로 하는 질문이다. 젊어서 추구하던 역사 속 성인군자나 영웅호걸의 삶도 별 볼 일 없는 범인의 삶과 차이가 없다는 걸 깨닫는 순간 자신을 돌아보게 된다. 거창하거나 미소한 목표를 향해 느리더라도 꾸준히 다가가고 있는 자신이 대견해 보이다가도 막상 목적을 이루었다고 세상이 달라질 건 무엇일까를 생각하면 고민에 빠지게 한다.

살아가는 데 정답은 없다. 누구의 인생도 대수롭지 않거나 더 특별하지 않다. 알 수 없는 운명에 따라 태어나고 주어진 삶을 살아간다. 다른 사람에게 심각한 위해를 가하지 않는 한 삶에 시비선악을 논할 수 없다. 유명 정치인이나 연예인의 삶만 들여다볼 가치가 있는 게 아니라 무명 서민의 삶도 조명하면 한 편의 드라마가 된다. 위대한 사람을 멘토로 따라 할 수는 있다. 따라 한다고 위대한 사람이 될 수는 없을 테지만, 그저 살아가는 사람보다는 나으리라.

어떻게 살 것인가? 거대하고 긴 우주의 역사를 상상하고, 인류가 살아온 작은 시공간인 지구를 고려하면 어떤 삶도 특별하지 않고 큰 의미가 있는 것 같지는 않다. 광대한 영토를 정복했던 알렉산더 칭기즈칸 나폴레옹처럼 산다거나 공자 부처 예수 무함마드처럼 산다고 하여 우주에 어떤 영향을 미칠까? 개인이 아무리 열심히 살고 특별한 업적을 남기더라도 우주 시공간에는 어떠한 영향도 없다. 열심히 살거나 훌륭한 삶은 그 개인이 살아가는 데 유리할 뿐이다.

가장 훌륭하다고 일컬어지는 성현(聖賢)의 삶조차 당대 얼마간의 사람에게만 영향이 있고 우주의 섭리와 자연법칙을 좌우하지 못한다면 살아가는 방식은 그저 그가 생존한 동안 부귀영화에만 관련될 뿐이다. 어떻게 살아갈 것인지 얼른 떠오르지 않는다면 얼마나 살아갈 것인지를 상상하라. 얼마나 살아갈 것인가? 살아갈 방식이 떠오르지 않는가? 삶을 고민했던 철학자를 따라 할 필요는 없다. 자신의 삶에 거창한 의미를 부여하고 훌륭한 삶을 추구하는 것보다 단지 남은 동안 무엇을 할 것인지 생각하는 게 쉽다.

젊은이라면 긴 시간이 필요한 삶의 방식을 선택할 수 있지만, 이미 쉰이나 예순이 지난 나이라면 할 수 있는 일이 뻔하다. 할 수 있고 즐겁게 할 일을 하면 그만이다. 저세상을 고민할 필요는 없다. 고민하거나 하지 않더라도 닥칠 운명을 마찬가지다. 죽어서 삶과 비슷한 무엇이 주어진다면 상황에 맞게 살아가고, 그렇지 않다면 존재하는 모든 것처럼 원자로 돌아갈 뿐이다.

젊은이나 늙은이나 살아갈 방식은 자명하다. 생존에 필요한 필수품을 최대한 즐기면서 효율적으로 획득하는 방법을 찾아내어 실천하고, 주변 사람과 조화를 이루면서 행복을 추구하는 것이다. 사람과 친하지 않고서는 행복할 수 없다. 사회적 동물인 인간이 천상천하 유아독존 방식으로 살아갈 수는 없다. 생존에 필요한 만큼 재물을 얻어 사랑하고 즐기라.

결코, 역사에 새겨질 위대한 업적을 남기기 위하여 삶을 소모하거나 쓰지도 못할 재물을 구하기 위하여 시간을 낭비해서는 안 된다. 단지 그대가 사용할 만큼의 재물만 얻어서 사랑하는 사람과 누려야 하리라. 업적을 남기거나 재물을 구하는 대신 주변 사람을 사랑하라, 최대한 베풀어라. 그대로 하여 주변 사람이 행복하다면 그대 또한 행복하리라.

2021. 11. 16.(화)

통찰

복잡다단한 현대를 살아가려면 보이는 것만 보아서는 경쟁에서 이기기 어렵다. 경쟁에서 승리하는 종이나 개체만이 살아남는다는 적자생존이 자연의 법칙이라면 보이는 것만 보아서는 생존이 쉽지 않다. 눈으로 볼 수 없는 이면과 과정을 꿰뚫어야 한다. 육안이 아닌 심안으로나 볼 수 있는 것, 볼 수 없는 것을 보는 것을 통찰이라 한다.

동물은 보이는 대로 본다. 그것만으로도 생존에 충분하다. 보고 나서 얼마나 빨리 추적하느냐 또는 달아나느냐 하는 것은 사고능력이 아니라 운동능력에 따라 결정된다. 인간도 1만 년 전까지만 해도 동물과 다를 바 없이 있는 그대로 보고 재빠르게 대응하는 것으로 생존에 지장이 없었다. 농업혁명과 산업혁명을 거치면서 사회는 복잡해졌다. 사유능력과 소통능력의 결합으로 개체가 아닌 집단지성의 힘이 발생하였고, 공동체의 유기적인 협력으로 인간은 만물의 영장이 되었다. 인간이 개체로는 뛰어날 게 없었으나 인간 공동체를 당할 생명체는 존재하지 않는다.

모든 종을 극복하고 인간은 세상의 주인공이 되었다. 주인공이라면 화려한 영광이 따라야 할 것이나 불행히도 다른 종에 압도적인 우위에 선 결과 동종인 인간과 경쟁이 생존 조건이 되었다. 모든 인간은 타인과 경쟁을 효과적으로 할 수 있을 때 생존이 가능하다.

산업혁명 이후 인간이 타인을 파악하는 건 쉽지 않다. 과거에는 몇 가지 직업군으로 분류되어 비교적 단순한 업무형태였으므로 경험하기도 쉬웠고, 경험하지 않아도 얼마간의 대화로 이해하였다. 현재는 너무 많은 직업과 다양한 세부 작업으로 경험을 하는 것뿐만 아니라 이해하기도 어렵다. 지식을 얻는 지름길이 독서였으나, 읽을거리가 얼마 되지 않던 과거에 비해 너무 새로운 책과 정보가 범람하므로 모든 걸 섭렵하는 건 불가능하다.

인간은 자신의 내면을 그대로 드러내지 않는다. 치열한 경쟁사회에서 쉽게 약점을 드러낸다면 좋은 먹잇감으로 전락한다. 최후의 순간이 아닌 이상 항상 타인에게 긍정적인 모습을 보일 필요가 있다. 누구도 사악하거나 거친 사람과 교류하려고 하지 않는다. 조폭이나 파렴치한도 타인에게 훌륭한 인격자로 보이기를 원한다. 보이는 것만으로 진실을 파악할 수 없는 이유다.

모두가 내면을 숨기고 가면으로 살아간다면 어떻게 피아(彼我)를 식별하고 위험한 자를 피할 것인가? 누구와 교류하고 협력할 것인가? 혼자만의 힘으로 살아갈 수 없는 인간인 이상 타인을 제대로 파악하는 건 숙명이다.

타인을 이해하려면 자기 자신을 제대로 알아야 한다. 내가 힘든 것, 내가 싫은 것은 타인도 마찬가지다. 힘들어하는 타인을 돕고, 싫어하는 일을 대신하면 무한 신뢰한다. 내 마음에 비추어 타인의 심리 상태를 짐작하고, 자신의 능력 범위 내에서 돕는다면 소통능력이 뛰어난 사람이다. 상대가 요청하기 전에 돕고 해결하는데 누가 마다하겠는가? 주어진 상황만으로 상대의 심리 상태를 꿰뚫어 원하는 바를 헤아리는 것이 통찰이다.

나를 아는 건 쉬운 일이 아니다. 타인을 평가하는 건 쉬워도 자신의 수준을 아는 건 쉽지 않다. 타인은 실적으로 평가하지만, 자신은 가능성으로 평가한다. 객관적이지 않다. 자신을 제대로 아는 건 타인을 통해서다. 특정 상황이나 조건에서 타인의 말과 행위를 유심히 관찰하면 인간 일반을 알 수 있다. 자신도 그와 같은 상황이나 조건에서는 유사한 행위를 할 것을 전제해야 한다. 타인의 말이나 행위에서 자신의 본성을 파악하는 것도 통찰이다.

자신과 상대를 제대로 파악한 상태에서 사물을 들여다보아야 한다. 드러난 현상은 하나라도 보는 위치에 따라 모두 다르다. 내 위치가 아닌 모든 이의 위치에서 사물을 들여다보면 비로소 정확하게 파악할 수 있다. 자신이 보기에 붉고 둥글다고 끝까지 주장하는 건 무모한 짓이다. 상대 위치에서는 전혀 다르게 보이는 게 사물의 이치다.

사물을 정확하게 보았다고 끝난 게 아니다. 보이는 게 허상이거나 누군가 꾸며 놓은 것일 수 있다. 그 현상이 마땅한 것이며 꾸밈이 없는가 살펴야 한다. 육안의 영역이 아니라 심안이다. 심안은 풍부한 경험과 지식이 있어야 보이는 법이다. 거기에 지피지기와 역지사지까지 갖춰야 한다.

통찰은 어렵다. 매 순간 시도하는 것도 번거롭지만, 통찰하려고 해서 되는 것도 아니다. 누구보다 많은 경험과 지식이 필요하고, 논리적이며 합리적인 사고능력이 있어야 하며, 빠른 두뇌 회전이 있을 때 가능하다. 누구도 쉽지 않은 일이다. 쉽지 않은 일이라고 포기할 수는 없다. 통찰은 인간 생존 조건이다. 살아남으려면, 후세에 자신의 유전자를 남기려면 통찰해야 한다. 그대는 눈으로 보이지 않는 걸 보는 능력을 갖추었는가?

2021. 6. 22.(화)

열외

장차 대통령이 되어 대한민국의 영광을 이끌겠다는 허무맹랑한 꿈을 갖고 있던 시절, 1989년 공군소위로 임관하여 첫 부임지로 광주를 선택하였다. 다른 사람은 이유를 몰랐겠지만, 당시에도 격심했던 지역감정의 실체를 알아보겠다는 야심 찬 각오였다. 1987년 대통령 선거에 출마했던 민정당 노태우 후보는 전라도 유세에서 달걀 세례를 받았다. 그때만 해도 광주민주화운동 영상 '광주 비디오'가 공개된 적이 없어서 다수 국민은 충격을 받았다.

나는 광주민주화운동의 실상을 독일 기자가 촬영한 영상자료를 통하여 이미 알았으나, 외부에 알려진 대로 전라도 사람이 타지인에 대한 반감이 심각한지, 이유는 무엇인지 알고 싶었다. 대통령을 꿈꾸는 사람이라면 누구나 우선해야 할 일이 지역감정 타파 아니겠는가?

과정은 엉뚱하였으나 첫 부임지인 광주 생활은 재미있었고 인상적이었다. 특히 아무것도 모른 채 항공대학군단 행정처리로 받았던 특기(병과)인 무장전자는 내 성향과 맞았다. 고등학교 대학교 전공인 전자공학과도 친구도 못마땅하였으나, 군 업무 분야는 반항적이고 거칠었던 내 성격에 부합하였다. 당시 전자공학과 출신이 받는 공군 특기는 주로 통신과 무장전자 두 분야였다.

광주에는 동기생 권형준과 육창혁 세 명이 부임하였다. 광주에는 ROTC 1년 선배와 동기가 여럿이어서 타지라는 느낌 없이 즐거운 생활이었다. 1년 선배 중 2년 차 때 군수참모 근무했던 이강혁도 있었다. 키가 작은 편이었지만 마음도 착하고 여려 도무지 후배에게 손찌검하지 않던 선배였다.

정확히 기억나지 않지만, 동기 셋이 같은 대대에 몰려 있던 우리가 모범적인 생활을 하지 않았나 보다. 하긴 하루도 술 마시지 않고 넘어간 날이 없었을 정도니 남 보기에 좋지 않았을 수도 있고, 실수도 잦았을 터이다. 어느 날 이강혁 선배가 우리 셋을 호출하였다. 당시 군번이 제일 빨랐던 권형준이 보고를 하였다.

"소위 권형준 외 2명 집합 끝!"

여기까지는 좋았다. 1년 차이라도 당시에는 하늘과 땅 차이였던 관례라 되돌아보면 우습지만, 이강혁 선배가 일장 훈시하였다. 잘못을 길게 나열하고 앞으로 취해야 할 태도를 설명하고 벌칙으로 몇 대씩 맞아야 한다는 것이었다. 잘못이 있으면 당연히 맞던 때라 불만이 있을 리 없었다. 부모나 선생이나 선배에게 맞는 건 전혀 이상한 일이 아니었다. 잘못이 없는데도 맞는 것이 억울할 뿐이었다. 선배가 때릴 준비를 하는 차에 권형준이 돌출 발언을 하였다.

"보고자는 열외해도 좋습니까?"

열외는 단체 행동에서 어떤 이유로 빠지는 것을 말한다. 훈련 중 몸이 불편한 사람이 빠지는 걸 가리켰으며, 빠지는 걸 열외 다시 들어오는 걸 열중이라고 표현하였다. 기분이 나빠 후배를 집합시켜 놓고 때리려는 찰나 뜬금없이 보고자는 열외해도 되냐는 질문은 황당하였다. 평소 같으면 빵 터져야 정상이었으나 워낙 상황이 상황인 만큼 육창혁과 나는 터지는 폭소를 필사적으로 참았다. 만약에 박장대소한다면 이어 벌어질 참사는 불문가지다. 우리는 참았지만, 이강혁 선배는 참지 않았다.

"뭐 새끼야? 보고자? 열외?"

그 이후에는 뻔할 뻔이었다. 권형준은 그야말로 개 타작하듯 얻어맞았다. 동기생이 화가 꼭뒤까지 오른 선배에게 일방적으로 맞는 모습이 아름다울 리 없었으나 나와 창혁은 웃음을 참느라 얼굴을 잔뜩 찡그리고 있는 힘을 다하였다. 우습지 않은가? 잘못으로 집합해서 맞아야 하는 주제에 보고자 열외 어쩌고 하였으니 가당키나 한 말인가?

그때를 기억하면 지금도 웃음을 참을 수 없다. 도대체 무슨 생각으로 그랬을까? 아마 딱딱한 분위기를 누그러뜨려 맞지 않으려는 능청이었을지는 모르지만, 그러기에는 너무 엄숙한 분위기였다. 절대로 농담할 수 없는 분위기에서 군번 몇 번 빠른 걸 빌미로 "보고자는 열외해도 좋습니까?"라는 농담은 너무 지나쳤다.

덕분에 웃음을 끝까지 참아낸 육창혁과 나는 맞지 않았다. 단한 대도. 실제 열외하려던 건 아닐 테고 무심코 농담으로 한 말이겠지만 농담의 대가는 참혹하였다. 죽사발 나게 얻어터졌다. 자고로 말은 함부로 해서는 안 된다. 웃음도 때를 가려야 한다. 우습다고 아무 때나 웃어서는 무참한 결과를 초래할 수 있다.

2021. 7. 6.(화)

와카치나 오아시스

어린 왕자는 사막이 아름다운 이유는 오아시스가 있기 때문이라고 했다. 세상은 넓고 가고 싶은 곳은 많다. 직접 갈 수 없는 코로나바이러스 시국이기에 TV로 세계를 여행한다. 현재는 남미를 여행 중이다. 에콰도르 칠레를 거쳐 페루에 왔다. 거기에 환상의 오아시스 와카치나가 있었다.

삼십 년 이상 군 생활을 마친 후 프리랜서 작가를 선언한 건 좋은 글을 쓰고 싶다는 욕망이기도 했으나 더 큰 이유는 가고 싶은 곳에 마음껏 가고 싶다는 욕심에서였다. 아무리 좋은 직업이라도 봉급을 받기 위해서는 구속이 되어야 한다. 몸과 마음과 시간을 잡혀야 한다. 출퇴근하는 사람 중에 진정한 의미의 자유인은 없다.

속박받지 않은 자유를 찾았으나 그 자유는 오래가지 않았다. 내가 군 생활할 때는 그렇게 자유롭던 해외여행 길이 막혔다. 현역 군인은 함부로 해외여행을 할 수 없다. 사전 허가가 필요하다.

현역 신분이 여행에 제약이었으나 제대하니 새로운 녀석이 앞을 가로막았다.

예기치 않게 찾아온 코로나라는 놈은 이 년째 인간의 활동을 통제하고 있다. 백신 접종으로 자유를 다시 찾는가 싶었으나, 인간의 방심에 철퇴를 가하듯 오늘도 수도권에서만 천 명이 넘는 확진자가 나왔다고 한다. 해외는커녕 국내 여행도 먼 훗날의 일이다. 당분간은 TV를 통한 여행에 만족해야 할듯하다.

오아시스는 사진이나 영화를 통하여 여러 번 본 적이 있다. 새삼스레 오아시스에 놀라거나 감동할 처지가 아니다. 그런데 아니었다. 와카치나는 다른 오아시스와는 차원이 다른 경이로운 경치를 보여줬다. 세계 여행은 즐겁다. 예상하지 못한 상황과 상상할 수 없는 장면에 압도된다. 오늘 와카치나가 그랬다.

와카치나는 오아시스답게 사방이 끝이 보이지 않는 모래사막 한가운데 있다. 모래 언덕 너머에는 모래 언덕이 있고, 그 모래 언덕 뒤에는 또 다른 모래 언덕이 얼굴을 내민다. 끝이 보이지 않는 모래 언덕의 망망대해 한가운데 손바닥만 한 오아시스가 와카치나다. 운동장 크기의 큰 연못을 중심으로 꽤 많은 건물이 들어서 관광객을 맞는다.

주변 모래 언덕을 30분만 오르면 한눈에 전 시가지가 내려다보인다. 생텍쥐페리가 왜 사막이 아름다운 이유가 오아시스를 품고 있기 때문이라고 말했는지 이해가 간다. 점심 식사 중에 그저 황홀한 광경에 감탄만 할 수밖에 없었다. 인간은 다양한 표현을 할 수 있는 언어를 창조하였으나, 감동하는 순간을 온전히 표현할 수 있는 미사여구는 없다. 그냥 감동한다는 말이 전부다.

세상은 아름답다. 실제로 아름다워서 아름다운 건 아니다. 아름답게 보아서 아름다운 것이다. 코로나바이러스도 아름다운 지구의 모습을 감출 수는 없다. 아니 오히려 인간 활동 위축으로 하늘과 바다는 더 푸르러졌다. 직접 볼 기회만 사라졌을 뿐이다.

와카치나로 행복해졌다. 꿈꾸는 여행지 하나가 늘었다. 물론 간다는 보장은 없다. 그러나 꿈을 이룬 순간 잠깐 행복하겠으나, 꿈을 찾아가는 긴 시간 내내 우리는 행복할 수 있다. 꿈은 이루어질 때 느끼는 것보다도 꿈에 이르기까지의 긴 시간이 더 행복하다. 설령 이루어지지 않더라도, 이룰 수 없는 불가능이라도 꿈꾸자. 최소한 꿈꾸는 동안은 행복하지 않은가?

2021. 7. 11.(일)

백마강

백마강은 내 애창곡이다. 아니 애창곡이라기보다는 애향가다. 외국에서 애국가를 들으면 감격하듯이 고등학교 때부터 고향을 떠나 타지에서 전전하다 보니 고향 생각이 간절할 때가 많았다. 부모님이 고향에 계시면 일 년에 한두 번이라도 갈 기회가 있게 마련이나 내가 고등학교 진학하고 얼마 후 부모님도 생계문제로 고향을 등졌다. 탈북민처럼 갈 수 없는 고향은 아니지만 갈 기회가 거의 없었다.

내 고향은 충남 부여다. 노래를 좋아하지는 않으나 고향을 노래한 '꿈꾸는 백마강'은 어설프게나마 따라서 할 수 있었다. 노래방에 가게 되면 꿈꾸는 백마강을 불렀는데 고향 생각이 나서이기도 하였으나 타인에게 나를 기억하게 하려는 의도도 있었다. 꿈꾸는 백마강은 따라 하기도 쉽지 않을 뿐 아니라 구슬프고 처량한 느낌이 들어 마음에 들지 않던 차에 가수 허민이 노래한 '백마강'을 알게 됐다. 노래방에 갔던 일행이 불러 알게 되었는데, 이후 내 애향가로 자리매김하였다.

백마강은 꿈꾸는 백마강에 비하여 비장하고 웅혼한 분위기여서 삼국지 관운장이나 조자룡 같은 장수가 꿈이었던 내 취향에도 맞았다.

부여는 삼국시대 백제의 마지막 수도다. 나당 연합군에 의하여 멸망하여 역사에서 사라진 비운의 땅이다. 꿈꾸는 백마강이나 백마강 모두 백제와 관련된 가사로 이루어져 있으나 백마강이 더 애틋하고 비장하다.

백마강에 고요한 달밤아
고란사에 종소리가 들리어오면
구곡간장 찢어지는 백제 꿈이 그립구나
아 달빛 어린 낙화암의 그늘 속에서
불러보자 삼천 궁녀를

고란사는 부여 낙화암에 있는 사찰이다. 백제가 망할 때 의자왕을 시중들던 궁녀 삼천 명이 나당 연합군 겁탈을 피하여 낙화암에서 백마강으로 뛰어내렸다는 고사가 있다. 그 모습이 꽃잎이 지는 듯하다 하여 이름도 낙화암(落花巖)이다.

역사는 승자의 것이다. 의자왕이 방탕하여 망할 짓을 했다는 걸 강조하려고 지어낸 이야기가 삼천 궁녀다. 삼국유사와 삼국사기에 기록되어 있으나 믿을 수 없다. 군사를 모두 끌어모은 게 오천 결사대였는데 왕이 혼자 시녀로 삼천 명을 거느리는 게 가당키나 한 말인가?

백마강에 고요한 달밤아
철갑옷에 맺은 이별 목메어 울면
계백장군 삼척 검은 임 사랑도 끊었구나
아 오천 결사 피를 흘린 황산벌에서
불러보자 삼천 궁녀를

1절은 망국의 모습을 그렸다면 2절은 최후의 항전 장면이다. 고사에 따르면 결사대를 이끈 계백 장군은 출전하기 전에 처자식을 제 손으로 참수하였다고 한다. 쉽게 믿어지지 않는 일이지만 승산이 없다는 걸 알고 적에게 치욕을 당하지 않도록 스스로 죽였다고 한다. 속뜻을 정확히 알 수 없으나 그 결의만은 짐작할 만하다. 김유신의 신라군은 병력이 열 배에 달하는 오만 대군이었으니 쉽게 이길 수 없었다. 말 그대로 오천 명은 결사대였고 황산벌에서 전멸하였다.

지금은 가문이나 고향이 중요하지 않고, 애국보다 인류애가 훌륭한 가치라고 생각하지만, 젊었을 때 단 하나의 소원이 조국의 번영과 영광이었던 만큼 고향에 대한 애착도 강했다. 그래서 얼마 전까지만 해도 프로야구 응원팀이 만년 꼴찌인 한화 이글스였다.

회식 후 노래방에서 부르던 애향가 '백마강'이 그립다. 코로나로 사람이 모일 수 없는 시국이지만, 회식해도 예전처럼 신나게 노래할 일은 거의 없다. 신도 안 나고 노래할 에너지도 없다.

세상을 주도하고 지배할 주인공으로서, 먼 과거 일이지만 외세에 등을 업고 조국 백제를 침략한 신라에 맞서 처절하게 싸우다 장렬하게 전사한 계백과 오천 결사대를 상상하면 피가 끓어올랐다. 신라에 맞서 최후의 항쟁을 벌였던 황산벌은 관운장의 충의를 숭상하던 내가 있어야 할 장소였다. 노래하다 보면 단번에 역사 현장으로 달려간다. 목이 터지도록 불렀던 '피를 흘린 황산벌에서~' 백마강이 그립다.

2021. 7. 18.(일)

꿈의 대화

대한민국과 한민족의 번영과 영광을 이루고 인류 평화에 위대한 발자취를 남기겠다는 달성 불가능한 비현실적 거창한 꿈을 간직하던 젊은 날, 노래방에서 내 단골 메뉴는 1980년 MBC 대학가요제에서 이범용 한명훈이 노래하여 대상을 차지한 '꿈의 대화'였다.

> 땅거미 내려앉아 어두운 거리에
> 가만히 너에게 나의 꿈 들려 주네

통기타와 하모니카 선율이 흐르는 반주가 나오면 벌써 어깨가 들썩여진다. 가볍고 경쾌한 리듬의 통기타 소리에 흐느끼는 듯한 하모니카 음이 더해지면 가슴이 젖어 들고 두뇌는 추억을 향해 달린다. 궁핍한 살림살이에 모든 게 부족하였으나, 삼국지에서 꿈을 찾아 세상은 온통 꽃으로 뒤덮인 낙원이었고, 마음만은 용상에서 놀던 젊은 시절이었다. 땅거미 내려앉아 어두운 거리에 울리는 통기타와 하모니카 선율은 담박 꿈속으로 데려간다.

너의 마음 나를 주고 나의 그것 너 받으니
우리의 세상을 둘이서 만들자
아침엔 꽃이 피고 밤엔 눈이 온다
들판에 산 위에 따뜻한 온 누리
내가 제일 좋아하는 석양이 질 때면
내가 제일 좋아하는 언덕에 올라
나지막이 소리 맞혀 노래를 부르자
작은 손 마주 잡고 지는 해 바라보자

마음을 주고받을 사람이 없을 때도 결혼하여 평생 살아갈 반려자와 함께할 때도 꿈은 한결같다. 이루지 못할 거창한 꿈을 달성하고 나면 은퇴 후 유유자적하게 저 푸른 초원 위에 그림 같은 집을 짓고 사는 꿈 말이다. 꿈꿀 때 세상은 아름답다. 아침에 피는 꽃도 밤에 오는 눈도 희망의 메시지다. 희망이 넘칠 때는 모든 게 좋다. 석양도 언덕도 좋다.

조용한 호숫가에 아무도 없는 곳에
우리에 나무집을 둘이서 짓는다
흰 눈이 온 세상을 깨끗이 덮으면
작은 불 피워 놓고 사랑을 하리라

내가 제일 좋아하는 별들이 불 밝히니
내가 제일 좋아하는 창가에 마주 앉아
따뜻이 서로에 빈 곳을 채우리
내 눈에 반짝이는 별빛을 헤리라

모든 건 썩게 마련이다. 살아 있을 때는 윤기 흐르고 향기 나지만 죽으면 부패하는 게 자연법칙이다. 악취 나는 썩어가는 걸 좋아할 사람은 없지만, 부패는 새로운 생명을 전제한다. 부패 자체가 생명 활동 하나의 현상이다. 새로운 물질로 변화과정인 셈이다. 그래도 인간의 탐욕에 의한 부정부패는 이상을 꿈꾸는 젊은이에게 참을 수 없는 모독이다. 태풍이 세상의 온갖 더러운 걸 쓸어버리길 갈망한다. 쓰레기를 청소한 대지에 순결한 흰 눈이 온 세상을 덮고 별들이 불 밝힌다면 세상은 아름다우리라. 유토피아나 파라다이스를 따로 찾을 필요가 없으리라.

외로움이 없단다 우리들의 꿈속엔
서러움도 없어라 너와 나의 눈빛엔
마음 깊은 곳에서 우리 함께 나누자
너와 나만의 꿈의 대화를

이상을 꿈꾸는 자는 외롭다. 각자 제 한 목숨 챙기기 바쁜 와중에 누가 이상을 꿈꾸겠는가? 유토피아가 그 어디에도 없는 곳이고, 이상이 현실에서 이룰 수 없는 불가능한 것이라면 누가 유토피아와 이상을 추구하겠는가? 누구도 갖지 않는 꿈은 아름다울 수는 있지만 외로울 수밖에 없다. 철저한 고독에 싸일 수밖에 없다.

음악은 최고조를 향해 치닫는다. 음은 올라가고 목소리는 커진다. 외로움이 없다고, 서러움도 없다고 외치는 건 자기부정이다. 너무나 외롭고 서러워서 자신에게 건네는 위로다. 아무도 모르는 꿈, 누구도 갖지 않는 비현실적인 망상을 간직하던 나에게 노래 '꿈의 대화'는 단순한 노래가 아니라 나 자신을 다독이는 마음의 손길이었다. 그래서 목이 터지도록 신나게 부르는 와중에 두 눈에선 눈물이 흘러내렸다.

꿈이란 달성하면 야망이요, 멈추면 망상이다. 내 힘으로 이루려고 하였던 대한민국과 한민족의 번영과 영광은 망상이었다. 인류 평화를 위한 위대한 발자취도 마찬가지다. 이제 아내와 등산이나 하면서 독서와 글쓰기로 생각을 다듬는 게 목표다. 다른 사람에게 도움이 된다면 좋겠으나 그렇지 않아도 무방하다. 이제 '꿈의 대화' 노래를 부를 일은 거의 없겠으나 어디에선가 반주가 들리면 나도 모르게 젊은 날 심연에 빠져든다.

2021. 7. 22.(목)

별 없는 장군, 학위 없는 철학자

모든 장교가 그렇듯 내가 현역 군인이었을 때 일차 목표는 장군이었다. 물론 장군이 궁극적 목적은 아니다. 그러나 군인이 장군이 되지 못하고서 다음을 노린다는 건 어불성설이다. 어느 분야든 최고의 위치가 있다. 군대는 장군이다.

장군이 목표였지만 단순히 별 계급장을 원한 것은 아니다. 계급장뿐만 아니라 전략 전술을 포함한 지식과 지혜, 누구나 자발적으로 복종하게 하는 통솔력, 어떠한 환난에도 굽히지 않는 신념을 가진 위대한 장군을 꿈꾸었다. 당연히 중령이나 대령은 꿈이 아니었다. 현실을 벗어난 망상이었다.

망상이었으나 개인의 삶에 도움이 되었다. 전쟁에서 승리하는 장군이 되기 위해 거의 모든 전사를 탐독하였다. 승리에 결정적인 전술 전략뿐만 아니라 인간의 심리를 꿰뚫고 활용하는 법까지 알아야 한다. 현역 군인일 때 전쟁이 없었으므로 전투에서 승리할 수는 없었으나 부대원 지휘 관리에는 큰 도움이 되었다. 부하의 꿈과 현실을 제대로 이해할 때, 동기를 부여하거나 도울 수 있다.

어떠한 환난에도 굽히지 않는다는 건 불의나 부정과 타협하지 않는다는 신념이다. 그래서 전두환을 위시한 신군부 쿠데타에도 수수방관하는 똥별이 되느니 차라리 명예로운 영관장교로 마치자는 다짐을 하였다. 생각이 씨가 되었는지 장군이 될 수 없었다. 후회는 없다. 누군가 손가락질하는 장군이라면 안 하느니만 못하다. 계급장이 없어도 누군가 참군인이라는 존평 한마디면 만족한다. 참군인이라는 말은 나에게 장군보다 더한 최고 찬사다.

과대망상으로 살았던 만큼 학위는 필요하지 않았다. 학위가 진급에 도움이 되더라도 실제 전투에 도움이 되지 않으리라 생각했다. 은퇴 후에 학위를 이용하여 재취업하고자 하는 마음도 없었다. 있는 그대로 최선을 다하여 목적을 이루지 못하면 현업에서 물러나 유유자적 세상을 관조하고자 하였다.

세상은 생각대로 되는 법이다. 최종 목적에 이르지 못하더라도 자신이 원한 방향으로 가게 마련이다. 장군도 못 되었고, 학위도 안 땄으며, 은퇴 후 재취업도 하지 않은 채 유유자적 세상을 지켜보며 산다.

장군은 못 되었어도 시인이나 철학자로 기억되고 싶은 마음은 있다. 매일 책 읽고 글 쓰는 이유도 새롭고 깊은 사유를 위해서다. 심금을 울리는 운율의 단순한 시로 뭇 사람의 가슴을 뒤흔들고 싶다. 내가 모르던 것, 이제까지 인류가 밝히지 못한 것을 깨달아 알려주고 싶다. 누군가 이미 했던 주장이 아니라 스스로 창조한 논리를 주장하는 게 진정한 철학자 아니겠는가?

학위를 따지 않았고 앞으로 취득할 계획도 없으므로 철학박사가 될 가능성은 없다. 그래도 만인이 애송하는 시를 쓴 시인이나, 새로운 사상으로 학위 없는 철학자로 불리고 싶다. 별 없는 장군, 학위 없는 철학자라니 근사하지 않은가?

2021. 7. 23.(금)

소유냐 존재냐

존재를 위해서는 소유가 필요하다. 생명체의 존재는 생존이다. 사람이 생존하기 위해서는 의식주가 필요하다. 의식주를 갖추기 위한 노력이 경쟁이다. 자원이 제한적인 한 소유를 위한 경쟁은 불가피하다.

존재를 위해서 불가피하게 소유를 추구하나 그 과정이 치열하고 목숨까지 걸어야 하는 경우가 비일비재하므로 어느새 주객이 전도된다. 존재하기 위해서 출발한 소유를 망각하고 소유 자체가 목적이 된다. 목적을 위하여 목표를 설정하였으나 목표에 이르는 길고 험난한 과정이 목적이 아닌 목표를 추구하게 한다.

존재를 위한 소유라면 기본적으로 의식주의 충족이다. 현대인이라면, 특히 선진국 국민이라면 존재를 위한 소유는 충분한 상태다. 의식주에 곤란을 겪을 정도로 심각하게 궁핍한 국민은 많지 않다. 문제는 아무도 충분하다고 생각하지 않는다는 것이다.

재산이 없는 사람이 수단 방법을 가리지 않고 이익을 추구하는 건 당연하다. 당장 가족의 생계가 달려 있지 않은가? 재산이 몇억에 불과한 사람도 편안한 노후를 보내기 위해서는 더 벌어야 한다. 재산이 수십억 원에 달하는 사람도 집값과 물가 상승을 고려한다면 충분하지 못하다. 자식 결혼도 생각해야 한다. 재산이 수백억 수천억 원에 달하더라도 더 늘려야 이유는 있다. 경쟁 기업을 이기거나 국내 또는 세계제일의 부호가 눈앞이다. 세계제일이라는 명예를 포기할 수는 없지 않은가?

거의 모든 사람이 소유에 지나치게 몰입하다 보니 경쟁이 치열하다. 경쟁이 치열하다 보니 가진 자원과 시간을 경쟁에 투자한다. 지쳐서 포기하기 전에 사유해야 한다. 자기 삶의 목적을 되새겨야 한다. 돈을 벌려고 했던 최초 목적을 망각해서는 안 된다. 조금만 더, 조금만 더 하다가 심신이 피폐해진 후 후회한들 돌이킬 수 없다.

스스로 돌아보라. 현재 소유하기 위한 삶을 사는가, 존재하기 위한 삶을 사는가? 소유하기 위한 삶은 더 많은 소득에만 매진하는 것이고, 존재하기 위한 삶은 매 순간 자신의 감정에 충실한 것이다. 희로애락에 깊이 몰입한다.

소유하기 위한 삶은 자신이 수단으로 전락한다. 자신의 몸과 마음을 온전히 더 많은 소득을 위하여 사용한다. 자기 직업에서 사명감이나 보람을 찾지 못하고 단순하게 월급을 받기 위해서 출근한다면 소유하기 위한 삶이다. 자신이 삶의 목적이 아니라 수단으로 존재한다. 내일 기쁨을 기대하지 않고, 오늘 즐겁지 않다면 소유하려는 삶이다.

존재하기 위한 삶은 자신이 주인공이다. 세상에 존재하는 모든 사물과 타인은 자신을 위해 존재한다. 오늘이나 내일 하려는 일은 누군가의 지시가 아니라 스스로 원해서 하는 일이다. 그 일은 자신을 충만하게 한다. 기쁨과 즐거움에 마음이 들뜬다. 자신의 모든 행위가 자기감정에 충실하기 위함이라면 존재하려는 삶이다.

힘들고 바쁜 나날이라도 자신이 살아서 궁극적으로 이루고자 하는 꿈을 잊어서는 안 된다. 꿈을 망각하는 순간 삶의 방식이 완전히 바뀐다. 스스로 소유를 위한 존재로 전락한다. 아무리 노력해도 모든 걸 가질 수 없고, 경쟁하는 상대 모두를 이길 수 없다면 에리히 프롬이 말한 대로 행복은 소유의 확대가 아니라 지닌 것에 대한 가치의 재발견이나 음미에 두는 존재 지향적 삶을 추구해야 한다.

2021. 7. 26.(월)

오십 년 후

그대가 현재 오십 대라면 오십 년 후를 상상하라. 만약 젊은이라면 백 년 후를 생각하라. 물론 오늘 살아가는 데 불편한 점이 많을 것이다. 코로나-19의 변이가 계속해서 발견되고 더 빠르게 확산하여 언제 예전처럼 마음껏 활동할 수 있을지 짐작조차 할 수 없다. 이변이라고 할 정도의 계속되는 무더위는 심신을 지치게 한다. 그래도 일은 해야 한다. 즐거움보다는 괴로움이 많은 세상살이다.

매일 즐거운 사람은 없다. 그래도 즐겁게 살아갈 방법을 찾아야 한다. 해결해야 할 문제는 끊임없이 이어진다. 어렵게 무언가를 해결하면 기다렸다는 듯이 새로운 문제가 떠오른다. 매일 괴로울 수밖에 없다. 오십 년 혹은 백 년 후를 상상하라. 과연 오늘의 고민을 기억하겠는가? 오늘 한 고민이 인생에 결정적인 역할을 하였는가?

누구나 삶은 소중하다. 주어진 시간은 평균적으로 비슷할지 모르나 하고 싶은 일이 많은 사람에게 인생은 너무나 짧다. 그래서 쉴 틈 없이 일하고 바쁘게 살아간다. 순간을 즐기는 건 사치다. 나중에 성공하고 난 후에 충분히 누리는 게 효율적이다. 낮은 지위와 없는 살림에 무엇을 누리겠는가? 현재를 즐기는 건 아껴두었다가 높은 지위와 충분한 재산을 얻은 후에 누리는 게 현명하리라. 지금은 쉴 때가 아니라 앞만 보고 달릴 때다. 경쟁자가 호시탐탐 추월을 노리고 있지 않은가?

코로나바이러스와 무더위가 우리를 힘들게 하지만, 사실 우리를 괴롭히는 건 아무리 쫓아도 잡히지 않는 성공이라는 신기루다. 성공이란 목표를 너무 거창하게 잡았거나 혹시 불가능한 꿈을 상정하지는 않았는가? 그렇다면 평생 열심히 일만 하다가 죽을 때 후회하게 되리라.

젊은이는 큰 꿈을 가져야 한다. 목표한 꿈을 향하여 매진해야 하는 것도 맞다. 가끔 세상을 둘러보고, 자신을 돌아볼 필요가 있다. 어려서 잡은 목표가 올바른 것이었는가? 급변하는 세상에 어울리는 꿈인가? 현재는 가능하더라도 오십 년 후에도 가능할 것인가?

초지일관을 주장하는 사람이 있으나 구시대 발상이다. 거의 변화가 없던 과거에는 초지일관이 유용하였다. 십 년 후 변화도 예측하기 어려운 오늘날에는 초지일관이 아니라 어떻게 변화하는 세상을 따라잡고 앞서 나가느냐 하는 것이 문제다. 젊어서 정한 꿈 자체를 바꾸지 않더라도 재검토는 필요하다. 상황에 따라 방향 전환이 필요하다.

세상과 자신을 돌아볼 때 현재 즐거운가, 행복한가 하는 점도 짚어봐야 한다. 목표를 달성하는 것, 성공만 중요한 게 아니다.

노후에 편안하고 행복한 것도 중요하지만 오늘 즐겁고 행복한 것도 못지않다. 매일 찬란한 영광과 거대한 희열을 느끼기는 쉽지 않지만 작은 것에 기쁨을 얻을 수는 있다. 푸른 하늘에 떠다니는 흰 구름에 감사하고 한여름 밤에 이는 한 가닥 시원한 바람에 행복한 감성을 지녀야 한다. 스마트폰에 매몰될 게 아니라 세상에 자신의 오감을 온전히 열어놓아야 한다. 오늘 느끼지 못한 감동과 보지 못한 아름다움을 언제 다시 보고 느끼겠는가?

열심히 공부하고 일해서 성공한 후에 즐겨도 충분하다는 말은 거짓이다. 성공 후에 느끼는 감동과 기쁨도 행복할 것이나 오늘 느끼는 것과 같을 리 없다. 십 대 청소년이 이성에 대해 느끼는 감정이 늙은이가 되어 느끼는 것과 같은가? 오십 대에 느끼는 희열이 백 살 후에도 같을 것인가? 오늘 해야 할 일과 오십 년 후에 할 일이 다르듯 오늘 느끼는 행복이 오십 년 후와 같을 리 없다.

무언가 언짢은 일이 있는가? 누군가의 모함과 비난에 괴로운가? 진급이 제때 안 되고, 사업이 맘먹은 대로 진행되지 않아 심란한가? 그런 건 대단한 일이 아니다. 당장 목숨 걸린 일이 아니라면 잠시 일을 멈추고 세상과 자신을 관조하라. 오늘 즐거운 일과 행복한 이유를 찾아라. 젊은이든 늙은이든 오십 년 후나 백 년 후에는 별 차이가 없으리라. 오늘 하는 고민이 오십 년 후에도 영향을 줄 만한 엄청난 것인가? 오십 년 후를 연상한다면 오늘 괴로워야 할 이유는 크지 않으리라.

2021. 7. 30.(금)

피는 물보다 진하다

피는 물보다 진하다는 말이 있다. 촌수가 가까울수록 서로 도우려는 성향이 크다는 말이다. 공동체의 결속이 생존에 유리하기에 공동체를 이끄는 사람의 주장이었을 것이다. 실제로 혈연이 가까울수록 친한 것이 인간세계다. 다만 이익이 결부되지 않았을 때 뿐이지만 말이다.

생명체는 조상의 도움 없이는 만들어질 수도 유지할 수도 없다. 정도는 다르지만 모든 종은 후손의 성장과 번식을 돕는다. 그게 유전자가 내린 가장 고귀한 자연법칙이기도 하다. 부모와 자식이 가장 가까운 혈연이고, 부모가 자식을 위하여 기꺼이 헌신봉사한다는 점을 감안하면 피는 물보다 진한 건 확실하다. 타인을 위하여 자식에게 하듯 희생할 수 있는가?

피가 물보다 진하다는 말이 진리인 듯 보이지만 역사는 달리 말한다. 큰 이해관계가 걸리지 않았을 때는 피가 물보다 진한 것이 일반적이다. 큰 이익이 걸리면 양상이 다르다. 역사에는 부자

간 또는 형제간에 최고 권력을 두고 다투다가 한쪽이 죽임을 당하는 일이 부지기수다. 수박이나 참외 한 조각에는 너그러우나 기업이나 나라가 걸리면 목숨을 걸고 다투는 게 인간이다. 이익에 피의 농도 따위는 중요하지 않다. 사실 피가 물보다 진하다고 하지만, 피가 물에 뜨는 것으로 봐서는 비중이 물보다 크지 않다.

생물학적으로 피가 물보다 진한 것이 진리라면 같은 과인 호랑이 사자 치타 고양이가 친하고, 하이에나 늑대 여우 개가 상대적으로 가까운 사이가 되어야 한다. 실제로 그러한가? 인간은 그들을 같은 무리로 분류하지만, 그들은 먹이 앞에서 친척을 위해 양보할 마음이 없다. 식성이 비슷해서 오히려 치열하게 먹이 다툼을 할 뿐이다.

왕이나 기업 총수 자리를 두고 형제가 다투듯이 혈연이 가까운 민족은 최근에 분리하였다는 데서 지근거리(至近距離)에 위치할 가능성이 크다. 이웃 나라는 혈연으로는 가까울지 모르나 정서적으로 가까운 경우는 거의 없다. 영국과 프랑스, 프랑스와 독일, 독일과 폴란드는 원한이 깊다. 역사에 수없이 이익을 두고 싸웠고, 현재도 이해가 상충하는 데서 멀리 떨어진 나라처럼 평화롭게 지내기 어렵다. 한국과 일본, 한국과 중국, 남북한도 마찬가지다. 크든 작든 이익에 결부된 공동체는 경쟁할 수밖에 없다. 경쟁에 피의 농도나 비중은 무의미하다.

피가 물보다 진하다는 말이 진리가 아니라면 어떤 삶을 추구할 것인가? 나와 우리만 강조할 게 아니라 인류 보편적인 가치, 생명체 공동의 이익을 생각해야 한다. 종북좌빨이니 토착왜구니 하는 편 가르기 선전 선동에 혹하지 말고 자신의 내면에서 우러나는 목소리에 호응해야 한다.

나만 잘 산다고 행복할 것인가? 우리만 잘 산다고 즐거울 것인가? 이웃 나라의 재난과 비참한 상황을 즐기는 것이 자기 본성이길 바라는가? 오늘 비록 삶이 괴롭고 피곤하더라도 타인에게 화살을 겨누어서는 안 된다. 누군가 희생양을 부추기더라도 마녀를 사냥하는 사냥꾼이어서는 안 된다. 원수를 사랑하라는 예수와 적을 없애라는 묵적과 우리를 해체하라는 양주와 인간을 수단이 아닌 목적으로 대하라는 칸트의 말에 따라야 한다. 피는 물보다 진하지 않다. 피는 물보다 가볍다.

2021. 8. 7.(토)

현재는 최선의 결과다

매사는 생각하기 나름이다. 큰 어려움에 봉착한 사람도 더 큰 불행이 아니라서 다행이라고 생각하면 행복하고, 전혀 어려운 상황이 아니라도 지루하게 여긴다면 불행하다. 행운이나 행복은 객관적 성과나 조건이라기보다는 그저 상황에 따른 순간적 심리일 뿐이다.

아이 셋을 키울 때 주변 사람은 염려를 많이 했다.

"언제 다 키울지 걱정이 많겠네. 하나 키우기도 힘든데……. 남일 같지 않네."

친분 있던 사람이 십중팔구 하는 말이다. 물론 간혹 사람은 자기 먹을 건 타고 난다는 사람도 있다. 실제로 그렇다는 게 아니라 적잖이 염려가 되지만 최대한 상대를 배려해서 하는 말이다. 셋째가 생겼다고 해서 한순간의 망설임 없이 출산을 결심한 터이지만, 뉴스에서 망국적인 사교육 열풍이 방송될 때마다 걱정이 된 건 사실이다. 대한민국에서 목사 말고는 두 자녀를 빚 없이 대학

보낼 사람이 없다는 말을 여러 번 들은 터였다.

세월은 빠르다. 거짓말 조금 보태서 주먹만 하던 아이들이 어느덧 모두 자라 성인이 되었고, 키와 몸무게는 엄마 아빠를 능가한다. 뉴스에서 호들갑을 떤 것인지 우리 애들이 똑똑해서 장학금을 받아서인지는 알 수 없으나 군인 봉급으로도 빚 없이 대학을 보냈다. 모두가 고민하는 대학입시도 별 탈 없이 넘어갔다.

자식 둔 부모의 첫째 임무는 자식이 성인이 될 때까지 생존하여 도와주는 것이다. 대학 마칠 때까지 도와준다면 금상첨화다. 가정 형편이 어려워 제대로 학업을 못 하거나, 스스로 학비와 용돈을 해결해야 하는 학생도 많다. 아이들이 말썽을 부리지도 않았지만, 부모로서 해야 할 최소한의 임무는 완수한 셈이다.

나는 세상 돌아가는 꼴을 어느 정도 짐작했지만, 혼자서 애 셋 뒷바라지를 해야 했던 아내는 모두 대학에 합격하여 떠나자 한시름 놓았다. 부모 모시고 애들 뒷바라지하느라고 눈코 뜰 새 없었던 생활이 겨우 여유가 생긴 셈이다. 부모 두 분을 요양병원에 모시고 애들이 모두 떠나자 32평 아파트에 둘만 남았다. 어떤 사람은 외롭지 않냐고 묻고 어떤 이는 심심하지 않으냐고 묻기도 하지만 아내는 단호하게 대답했다.

"아니요, 외롭지도 않고 심심하지도 않아요. 한가해서 좋아요."

가정주부는 자기 생활 중심이 아니고 늘 누군가에게 맞춰 생활해야 한다. 일곱 식구가 북적거리며 사는데 그 모든 사람의 연결고리와 일대일 상담역을 하는 건 보통 일이 아니다. 십 년 가까이 그 복잡다단한 생활을 하다가 한순간에 모두 떠나자 서운하기보다 심신이 편안해진 것이다.

나도 좋았다. 중고등학교 다니는 아이들 때문에 떨어져 살아야 했던 5년은 너무 길고 힘들었다. 힘든 것이 한둘이 아니었지만, 사천에서 예천까지 대여섯 번 갈아타는 대중교통편으로 움직이는 건 그야말로 고역 중의 고역이었다. 아무도 없으니 아내의 서비스도 완벽해졌다. 신혼 후로 가장 행복한 시절이었다.

둘만의 달콤한 시간은 오래가지 않았다. 아들은 방학 때라도 내려와서 함께했으나, 딸들은 함흥차사였다. 일 년에 한두 번 보는 게 고작이었다. 아내의 상상으로는 평생을 그렇게 살리라는 예상이었다. 나는 책이나 뉴스를 통해서 가까운 일본의 캥거루족에 대해서 오래전부터 들었고, 취업이 쉽지 않고 취업 전까지는 부모에게 의지할 걸 짐작했다.

큰 애가 졸업 후 취업 준비차 집에 내려왔다. 대학원 다니던 아들이 코로나바이러스로 비대면 수업을 하는데 1년 동안 교수를 한 번도 본 적이 없다면서 무의미한 학업을 멈추고 휴학하였다.

방 세 개 32평 아파트가 작지 않았으나 애 둘이 내려오자 집이 꽉 찼다. 평소에 내가 안방에서 책 읽고 글을 쓰므로 아내의 행동공간은 거실이었다. 대학교 3학년인 막내마저 휴학하고 집에 내려왔다. 출근하는 사람 없이 다섯이 집에서 거주하자 완전히 도떼기시장이었다. 공간이 부족해서 어쩌나 하였지만, 아내와 막내가 거실에서 며칠 지내자 이내 익숙해졌다.

아내의 희망은 산산조각난 셈이다. 대학 진학할 때까지만 뒷바라지하면 우아하게 살 것으로 상상하였으나 다시 중고등학교 시절 예전으로 돌아갔다. 식사와 설거지와 청소와 빨래는 다시 아내 몫이다. 명목상으로는 나도 프리랜서 작가로서 매일 책 읽고 글 쓰느라 바쁘고, 아이들도 취업 준비로 공부를 한다. 겉으로만 그렇다. 제대로 일하는 건 아내뿐이다. 애들이 크니 먹는 것도 더 많이 먹고 빨래도 많아졌다. 오히려 예전보다 일이 늘어난 셈이다.

아내는 힘들어졌으나 나는 아이들과 함께한 시간이 거의 없어 겉으로만 아빠지 남과 다를 바 없었으므로 종일 붙어 지내니 서로 이해하게 되어 좋았다. 아이들은 처음에는 서먹하고 대화에 시큰둥하였으나 이제 제법 스스럼없이 말한다. 내 생각을 어느 정도 이해하는 눈치다.

아이들이 취업을 위하여 공부 열심히 하지 않는 게 아내의 불만이지만 나는 이해한다. 취업하면 어쩌면 죽을 때까지 스스로 모든 걸 해결해야 하는데 현재를 더 즐기고 싶지 않을까? 물론 뒷바라지에 등뼈가 휘는 아내의 심정도 이해한다. 그렇더라도 지금의 상태는 최선이다. 졸업과 동시에 취업해서 독립하였다면 어쩌면 영원히 부자 부녀간이 서먹했을지도 모른다. 어려서는 부대 일에만 몰두하고 청소년기에는 혼자 타지를 전전하느라 소원해진 아이들과 공감대를 형성하는 소중한 시간이다.

대령 진급에 실패해서 낙담하고 슬퍼하였으나 대령 진급을 하였다면 코로나바이러스 시국에 감옥 같은 군 생활을 하고 있을 것이다. 현재 후배나 대령 동기생의 고생을 들어서 안다. 나는 단체로 하는 산악회 활동은 못 하지만 아내와 주 두세 차례 등산한다. 외출이나 외식도 제대로 못 하는 현역 군인과 비교할 바가 아니다.

나보다 자유로운 사람이 있는가? 나처럼 청명한 하늘과 아름다운 저녁노을을 거의 매일 즐기는 사람이 있는가? 나처럼 충분한 행복을 느끼는 사람이 있는가?

모든 건 잘 되었다. 현재는 최선의 결과다. 아마 미래 닥칠 운명도 최선일 것이다. 나의 과거도 현재도 미래도 최상의 결과다. 그렇게 생각해서이기도 하지만 사실이 그렇다. 나에게 현재는 항상 최선의 결과다.

2021. 8. 9.(월)

호사다마(好事多魔)

세상은 좋다. 생명체로서 가장 좋은 때가 살아 있는 동안이겠지만, 올해는 특히 좋았다. 은퇴 후에 직장을 갖지 않고 프리랜서 작가로 생활하는 이유가 있다. 충분한 자유를 누리기 위해서다. 만나고 싶은 사람만 만나고, 원하는 일만 하며, 보고 싶은 것만 보고, 때를 가리지 않고 즐기기 위해서다. 누구나 원하는 게 프리랜서지만 아무나 할 수 있는 건 아니다. 생계에 자신이 있는 사람만 누리는 호사다. 나는 호사를 누리는 몇 안 되는 행운아가 분명하다.

작년에도 하고 싶은 일만 하고 살았지만, 뜻하지 아니하게 거제 망산 산행 중 아내 발목 부상으로 좋아하는 산행을 혼자서 할 수밖에 없었다. 아내도 산행을 좋아하고, 특히 작년은 결혼 25주년으로 함께 많은 여행을 계획했었기에 아쉬움이 더 컸다. 만 1년이 지난 2월부터 아내가 산행을 재개하였다. 혼자만의 산행도 장점이 많지만, 둘이 하는 것과는 비교할 수 없다. 음주를 즐기는 나 대신 운전하고, 둘만의 호젓한 산행도 가능하다.

게다가 올해는 날씨가 유난히 좋다. 초등학교 무렵부터 중화학 공업 붐이 일어서인지 공기는 점점 혼탁해졌다. 최근 20년은 중국 공해 물질과 황사까지 더해 미세먼지 없는 날이 드물었다. 산 정상에 올라보면 멀리 보이는 산 꼭뒤에는 하나같이 굵은 띠를 두르고 있다. 기압에 따라 먼지층을 형성한 것이다.

올해는 그런 일이 없었다. 2년 전 발생한 코로나바이러스는 인간 활동을 극도로 위축시켜 대인관계 부족으로 사람을 우울하게 하였지만, 대가로 맑은 공기를 선사하였다. 인간 이동이 제한되어 여객기 여객선 차량운행이 획기적으로 줄고, 소비 위축으로 공장가동이 줄어들자 하늘이 파래졌다. 어려서 늘 푸른 하늘이었을 때는 맑은 하늘에 감동하지 않았으나, 푸른 하늘을 볼 기회가 거의 없다시피 하다가 다시 본 쾌청한 하늘은 감동이었다.

고성 향로봉에서 본 점박이 구름과 지리산 천왕봉에서 접한 꿈틀대던 웅장한 구름, 남해 호구산에서 바라본 바다에서 구름이 생성되어 이동하는 과정, 순천 조계산에서의 양떼구름, 함양 기백산 누룩덤의 기기묘묘한 바위 위 뭉게구름, 통영 벽방산에서 바라본 거울같이 투명한 바다 위 솜사탕 구름, 지리산 반야봉과 삼도봉의 역동적인 구름은 그대로 감동이었다. 먼지 한 점 없이 검푸른 하늘에 오묘하게 흩어놓은 흰 뭉게구름은 한순간에 동심으로 되돌아가게 한다.

가을 하늘이 아름답다고 하지만 그건 틀린 말이다. 여름 하늘을 보지 못해서 가을 하늘을 아름답게 느끼는 것이다. 높이 뜬

옅은 구름도 아름답지만, 수시로 형상을 바꾸는 역동적인 낮은 구름을 보았다면 생각을 달리할 것이다. 무더위에 야외활동을 자제하고 비가 잦기에 여름 하늘을 제대로 감상할 기회가 없었을 뿐이다. 코로나바이러스 덕분에 산악회 활동을 못 하고, 아내와 주 두세 번 하는 산행에서 진정 아름다운 건 여름 하늘임을 깨달았다.

좋은 일은 지루하지 않다. 그렇게 자주 하는 산행이건만 삼복더위에도 지칠 줄 몰랐다. 밴드나 블로그에 올리는 사진을 보고 시샘 어린 댓글이 달릴 정도였다. 직업은 프리랜서 작가지만 매일 일기예보 검색이 주 임무였다. 인근 명산에 적당한 날씨라는 게 확인되면 즉각 산행을 결정하였다.

어제도 함양 영취산 날씨가 좋다는 예보를 믿고 아내와 함께 일찍 출발하였다. 사천과 산청을 지날 때만 해도 잔뜩 찌뿌둥한 하늘이었지만, 산행 들머리인 부전 계곡에 다다르자 먹구름이 사라지고 푸른 하늘이 짠하고 나타났다. 하늘을 보면 그날 산행 결과가 얼추 나온다. 오늘도 산행은 성공이다.

선부른 예측이었다. 사람은 좌절에서 희망을 바라보아야 하지만, 승승장구할 때 물러날 시기를 찾아야 한다. 6개월간 행운이 이어졌다면 불운을 염려할 때가 되었다. 그런 걸 예측할 비범한 능력이 없는 나에게 뜻밖의 액운이 닥쳤다. 말 그대로 호사다마였다. 어렵게 제산봉을 오를 때 경치가 확 트인 전망대가 나왔다. 아내에게 사진 찍을 장소를 제시하고 핸드폰을 꺼내려던 순간이었다. 갑자기 몸이 날았다. 어떠한 예비 동작도 할 틈이 없이 벼랑 아래로 굴렀다.

구르다가 멈춰서 보니 이미터 높이 벼랑에서 떨어져서 산비탈을 따라 삼 미터를 구른 후였다. 간신히 몸을 추스르고 원래 장소로 기어올랐다. 무릎에 피가 흥건하여 옷을 올려보니 오륙 센티미터가 깊이 패였다. 도저히 산행을 계속할 상황이 아니었으나 올라온 길이 워낙 급경사여서 도로 내려가는 것도 문제였다. 산행을 계속하여 제산봉과 덕운봉을 지난 후 하산하는 것으로 결정하였다.

사고 순간을 되돌아보았다. 사고 장소는 전혀 위험한 곳이 아니었다. 카메라를 든 채 더 좋은 장면을 잡으려고 이동하는 순간도 아니었다. 도저히 이해가 되지 않았다. 아무리 생각해도 사고 날 이유도 상황도 아니었다. 문득 두려움이 밀려왔다. 아, 죽음이란 멀리 있지 않구나. 위험한 곳이 아닌 것도, 미리 조심하는 것도 사고를 막지 못한다. 사람이 알지 못하는 몸 상태나 심리상태 혹은 초자연적 힘에 의한 사고는 발생하고 죽을 수 있다. 어떠한 조치로도 모든 사고를 예방할 수 없다. 인간은 자연이나 운명에 겸허해야 한다.

대일밴드 여러 개를 덧붙이고 손수건으로 동여매는 것으로 응급조치를 하였으나 걷는 중 출혈은 계속되었다. 내가 만류하였으나 아내는 119에 신고하여 덕운봉 정상에서 응급조치를 요구하였다. 능선길을 가는 것이었으나 다리를 마음대로 움직일 수 없어 쉽지 않았다. 평소보다 몇 배 시간이 걸려서 덕운봉에 도착하여 이른 점심 식사를 하니 구조팀이 도착하였다.

응급조치만 요구하였으나 만약을 대비하여 운반 장비까지 챙긴 5명 1조의 팀이었다. 등산복 다리부위를 잘라내고 상처부위를 벌리고 드레싱을 하였다. 압박붕대로 묶고 하산이 시작되었다. 자주 하는 산행이었으나 압박붕대로 부자유스러운 상태여서 어려움이 컸다. 게다가 워낙 경사가 심했다.

오랜 시간이 소요된 끝에 하산을 완료하고 사천 성모병원으로 급행하였다. 상처가 심하니 큰 병원으로 옮기라는 것이었다. 큰 병원에 전화하니 다시 경상대병원을 추천하였다. 경상대병원에서는 인근 정형외과로 가라는 것이었다.

환자 입장에서는 번거롭고 짜증 나는 일이지만 어쩔 수 없는 일이었다. 경기가 위축되어도 병원에 불경기는 없다. 어떤 상황에서도 치료는 해야 한다. 병원에서 환자를 거부할 리 없지만 의사나 간호사 처지에서는 퇴근 시간 임박해서 찾아오는 환자가 반갑지 않다. 치료해도 될 터이나 절차대로 차하급 병원을 추천하였다. 그래도 위급 환자 입장에서는 이리저리 가라는 데 마음이 편할 수 없다.

경상대병원에서 추천한 바른병원으로 가서 진찰을 받았다. 다행히 피부 손상 외에 뼈나 인대에는 이상이 없었다. 죽을 고비를 넘긴 사고치고는 그나마 작은 상처였다. 수술실에서 상처 부위를 꿰매고 반기부스 후 하루 입원을 하였다. 평소에는 볼 수 없던 환자 세상이었다. 우리는 세상을 제대로 보는 것 같지만 극히 일부만 보면서 살아간다. 산에 가면 온 세상에 등산객만 있는 것으로 보이는 것과 마찬가지로 병원에 있으니 세상에는 환자와 간호사가 전부다. 치료받을 사람과 치료하는 사람뿐이다. 어느 곳이나 사람으로 북적이고 바쁘게 살아간다. 평소 모르던 인간세계가 보였다.

퇴원 전 의사 선생님은 몇 가지 주의사항을 당부한다. 2주 후에 실을 빼야 한다는 것 외에는 대부분 당연한 말씀이시다. 나는 가장 궁금한 질문을 하였다.

"술은? 술은 언제 마실 수 있나요?"

"술은 안 됩니다. 술은 염증을 일으키는 가장 크고 확실한 원인이므로 절대로 마셔서는 안 됩니다. 치료 부위를 다시 수술해야 할 수도 있어요."

"당장 마신다는 게 아니라 언제부터 마실 수 있느냐는 거지요."

"치료 마칠 때까지는 안 됩니다. 저도 술을 좋아하기에 긍정적인 답변을 한 적도 있지만, 결과가 워낙 좋지 않기에 어쩔 수 없습니다. 재치료를 원치 않는다면 완전히 끝날 때까지 금주해야 합니다."

사실 사고가 나면 몸이 부자연스럽거나 상처 부위의 고통이 문제지만 금주해야 하는 게 또 다른 어려움이다. 무언가에 중독된 사람이 겪어야 할 숙명이다. 중독이 무엇인가? 하지 않을 수 없는 습관 아니던가? 마시지 않을 수 없는 술을 마시지 못한다는 건 큰일이다. 알콜 중독자는 술 마시기 위해 운동하는 게 다반사다. 술 마시기 위해 운동하다가 다쳐서 술을 못 마신다니 기가 막힌 모순이다.

현재는 언제나 최선의 결과다. 아니 최선의 결과가 되려면 더 나은 성과를 만들어 내야 한다. 워낙 등산을 좋아하고, 아름다운 자연을 가까이하려는 욕구가 커서지만, 사실 주 3회 등산은 지나치다. 전문 산악인이 아닌 이상 취미로 하는 시간으로는 너무 길고 몸에도 무리가 따를 가능성이 크다. 프리랜서 작가라지만 컴퓨터에서 일기예보 조회 횟수가 너무 잦다. 다다익선이 탐욕이고 과유불급이 진리라면 한 가지에 너무 몰입하지 말라는 신의 경고인 듯하다.

신의 경고이든 초자연적 현상이었든 이미 물은 엎질러졌다. 엎질러진 물을 쓸어 담을 수 없는 이상 다른 방향으로 활용해야 한다. 다리 부상으로 2주 이상 육체 활동이 불가능하다. 그동안 소홀한 독서와 글쓰기에 전념해야 한다. 취미생활이 즐거운 것이기는 하지만 일하는 중 틈틈이 하는 게 아니던가? 전업 작가라면 직업에 충실해야 한다. 좋은 일에 탈이 많다는 게 호사다마라면, 재앙이 바뀌어 복이 되도록 해야 하지 않겠는가? 전화위복을 위해서 더 집중해서 책을 읽고 글쓰기에 몰두해야 한다.

2021. 8. 12.(목)

인류의 적

인간에게 가장 중요한 건 건강이다. 왜 건강이 중요한가? 오래 살아야 하기 때문이다. 왜 오래 살아야 하는가? 생명체로서 삶이 본능이기도 하지만, 인간은 다른 동물과 달리 자신의 유한한 삶이 특별하기를 바란다. 살아서 많은 걸 성취하고 후세에 아름다운 이름을 남기길 원한다. 찬란하거나 위대한 업적을 이루기 위해서는 시간이 필요하다. 모든 인간은 장수를 원한다. 건강해야 할 가장 중요한 이유는 시간을 얻기 위한 것이다. 인간에게 시간은 그 무엇보다도 소중하다.

충분한 시간을 얻었어도 효과적으로 사용하지 못한다면 목적을 이룰 수 없다. 자신이 살아서 원하는 걸 성취하기 위해서는 소중한 시간을 적절하게 분배해야 한다. 인류의 적은 무엇인가? 종교에서 말하는 악마나 적성 국가의 도발이 아니다. 기후변화를 이끌어 인류 멸망을 촉진하는 화석연료 사용 급증도 우선순위에서 떨어진다. 당면한 인류의 적은 게임이다. 남녀노소를 막론하고 핸드폰으로 포획하는 컴퓨터 게임은 인류가 가장 먼저 극복해야 할 막강한 적이다.

왜 컴퓨터 게임이 인류의 적인가? 인간의 모든 목적을 상실하게 하고, 애써 확보한 시간을 무의미하게 소모하게 하기 때문이다. 컴퓨터 게임을 지속하는 한, 그 중독에서 벗어나지 못하는 한 그는 어떤 목표도 이룰 수 없다. 통제력이 뛰어난 사람은 평범한 수준으로 살아갈 수 있으나, 보통은 가정조차 꾸리지 못하는 낙오자 신세를 면치 못할 것이다. 자연과 인간이 아닌 가상현실에 묻힐 때 자아와 세상의 원리를 찾는 인생이라는 여행을 중단하게 된다. 인생이 아닌 삶을 살아가는 자가 인간이겠는가?

왜 인간은 게임에 빠지는가? 재미있기 때문이다. 게임이 왜 재미있는가? 게임은 원시 수렵 채집 사회의 사냥에서 출발하기 때문이다. 게임은 현재는 오락이지만 그 출발은 자신과 가족의 목숨이 걸린 일이었다. 사회 규모가 커지면서 집단 간 전쟁으로 발전하였고, 승자만 살아남을 수 있었다. 게임은 반드시 이겨야 한다는 유전자의 명령이 우리 몸속에 새겨졌다. 게임에서 이겼을 때 유쾌함을 넘어 통쾌한 이유다.

무기체계가 획기적으로 발달한 오늘날 쉽게 전쟁할 수도 없고, 다른 사람과 싸울 수도 없다. 유전자에 새겨진 사냥과 전투 본능은 스포츠와 오락으로 발전했다. 세상 사람은 두 부류다. 스포츠 선수와 스포츠 구경꾼이다. 구경으로 만족할 수 없으므로 남는 시간은 오락을 즐긴다. 전통적인 오락은 바둑, 장기, 고스톱, 포카드다. 재미있으나 시간과 장소와 사람이 필요하다. 복잡한 조건 없이 시간과 장소에 구애받지 않는 게 컴퓨터 게임이다. 모든 게 편리해진 오늘날 가장 발달한 게 오락이다. 누구나 가지고 있는 핸드폰이면 가능하다.

모든 건 동전의 양면과 같다. 인간이 원하고 추구해서 이룬 성과지만, 발달과 편리가 항상 좋은 결과를 가져오지 않는다. 산업 발전이 인구의 증가를 불러 풍요를 가져오지 않는 것과 마찬가지다. 언제나 어디서나 즐길 수 있는 편리함은 다른 모든 걸 포기하게 한다. 바쁜 일상에서 가족과 식사할 일도 별로 없지만, 모처럼 식사해도 대화할 수 없다. 어쩌다 말을 해도 눈을 마주치지 않는다. 의사 교환은 이루어지더라도 교감도 공감도 없다. 교감과 공감 없는 가족이 가족인가? 인간관계가 없는 인간이 인간인가?

가족이 아니라 컴퓨터와 시간을 보내다 보니 현실의 자아가 아니라 아바타나 게임 주인공이 자신으로 착각한다. 자신의 심신이 중요한 게 아니라 인터넷의 아바타 위치나 게임에서 주인공의 실적이 더 중요하다. 인생은 무거운 짐을 지고 자기를 찾아 떠나는 긴 여행이다. 자신을 찾는 건 우주의 섭리나 자연법칙을 찾는 과정이기도 하다. 그렇지 않은 젊은이가 많다. 설득하지 못하는 내 말주변에 절망한다.

흔히 사람은 행복하기 위하여 산다고 한다. 게임을 하는 동안 행복한 건 사실이다. 그래서 중독에서 헤어나지 못하는 것이지만, 죽을 때까지 그런 생각이라면 괜찮다. 어느 순간 후회할 것이 뻔하기에 안타깝다. 어려서의 거창한 꿈도, 젊은이의 소박한 꿈도 어느 순간 사라진다. 남부럽지 않은 가정도 이루지 못하고, 마음먹은 대로 무엇 하나 이루지 못한 상태에서 세상을 떠나야 하는 심정은 어떨 것인가?

대량생산과 대량소비를 부채질하는 경제성장을 위한 무한 경쟁은 억제되어야 한다. 매년 급증하는 자연재난의 원인이 지구온난화에 따른 기후변화가 원인이라면 최소화할 방안을 찾아내 전 인류가 협력하여 실천해야 한다. 그렇게 하는 이유가 인류의 생존을 위해서다. 인간다운 삶이 아니라도 생명 연장이 필요한가? 내 생각으로는 지구온난화 방지보다 시급한 건 각 개인이 인간다운 삶을 지향하는 것이다. 인간이 인간다운 삶을 영위할 때 환경보전의 가치도 상승할 것이다. 인류의 적은 퇴치되어야만 한다.

2021. 10. 8.(금)

만패불청(萬覇不聽)

만패불청(萬覇不聽)은 바둑 용어다. 인터넷이 막 시작되었을 무렵 인터넷에서 사용할 이름을 정하라고 해서 당시 5급 수준으로 바둑에 관심이 많던 나는 무심코 만패불청으로 닉네임을 정했다. 인터넷에서 실명을 사용하면 개인정보가 유출되어 꺼리므로 많은 사람이 참여할 수 있도록 유도한 것이 가명이다. 자신을 드러내서 말하는 건 신중할 수밖에 없지만, 숨어서 지껄이는 건 왕도 죽일 수 있다. 인터넷에서 닉네임 착안은 신의 한 수였다.

바둑에 패싸움이라는 게 있다. 실제 패싸움과 유사하다. 현실에서 여러 명이 무리 지어 싸우는 걸 패싸움이라고 하듯이 바둑 패싸움도 서로의 약점을 교대로 공격하며 양호구(兩虎口) 상태에서 서로 잡을 수 있는 말을 교대로 들어낸다. 패싸움에 지고 싶지 않아도 더 큰 손실을 강요하는 수를 상대가 두면 응하지 않을 수 없다. 패싸움에 이기려면 상대의 약점이 많아야 한다. 두 수로 큰 이익을 얻을 수 없을 때 패는 지게 된다.

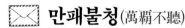

만패불청은 진행되는 패싸움의 규모가 너무 커 이긴다면 수십, 수백 집이 나서 어떠한 패의 대가로도 대체할 수 없을 때, 상대 공격에 응하지 않고 싸우던 말을 들어내는 것이다. 패 불청의 대가로 상대는 두 수를 연이어 둘 수 있다. 복잡하고 큰 대마 싸움일수록 패를 쓰기가 쉬워진다. 상대가 응하지 않아 두 수를 연거푸 두면 막대한 이익을 얻을 수 있다. 패싸움은 때로 기적을 일으킨다. 적은 손실도 보지 않으려고 응수를 계속하다 보면 진짜로 큰 수가 나서 패하는 경우가 종종 생긴다.

패는 마법사다. 상수가 하수를 이기기 위해서 쓰는 술수가 패다. 수를 멀리 보지 못하는 하수는 패 자체보다 상대의 응수타진에 걸려 무너진다. 패싸움 중에는 손해 수나 불가능한 수도 태연히 두기에 하수는 상수의 속마음을 알 수 없다. 마음 여린 사람이 패싸움에 연루되는 걸 싫어하듯 하수는 패싸움을 극도로 혐오한다. 물론 싫어한다고 패싸움을 피할 방법은 없다. 걸어오는 패싸움을 피하면 손실이 크기 때문이다.

바둑 속담에 '바둑은 지더라도 패는 지지 말아라'라는 말이 있다. 옳은 말은 아니지만 그만큼 패에 지면 마음이 상한다는 뜻이다. 어차피 바둑이 도박으로 두는 게 아닌 이상 즐기기 위한 오락이다. 패에 져서 우울해진다면 바둑에 져서 기분 나쁜 거나 별반 차이가 없다. 바둑은 지더라도 패는 지지 말라는 말이 생긴 이유다.

깊이 생각하지 않고 지은 닉네임이지만 다음 카페에 만패불청으로 산악회에 가입하여 활동하자 자연스럽게 오프라인에서도 조자룡이 아니라 만패불청으로 통한다. '만패님' 또는 '불청님'으로 부르는 사람이 많다. 바둑을 모르는 사람은 '동방불패'니 '동방불청'이니 하는 엉뚱한 이름으로 부르는 사람도 있다. 자주 듣다 보니 마치 내 정체성이 된 듯하다.

만패불청은 상대의 패싸움을 위한 어떠한 응수타진에도 대응하지 않고 싸우던 패를 해소하는 것이다. 아무리 큰 손해를 보더라도 싸우던 패는 반드시 이긴다는 의지다. 어쩌면 내가 살아가는 삶의 형식인지도 모른다. 나는 주변 사람의 조언이나 충고에 따르기보다는 내가 옳다고 판단한 대로 살아왔다. 현재도 주변에서는 취업을 권하지만 내가 하고 싶은 글쓰기를 하면서 살아간다. 프리랜서 작가라고 우기지만, 소득이 없기에 공허한 메아리다. 주변의 냉소나 스스로 자괴감에 때로 괴롭지만 내 갈 길을 간다. 만패불청은 어떤 상황에도 흔들리지 않는 굳은 의지다. 때로는 이름이나 별명이 그 사람의 인생을 대변하기도 한다.

2021. 10. 9.(토)

불행한 이유

왜 불행한가? 집착하기 때문이다. 집착이 무엇인가? 불필요하거나 가능하지 않은 것을 떨치지 못하고 매달리는 것이다. 무엇에 집착하는가? 자신을 즐겁게 하는 모든 것, 오감을 즐겁게 하고 상쾌한 감정을 갖게 하는 요소다. 사람에 따라 다르겠지만 국가발전, 민족이나 가문의 영광, 가족의 건강과 행복, 자신의 명예나 좋은 영향력을 원할 것이다. 꼭 필요한 게 아니라도 마음에 기꺼운 걸 구하게 된다. 적당하면 동기부여지만 지나치면 집착이다.

반드시 성취하고자 하는 게 있다면 집착해야 한다. 인간이 성취하려는 게 대부분 타인도 원하는 것이라면, 경쟁이 치열할 수밖에 없다. 건성으로 계획을 세워서 대충대충 해서 목표를 달성할 수는 없다. 이를 악물고 매달려야 겨우 가능성이 생긴다. 쉽게 이룰 수 없는 일에 집착하면 괴롭다. 괴롭더라도 이겨내야 한다. 집착 없이는 성공도 없다.

젊어서는 거창한 목적과 목표를 가져야 한다. 반드시 이루고 말리라는 의지가 있어야 한다. 아무리 쓰러지더라도 다시 일어선다면 아직 승부가 끝난 건 아니다. 인생의 성공 여부는 쉽게 이기는 재능을 타고나는 것보다는 쉽게 쓰러지지 않는 끈기나, 쓰러져도 다시 일어나는 불굴의 용기가 중요한지도 모른다. 지지 않는다는 신념이나 이길 수 있다는 자신감과 이기지 않으면 안 된다는 책임감이 필요하다. 집착은 불행한 마음의 상태이나 생존을 위한 전제조건이기도 하다.

직장을 구하고 가족을 부양하기 위해서 어쩔 수 없이 필요한 게 집착이라도 은퇴 후에는 버려야 한다. 욕망을 내려놓으면 삶의 무게는 가벼워진다. 거대한 희열도 없으나 아쉬움이나 괴로움도 없다. 고해라는 인생에서 벗어나려는 수행자가 꿈꾸는 것이기도 하다. 집착이 없으면 아쉬움, 서러움, 고달픔, 서글픔 같은 괴로움도 없다.

헛된 망상 속에 살아왔다는 걸 깨닫는 순간부터 큰 기쁨이 사라졌다. 대신 괴로움도 줄었다. 세상에 의미 있는 일이 드물다는 걸 안다. 부와 명예와 권력도 부질없는 것이다. 길어도 이십 년이나 오십 년 후에는 차이가 없다. 구하기는 어려우나 누리는 건 순간일 걸 알면서도 추구한다는 것은 어리석은 짓이다. 돈이 많으면 좋으나 없어도 불편하지 않다면 돈 벌기 위한 노력은 소중한 인생을 허비하는 셈이다. 그래서 은퇴 후 돈벌이하지 않고 프리랜서 작가랍시고 글을 읽거나 쓰는 일로 소일한다.

하고 싶은 일을 하면서 사는 건 좋은 일이다. 스트레스받지 않고 시간에 구애받지 않는다. 어떤 사람에게 매일 일도 없다. 책을 읽는 것도, 글을 쓰는 것도 구속받지 않는다. 등산이나 여행도 자유롭다. 프리랜서 작가는 누구나 꿈꾸는 환상적인 직업이다. 항상 행복해야 정상이다. 그런데 그렇지 못하다. 왜 원하는 일 하면서도 행복하지 못한가? 왜 우울해야 하는가?

내려놓지 못한 것이다. 장군이나 대통령이 전혀 무의미한 헛된 망상이라는 걸 깨달았으나 아직도 약간의 부와 명예에 미련이 남은 것이다. 다섯 권의 책을 냈으나 소득과는 무관하다. 오히려 자비출판이므로 소비다. 작가라면 최소한의 소득이 있어야 떳떳하다. 아무도 읽지 않는 글을 써서 책을 낸다고 작가는 아니다. 형식은 작가일지 모르나 비용이 드는 취미생활에 불과하다. 남부끄러운 수준이라도 소득이 있기를 바란다. 먼 훗날에는 가능할지 모르나 아직은 아니다. 그것이 종종 청명한 가을하늘 아래 붉게 물든 아름다운 산하를 바라보면서도 우울한 이유다.

사실 더 많은 돈이 꼭 필요한 건 아니다. 그래도 은퇴 전에 꿈꾸던 연 한두 차례 세계여행하고, 전원주택에서 텃밭을 가꾸려면 소득이 증가해야 한다. 운 좋게 베스트셀러작가가 되면 모교에 책이나 도서관을 기부하고, 주변 사람이나 어려운 사람을 돕고 싶은 마음도 있다. 좋은 일이지만 그 자체도 욕망이다. 좋은 사람이 되고 싶다는 건 많은 사람에게 존경받는 큰 명예를 꿈꾸는 것이다. 겉으로는 초탈한 것 같아도 마음으로는 내려놓지 못한 것이다.

역사 속이나 현재를 둘러봐도 나는 행복해야 한다. 누가 조자룡처럼 먹고 마시고 일하고 운동하고 잠자겠는가? 대통령이나 재벌이나 유명 연예인도 완전한 자유를 누리지는 못하리라. 몸도 마음도 구애받지 않는 자유인이 불행하다면 세상에 행복할 자가 누구이겠는가? 만약에 내가 불행하다면 이유는 단 하나다. 무언가에 집착하는 것이다. 집착하는 사람은 완전한 자유를 누릴 수 없다. 자유롭다는 건 스스로에 대한 기만이다.

마음의 평화를 위하여 모든 걸 내려놓기로 했으면 이제 내려놓자. 노력 끝에 우연히 따라온다면 누리더라도 더 큰 성취를 위하여 스스로 구속하지 말자. 누구나 부러워할 상황임에도 슬퍼하거나 괴로워한다면 우스운 일이다. 오 년, 십 년 후를 예측하지 못하고 이전투구하는 정치인과 다를 게 무엇인가? 누가 읽든 말든 쓰고 싶으면 쓰는 것이다. 읽고 쓰는 자체로 즐기자. 매 순간이 기꺼운 마음으로 사는 조자룡이 되자.

2021. 10. 29.(금)

가치 있는 삶

사람은 언젠가 죽는다. 나를 기준으로 하면 천 년이나 백 년이 아니라 길어야 오십 년 안에 죽는다. 아무리 운동을 열심히 하고 건강관리에 최선을 다해도 100살을 넘기기는 어렵다. 100살을 넘겨 산다고 특별한 일이 생기는 것도 아니다. 어떤 삶이 가치 있는가?

성인군자나 영웅호걸의 삶마저 결과가 허무라면 어떤 삶을 추구해야 할까? 인간의 모든 노력은 뭇 생명체와 마찬가지로 살아서의 영광과 안락을 위해서다. 그 짧은 찰나의 삶을 위하여 그렇게 치열하게 이전투구 하는 것이다. 살아서 쌓는 업적이나 죽어서 남기는 교훈이 무슨 의미가 있을까? 단 하나 인류의 생존과 번성에는 도움 될 것이다. 그게 우주의 작동이나 유지에 어떤 영향을 끼칠 것인가?

종의 생존과 번식을 위하여 고군분투하는 건 사람만이 아니다. 분자 크기의 미생물도 자신의 생존과 후세를 남기려고 최선을 다

한다. 그것만이 인간 삶의 목표가 되어야 할까? 죽어서 남는 게 없다면 살아서 무엇을 하는 게 훌륭한 삶인가? 호의호식하며 즐기기만 하는 것이 최선인가? 인간 삶을 초월하는 차원 높은 삶은 없는가? 대통령 선거나 스포츠 결과에 몰두하고 열광하는 게 인간이 가져야 할 바람직한 삶일까?

의학이나 과학에 불멸의 업적을 남긴 노벨상 수상자나 가장 많은 인구를 장기간 통치한 시진핑도 결국 죽는다. 살아서 충분한 영광을 누리지만 불과 이삼십 년 후에 화장터의 재로 바뀌는 건 누구나 매한가지다. 그동안의 안락을 위하여 목숨 걸고 투쟁하는 것이다. 지극히 짧은 기간 안락을 위하여 목숨 건 투쟁이 올바른 일인가? 그걸 하지 않는다면 무얼 한단 말인가?

아직 태양계도 벗어난 적이 없는 인류지만 가소롭게도 우주의 규모를 논하고 시간의 시작과 끝을 상상한다. 확실하지 않으나 지금까지 드러난 사실만으로도 인간의 존재는 미미하다. 우주에 전혀 영향력이 없는 하잘것없는 존재다. 그렇게 많은 공동체로 나뉘어 더 큰 이익을 위하여 처절하게 투쟁하지만 어떤 결과도 우주에 미치는 영향은 없다. 현재 살아가는 사람의 운명이 다소 바뀔 뿐이다.

이재명이나 윤석열이 대한민국 대통령이 된다고 무엇이 바뀔 것인가? 인류에는 전혀 영향이 없고 대한민국 국민이나 아주 적은 영향을 받을 것이다. 누가 대통령이 되는가는 인류나 지구나 우주에 전혀 무관하다. 그런데도 당사자 아닌 지지자 간에도 마치 원수라도 되는 듯 아웅다웅한다. 마치 인류 멸종이나 지구 종

말이라도 다가온 것처럼 고뇌하면서 말이다.

대통령도 장군도 인류 번영에 공헌한 과학자도 차이가 없는 찰나의 삶이라면 무엇을 해야 하는가? 행복한 삶이 인간의 전부인가? 행복 외 추구할 것은 없는가? 4차원이나 5차원에서 인간 세상을 내려다보면 가소로울 것이다. 더 나은 삶이 보일 것이다. 육체는 100년을 넘기지 못하더라도 영혼이 한 차원 높은 삶을 경험할 수는 없는가? 욕심은 끝이 없다. 죽기 전에 더 편리한 물건보다 내 궁금증을 풀어줄 생명 원리나 우주의 섭리를 밝혀주는 위대한 철학자나 과학자가 나오기를 희망한다. 그 사람이 한국인이라면 더욱 좋고, 내 자식이나 후배라면 금상첨화다.

2021. 11. 23.(화)

마지막 꿈

나는 지금 행복하다. 현재뿐만 아니라 과거 어느 순간도 행복하였다. 왜 나는 행복한가? 왜 행복하였는가?

현재 행복한 이유는 생활에 만족하고 하고 싶은 일을 하기 때문이다. 나는 프리랜서 작가다. 충분한 수입으로 여유 있는 생활을 하는 건 아니다. 재산이나 소득으로는 아마 평균 수준에도 못 미칠 것이다. 그러나 원하는 사람을 만나고 싶을 때 만나고, 하고 싶은 일을 하고 싶을 때 한다. 만나고 싶은 사람을 보지 못하는 사람이 얼마나 많은가? 보고 싶지 않은 사람을 봐야 하는 사람은 또 얼마나 많던가? 애별리고나 원증회고에 시달리지 않는다는 사실이 얼마나 큰 축복인가? 나는 행복하다.

하고 싶은 일만 하면서 살아가는 사람은 거의 없다. 소득을 위해서는 원하지 않는 일도 해야 하는 것이 현실이다. 그래서 대부분 사람은 원하지 않더라도 직장에 나가고 하고 싶은 일은 취미로나 하는 게 고작이다. 나는 하고 싶은 책 읽기와 글쓰기와 운동만 하면서 살아간다. 아내와 일주일에 두어 번 등산하고 가끔 지인과 음주한다. 모두 하고 싶어 하는 일이다. 소득이 충분치 않아 마음껏 해외여행 하지 못하는 것이 유일한 옥의 티였지만, 천만뜻밖에도 코로나19의 창궐로 해외여행은 누구도 할 수 없는 형편이다. 코로나19는 유일하게 아쉬웠던 부분마저 지워버렸다. 나는 행복하다.

가난한 집안에서 자라는 동안 늘 궁핍하였다. 항상 돈에 쪼달렸지만 그것이 불행하지는 않았다. 과대망상이라고 할 수밖에 없는 환상 속에 살았기 때문이다. 나는 누구보다도 큰 성취를 자신하였고 부와 명예와 권력을 손아귀에 넣을 걸로 확신하였다. 하던 일은 반드시 해야 하는 일이고 옳은 일이며 최선이라고 생각했다. 평범한 재능으로 능력을 넘어서는 과중한 일에 매달림으로서 체력과 시간은 늘 부족했다. 지나고보니 바보같은 일이었으나 당시에는 몰랐다.

장군이나 대통령으로 뭇 사람의 찬사와 선망을 한몸에 받을 게 확실하다면 현재 다소 빈곤하다고 불행할 이유가 무엇이란 말인가? 남 보기에 불행해야 함에도 부질없는 환상으로 행복하였다. 그것이 결국 헛된 꿈이었음이 드러났더라도 과정이 행복하였다면 충분한 역할이지 않았는가? 꿈이 있는 사람은 행복하다. 나는 꿈이 있어 행복하였다.

언제까지 살고 싶은가? 90세 전후다. 주변 대부분 사람도 비슷한 의견이다. 현재 노인들의 생활상을 들여다보았을 때 아흔 살에 이르기 전에 대부분 육체적 정신적 기능을 상실한다. 의식 없이 사는 걸 희망하는 사람은 없다. 정신이 멀쩡하더라도 신체 기능을 상실하여 침대생활을 원하는 사람도 없다. 살고 싶은 연령이 아흔인 것은 나이 자체가 아니라 정신과 신체 기능을 잃은 채로 살고 싶지 않다는 생각인 셈이다.

아흔 살이 적절한 수명으로 여겨지지만, 현재 육체와 정신 상태를 유지한다면 영원히 살고 싶다. 정신과 신체 기능 상실로 못하는 일은 아직 거의 없다. 현재 상태로 영원한 삶을 원한다면 정말 행복하다는 증거다. 만나고 싶은 사람을 원할 때 만나고, 하고 싶은 일을 하고 싶을 때 하는 현재의 삶을 최대한 길게 유지하는 것, 그것이 나의 마지막 꿈이다.

과정에 약간의 굴곡이 있었으나 조자룡의 삶은 불행보다는 행복이 압도하였다. 불행한 상황임에도 행복하였던 것은 과대망상이나 착각이었으나 지나고 나서 안 사실이다. 내 삶이 언제나 최선의 결과라고 생각한다. 험난한 상황에서조차 행복하였으니 누구의 억압도 없는 현재 자유인 조자룡이 행복하지 않을 리 있겠는가? 조자룡은 행복하다. 다만 현재의 삶을 유지하는 것, 그것이 나의 마지막 꿈이다.

2021. 12. 26.(일)

에필로그

산에 오르며 인생을 생각한다

은퇴 후 2년이 흘러갑니다. 직업군인으로 복무할 때는 군의 목표인 체제수호와 국민의 생명과 재산을 지키기 위하여 진력하였고, 개인 목표인 진급을 위하여 노력하였습니다. 뜻한 바를 다 이루지 못해 아쉬운 마음도 들었으나, 생계를 걱정하지 않으며 하고 싶은 일을 할 수 있다는 꿈에 부풀어 제대하였습니다. 모아 둔 재산이 부족하여 전원생활에는 실패하였지만, 하루 대부분을 책 읽기와 글쓰기로 보냅니다. 스스로 원해서 하는 일입니다. 일주일에 두세 차례 아내와 등산을 합니다. 등산의 장점은 한둘이 아닙니다.

첫째, 건강에 최고의 운동입니다. 인생의 목적과 살아가는 이유가 한둘이 아니지만 가장 우선하는 것이 건강입니다. 건강하지 않고서는 어떤 일도 제대로 할 수가 없지요. 모두가 원하는 행복도 건강 없이는 불가능합니다. 젊을 때는 멀쩡하던 몸이 이곳저곳에서 신호가 옵니다. 사오십 대가 되면 운동을 시작하는 이유입니다. 모두가 쉽게 하는 운동이 걷기입니다. 동네 공원이나 둘

레길을 걷는 데는 돈도 들지 않습니다. 시간이 나는 주말에 하는 등산은 최고의 근력운동이자 유산소운동입니다. 큰돈 들이지 않고 하는 등산은 육체뿐만 아니라 마음마저 건강하게 합니다. 대한민국은 등산하기에 적당한 산이 전국에 펼쳐져 있습니다. 등산하기에는 세계에서 제일 좋은 곳이 우리나라입니다.

둘째, 정상에 이르는 길은 험난하다는 걸 알게 합니다. 크고 작은 산이 많지만 어떤 산도 만만하지 않습니다. 오르다 보면 숨이 턱에 차고 다리는 후들거립니다. 비단 지리산이나 설악산같이 큰 산만 그런 게 아니라 300m 500m 높이 산도 깔딱고개는 있게 마련입니다. 직업에 무관하게 어느 분야든 정상에 이르는 건 쉽지 않습니다. 세계 정상뿐만 아니라 국내나 지역에서 일인자가 된다는 일은 보통 일이 아니지요. 하는 일이 잘 풀리지 않아 울적하다가도 산에 오르다 보면 그것이 당연하다는 걸 깨닫습니다. 작은 산 오르기도 힘든데 돈벌이가 쉽겠습니까? 마음에 여유가 생깁니다.

셋째, 하산할 때가 더 위험합니다. 물론 올라갈 때가 더 힘이 들지요, 중력을 거슬러야 하니까요. 힘들기에 천천히 오를 수밖에 없습니다. 여간해서는 미끄러지거나 넘어지지 않습니다. 오를 때는 정상에 이를 희망으로 어려움도 어느 정도 상쇄합니다. 하산할 때는 다릅니다. 일단 체력이 상당 부분 소실되어 오를 때와 다릅니다. 힘이 덜 들어 속도도 빨라집니다. 체력의 저하는 사소한 상황에도 대처하기 힘듭니다. 쉽게 미끄러지고 자빠집니다. 산행 중 사고는 대부분 하산길입니다. 어느 분야든 정상에 오르기도 힘들지만 적절한 시기에 물러나야 합니다. 시기를 맞추기도 어렵지만, 방식도 잘 연구해야 합니다. 정상에서 기고만장하여 부귀영화를 누리던 사람도 말로가 비참한 경우가 비일비재하지 않습니까? 오를 때보다 내려갈 때가 더 위험한 법입니다.

넷째, 인생은 대단한 게 아님을 깨닫습니다. 누구나 자신을 최고로 알고 살아갑니다. 언제나 주목받고 있으므로 최상의 성과를 내야 한다고 생각합니다. 생각대로 진행되지 않는 일이 허다하므로 언제나 스트레스에 시달립니다. 산에 오르다 맞는 대자연의 압도적인 풍광을 대하면 오만했던 마음이 사라집니다. 인간이 대단한 존재라는 사실도, 위대한 존재라고 확신하던 자신도 자연과 비교하면 하찮다고 여겨집니다. 갑자기 겸손해집니다. 산은 자신을 돌아보게 합니다. 산행시간은 반성과 성찰의 시간입니다. 홀로 산행이라면 완벽한 마음의 수행시간이 됩니다.

다섯째, 사람에게 너그러워집니다. 인간의 마음은 환경에 따라 달라집니다. 콘크리트 건물 안에서 타인과 치열하게 경쟁할 때는 각박할 수밖에 없습니다. 다른 회사보다 앞서야 하고, 동료보다 앞서야 하니까요. 진정한 우군은 없는 셈이지요. 적에 대해서는 우군이지만 내부에서는 다시 경쟁자가 됩니다. 산에서 만나는 사람은 그렇지 않습니다. 먼저 오르려고 경쟁하지 않지요. 뒷사람이 먼저 가겠다고 하면 선선히 양보합니다. 자기 체력에 맞게 가야 하니까요. 자연과 호흡하면 마음이 상쾌해집니다. 맑은 물과 대기, 푸른 하늘과 흰 구름, 시원한 바람과 산새 소리, 자주 보지 못한 야생화를 보게 되면 묵은 때가 씻겨나가고 순결한 마음이 스며듭니다. 낯선 사람에게 물이나 과일 음식을 아낌없이 나누어주지요. 환자를 만나면 응급치료와 구급 약품 제공을 망설이지 않습니다. 자연은 사람을 변하게 합니다.

이만하면 하루 대여섯 시간 투자한 효과로 충분하지 않습니까? 인생은 단 한 번뿐이지만 등산은 자주 할 수 있습니다. 갈 때마다 새로운 사실을 깨달을 수도 인생을 복기할 수도 있지요. 전업 작가인 저에게는 창조적 사유를 위한 자극이 필요합니다. 100조 개 체세포는 등산할 때 가장 큰 충격이 옵니다. 에너지 생산을 최대로 해야 살아남지요. 몸이 완전히 활성화됩니다. 그때가 정신도 가장 맑습니다. 여럿이 하는 등산은 즐겁지만 홀로 산행은 유익합니다. 완전한 사색의 시간이지요. 작가에게 등산은 몸을 건강하게 하는 운동으로 좋을 뿐만 아니라 글쓰기에도 필수 요소인 셈입니다.

누구에게나 등산을 권합니다. 내 아이들에게도 잘 먹히지 않습니다. 아직 젊기에 몸에 이상 신호가 없어서지만 언젠가는 깨달을 것으로 생각합니다. 건강에 최고의 운동이고, 정상에 이르는 길의 험난함과 은퇴할 때의 위험을 깨닫게 하며, 스스로 겸손함을 배우고, 자연스럽게 사람을 사랑하게 한다면 그보다 더 좋은 일이 있을까요? 젊어서부터 시간 날 때면 등산하기를 권합니다. 등산으로 단련한 건강한 몸과 건전한 정신으로 하나뿐인 인생을 아름답게 가꾸십시오. 독자 여러분의 인생 대박을 기원합니다.

2022년 2월

조자룡